中华聚珍文学丛书

〔唐〕李商隐 著

李商隐诗今译

陈永正 译注

中华书局

图书在版编目(CIP)数据

李商隐诗今译/(唐)李商隐著;陈永正译注. —北京:中华书局,2019.6
(中华聚珍文学丛书)
ISBN 978-7-101-13587-9

Ⅰ.李… Ⅱ.①李…②陈… Ⅲ.李商隐(812~约858)-唐诗-注释 Ⅳ.I222.742

中国版本图书馆 CIP 数据核字(2018)第 260552 号

书　　　名	李商隐诗今译
著　　　者	〔唐〕李商隐
译 注 者	陈永正
丛 书 名	中华聚珍文学丛书
责任编辑	李保民
出版发行	中华书局
	(北京市丰台区太平桥西里 38 号　100073)
	http://www.zhbc.com.cn
	E-mail:zhbc@zhbc.com.cn
印　　　刷	北京瑞古冠中印刷厂
版　　　次	2019 年 6 月北京第 1 版
	2019 年 6 月北京第 1 次印刷
规　　　格	开本/880×1230 毫米　1/32
	印张 12⅝　插页 2　字数 230 千字
印　　　数	1-5000 册
国际书号	ISBN 978-7-101-13587-9
定　　　价	38.00 元

导　读

巧啭岂能无本意？良辰未必有佳期。

——李商隐《流莺》

　　亲爱的读者,在您翻开的这本小书中,一位伟大的歌手,用他那深微婉曲、博丽精工的诗歌,向您——一千一百多年后的知音者,倾诉着他爱情的欢乐、相思和失恋,理想的追求与幻灭,以及在人生污浊的长河中流不尽的痛苦。在这里,向您展示的是一颗诚挚的心灵中最美丽的东西。

一

　　李商隐,字义山,号玉溪生,唐朝怀州河内(今河南省沁阳市)人。他出身于一个式微的贵族家庭,前几代人都只做过县官和郡佐之类的低级地方官吏。父亲李嗣曾任获嘉县令,早死,家境日益艰困:"四海无可归之地,九族无可倚之亲。"① 这样严峻的环境,促使少年诗人勤奋读书,猎取功名,以图振兴家道。后来他回忆说:"某材诚漏薄,志实辛勤。九考匪迁,三冬益苦。引锥刺股,虽谢于昔时;以瓜镇心,不惭于前辈。"② 他跟随一位积学的堂叔学习质朴的古文,写得一手漂亮的毛笔字。

唐文宗大和三年(829),义山被天平军节度使令狐楚辟入幕为巡官,开始了他一生断梗飘蓬般的"薄宦"生涯。令狐楚很爱重这位有才华的青年,亲自指导他学习时行的骈文章奏的写作技巧,并令与己子令狐绹等同游。后来义山在《谢书》诗中感叹:"自蒙半夜传衣后,不羡王祥得佩刀。"此后八年中,除了短时宦游外,一直在令狐幕下。这段时期,诗人奋发向上,积极用世。大和九年,朝廷中发生了史称"甘露之变"的政治大悲剧,使青年诗人感到震惊和悲愤。他写了不少富有战斗性的诗篇,有力地抨击宦官和藩镇割据势力,表现出"欲回天地"的雄心壮志。在此年前后,义山曾一度在河南济源的玉阳山、王屋山一带隐居学道。道教是唐朝的"国教",有鲜卑族血统的唐帝,自称是太上老君李耳(即老子)的后裔,连公主也不免被送去修炼。学仙成了时髦的风尚,求仕的"终南捷径"。义山学道的最大收获大概就是彻底认识到求仙的虚妄,这反映在他后来许多讽刺诗中,对吃金丹而死的皇帝们表示了极大的轻蔑。他还与女道士宋真人相恋,宗教的神秘气氛、道山幽奇冷峭的环境和热恋中受压抑的苦闷的爱情,都给诗人提供了不少诗材和意境。

开成二年(837)义山应举。知贡举高锴与令狐家有交情,经令狐绹引荐,义山登进士第。是年令狐楚卒,明年,义山入泾原节度使王茂元幕中,并娶其女。令狐楚与王茂元是政敌,分属朝廷内激烈斗争的"牛党"与"李党"。

王茂元被视为李党中人，而党于令狐的人就认为义山忘恩负德。其实义山对两党并不怀偏见，也不愿意攀附两个对立的政治集团中任何一个。但从此便卷入两党倾轧的险恶的政治漩涡，无法自拔，直至去世，都受到后来得势的牛党中人的排斥和压抑。这就是诗人一生悲剧的主要原因。

开成四年，义山应吏部试，被录用，授秘书省校书郎。后外调弘农尉，曾因一力平反冤狱而触怒上官。唐武宗即位后，任李党的首领李德裕为宰相，政局一新，政治上采取了一系列的改革措施，平定了昭义镇刘稹的叛乱。义山回到京城，官秘书省正字。可惜不久，即遭母丧丁忧，遂移家永乐（今山西芮城县），过着隐居读书的闲适生活。这时的诗人依然不忘用世的理想，惋惜自己"身闲不睹中兴盛，羞逐乡人赛紫姑"（《正月十五闻京有灯，恨不得观》）。会昌五年秋，义山服丧期满，回到长安，重官秘书省正字。可是好景不久，武宗服求仙金丹死去，宣宗即位，大黜李党，重新起用牛党中人。宣宗大中元年（847），义山三十七岁，离开长安，天涯漂泊，开始了他一生充满着屈辱和痛苦的时期，也是诗歌创作收获最丰的时期。

唐宣宗大中年间，任用白敏中、令狐绹等作相，大反武宗之政。这时"贤臣斥死，庸懦在位，厚赋深刑，天下愁苦"。③诗人长期在对他夙怨甚深的令狐绹的排笮下，精神非常苦闷。他曾先后追随被外放的李党中人如郑亚、卢弘正、柳仲郢等，到桂州、徐州、梓州等地任幕职。在这些年头中,眷恋皇都,想念妻儿,忧愤政治生活的黑暗,感慨世事的沧桑变幻,诗人写了大量的政治议论诗和抒情诗。特别是大中五年妻子王氏卒后,多情善感的诗人精神上受到重大的打击,竟有出世之想,"平居忽忽不乐,始克意事佛,方愿打钟扫地,为清凉山行者"。④忧时伤国的感情和个人不幸的身世结合起来,形成了他这时诗歌沉郁苍凉的风格,并抹上一层浓厚的悲观主义的阴暗色调。大中九年,义山随柳仲郢自梓州回长安,被辟为盐铁推官。十二年罢职,回郑州家居。不久,我们的诗人怀着那永远无法实现的匡国救民的夙心,在寂寞凄凉的闲居生活中死去,享年仅四十六岁。

二

李商隐,是晚唐渐趋寥落的诗坛中最光辉灿烂的一颗晨星,对当时和后世都有深广的影响。义山诗的内容丰富,题材广泛,深刻地反映了没落的唐王朝的政治生活和社会面貌,诗中常对当时严重的政治问题提出自己精辟的见解,表现了对国事的关切和忧愤。他强烈地反对宦官专权和藩镇割据,名作五言排律《有感二首》和七律《重有感》,就是反映"甘露之变"这一重大政治事件的最深刻的诗篇,诗人愤怒地斥责凶徒们篡权乱政的罪行,对黑暗势力的代表——宦官,进行无情地揭露和鞭挞,体现出卓越的识见和胆略。诗中还对敢于向恶势力斗争的英雄表示了由衷的钦敬。在《行次西郊作一百韵》这首长诗中，义山追溯历史，描述唐中叶以来的整个社会面貌，揭露了朝政的腐败和藩镇割据纷争给人民带来的苦难，其深度和广度不亚于以"诗史"著称的杜甫诗。在这些抒写时代乱离感慨的诗篇中，充满着富于正义感的诗人对国事深切的忧伤和愤激。

义山集中还有不少咏史诗。咏史，是咏叹历史事实，而不是运用典故。诗人直接选取故实作为素材，用自己丰富的想象力进行艺术加工，重建历史。义山的咏史诗不同于当时流行的空廓迂腐之作，他往往只抓住史实中最能激发自己感慨的部分，"攻其一点，不及其余"，借题发挥。既有浪漫的联想，又不背离历史真实，更加上托讽当世，指斥时事，这就构成义山咏史诗的独特的艺术风格：

世上苍龙种，人间武帝孙。

小来惟射猎，兴罢得乾坤。

渭水天开苑，咸阳地献原。

英灵殊未已，丁傅渐华轩。

——《鄠杜马上念〈汉书〉》

汉宣帝这位"布衣"皇帝的风神面貌，如在目前。"小来"两句，气酣力满，直是太史公司马迁的笔法。

义山优秀的咏史诗，不光抒发思古之幽情，大多是

"以为讽戒，意味固已深长"。⑤如这首《吴宫》：

> 龙槛沉沉水殿清，禁门深掩断人声。
> 吴王宴罢满宫醉，日暮水漂花出城。

首两句极写宫禁中的寂静，重门深掩，水殿无人。第三句点出吴王宴罢，以"满宫醉"与上文两相对照，意自深刻。末句出人意表，花落水流的"动"景，更反衬出上文所写的"静"，并暗示了欢不可久的感慨。

又如《瑶池》诗，以被西王母所宠遇的周穆王犹不能永年，来讽刺唐朝历代皇帝服食求神仙的蠢事。《贾生》诗"虽说贾谊，然反其意而用之"，⑥慨叹统治者徒有求贤之意，而不能真正地重用人才。诗人往往选取历史上出名的暴君昏主，"借题撤抱"。⑦如《隋宫》《北齐二首》《齐宫词》《南朝》等诗，辛辣地嘲笑那些昏庸无能而又荒唐淫佚的皇帝，甚至连本朝皇帝的家丑也无情地揭露出来。这些强有力的政治讽刺诗刺痛了不少封建卫道士们，致使他们大喊义山诗"大伤名教"、"用事失体，在当时非所宜言"、"运意佻薄"了。

义山集中还有大量抒写个人身世遭遇和失意心情的诗篇。由于适逢衰世，命运坎坷，这类诗中表现了积极用世和消极避世的两种思想的矛盾，我们可以听到诗人那撕裂人心的惨痛呼号：

如何匡国分，不与凤心期！

——《幽居冬暮》

诗人的本性是要奋发向上，有所作为的，他曾激昂地表示过：

爱君忧国去未能，白道青松了然在。

此时闻有燕昭台，挺身东望心眼开。

且吟王粲《从军乐》，不赋渊明《归去来》。

——《偶成转韵七十二句赠四同舍》

但他的"凌云一寸心"，毕竟被人忍心地剪掉了，壮志成虚，致君无路，终于不能不"变温婉，成悲凉"。⑧屈原、贾谊，是玉溪诗集中经常提到的古人，他们那种深情一往、惘惘不甘而又无法自遣的境况，正与义山灵犀一线，千古相通。屈原的"长太息以掩涕兮，哀民生之多艰"、⑨"退静默而莫余知兮，进号呼又莫吾闻"，⑩其忍而不能舍的情怀，不正是义山那"春蚕到死丝方尽，蜡炬成灰泪始干"的坚贞吗？贾谊清才绝俗，终于郁郁而终，义山也直觉地从贾生的命运看到自己的将来，因以憔悴行吟，沾衣流涕，在诗中流露出浓厚的颓伤消极的情绪。诗人软弱地哀吟道："可怜漳浦卧，愁绪独如麻"、⑪"多情真命薄，容易即回肠"。⑫这些诗歌沉痛地控诉了黑暗社会对人才的摧残，千百年后的读者都会为诗人不幸的命遇而咨嗟不已。

义山诗中还有不少咏物之作。在优秀的咏物诗中，每借物以寄慨身世，把自己的感受和情绪融进物中，物我一体。如："万里重阴非旧圃，一年生意属流尘。"（《回中牡丹为雨所败》）流光腕晚，国香零落，这不也是诗人自己身世的写照吗？"匝路亭亭艳，非时裛裛香。素娥惟与月，青女不饶霜。赠远虚盈手，伤离适断肠。为谁成早秀？不待作年芳！"（《十一月中旬至扶风界见梅花》）真是回肠荡气，令人无限低徊。但咏物诗又不同于一般的抒情诗，诗人以敏锐的观察力，体物入微，能得物之神理。如"苦竹园南椒坞边，微香冉冉泪涓涓"（《野菊》）、"自明无月夜，强笑欲风天"（《李花》）、"垂手乱翻雕玉佩，折腰争舞郁金裙"（《牡丹》）、"帷飘白玉堂，簟卷碧牙床"（《细雨》）等作，都能把事物的情态神韵勾勒烘托出来，情景交融，不黏不脱，物中有我，物我相忘。

爱情诗，是义山集中重要的内容，对这类诗的评价，近人还争论不休。有人把其中一部分附会为"有寄托"之作，而否定其余，有人认为这一类的诗虽有些特色，却并不能代表他的艺术成就。应该指出，否定义山的情诗，也就是否定了作为爱情诗的优秀作者李义山。义山的情诗是中国古典文学宝库中不可多得的瑰宝，至今还值得我们珍惜。

义山青年时代曾"学仙玉阳"。封建礼法的桎梏和宗教清规的束缚，激起了被迫或被骗入道的青年男女的不满和反抗，他们要求过合乎人性的恋爱、婚姻生活，便不免做出"有失防闲检点"的举动来。义山此时与华阳的宋真人姊妹相识,彼此倾心。为她们写的诗可考的有《月夜重寄宋华阳姊妹》等作,它如《碧城》《圣女祠》《燕台》等或亦与此事有关。这些诗的意境颇惝恍迷离,大约有些难言之隐。后来义山到洛阳,与一位十七岁的商人女儿柳枝相爱,这姑娘很倾慕诗人的才华,大胆地主动相约幽会,但机缘舛错,柳枝后被一位关东贵人夺去了。诗人非常惋伤,写了《柳枝五首》等诗以记此事。

经历过几次痛苦的失恋之后,义山和王茂元之女结了婚。这对于"结爱曾伤晚"(《摇落》)的诗人来说,未始不是最大的安慰。出身贵家的王氏很贤德,甘于过清贫的生活,一心一意地随着丈夫到处漂泊。即使这婚姻给义山带来政治上的许多不幸,但夫妇间的感情还是十分融洽,偶然小别,便思怀不已,如《离思》《念远》《凤》《即日》等诗,抒写别离的情味,表现客中思家的心事,是深于言情的佳作。王氏卒后,中年丧偶的诗人悲痛万分,写了不少有名的悼亡诗:

更无人处帘垂地,欲拂尘时簟竟床。

　　——《王十二兄与畏之员外相访,见招小饮。

　　　　　　时予以悼亡日近,不去,因寄》

愁到天地翻,相看不相识。

　　　　　　　　　　——《房中曲》

背灯独共余香语，不觉犹歌《起夜来》。

——《正月崇让宅》

真是刻骨铭心的至情之语，如前人所谓，读之使人益增优俪之情。其《上河东公启》云："某悼伤以来，光阴未几，梧桐半死，方有述哀。"只有赤子之心的诗人，才能这样以血写诗。

此外集中还有不少情诗是未能考订其本事的。如一部分《无题》诗和《春雨》《银河吹笙》《拟意》《哀筝》《昨日》《相思》等，多写与情人相见时的欢乐、离别后的怀思和失恋中强烈的痛苦。这些诗中所表现的执着追求的精神和终生不渝的情意，都引起后世千万向往自由和幸福的青年心底的共鸣，培养他们对美的爱好和创造能力。当然，集中还有一小部分记述艳遇冶游的作品，沾染上封建时代"风流才子"佻薄的恶习，但始终是瑕不掩瑜的。

三

义山在诗歌艺术上有极高的成就。他的近体诗，前人盛称之曰"高情远意"、[13]"包蕴密致，演绎平畅"，[14]甚至谓其七绝"寄托深而措辞婉，可空百代，无其匹也"。[15]朱鹤龄更拈出"沉博绝丽"[16]四字，以概括义山诗的艺术风格。这些评语虽推许备至，然在今天的读者看来，尚嫌过于抽象空泛。一部《玉溪生诗》，风格独特，变化多样，是需我们去细细领会的。

工于比兴,妙于象征,这是义山诗最主要的艺术特色。比兴,是我国古典诗歌自《诗经》以来传统的创作手法。汉儒郑众曰:"比者,比方于物也;兴者,托事于物也。"⑰诗人"寂然凝虑,思接千载;悄焉动容,视通万里"。⑱运其神思,让美妙的联想和幻想的翅膀,翱翔今古,搏击天地。而这里联想和幻想又是和现实生活紧密地结合在一起的,诗人借用现实生活中的具体事物去表现自己所赋予的特殊意义,如刘勰《文心雕龙》所谓"诗人感物,联类不穷"。义山善于寓象征于比兴之中,用他那活跃而敏感的心灵,向茫茫的大千世界探索,与宇宙万物融为一体,因而创造出要眇朦胧的诗境,变幻无端的意象。奇辉异彩,丽情幽思,那广博深微的超妙的艺术境界,使读者目眩神迷,感受到强烈的诗美。诗中的具体事物也都披上了诗人心灵的精光而照临万世了:

　　　　五更疏欲断,一树碧无情。

——《蝉》

这是寻常的咏物诗吗?除了把夜蝉哀鸣欲绝的特征表现出来,我们是否还想象到一个深缈凄清的诗境?通过"碧无情"三字,诗人把自己幻觉般的特殊感受,巧妙地转移给读者了。

庄生晓梦迷蝴蝶,望帝春心托杜鹃。

沧海月明珠有泪,蓝田日暖玉生烟。

——《锦瑟》

为什么这会成千古传诵的名句? 这亘古的悲哀,似乎是无法言诠的情意,诗人用象征的手法阐释出来。"当其梦时,有乐有悲;及其既觉,岂足追维!"(韩愈《祭柳子厚文》)这是有人类以来的斯芬克斯(Sphinx)之谜啊。在这要眇的诗境中所蕴含着的美,是像明珠暖玉那样使人抚玩无致的。在诗歌的风格美中何尝没有诗人的人格美呢!

诗人以眼前所见的景物,吟咏性情,给客观事物涂上主观感情色彩:

莺啼如有泪,为湿最高花。

——《天涯》

巧啭岂能无本意? 良辰未必有佳期。

——《流莺》

一切都过去了,春天,爱情,随着大江日夜不舍地流去了,连同我的追悔、我的深情! 诗人想象到变成一只黄莺,用它的悲泪洒在最末一朵小花上,去伤悼永远逝去的芳春。唐诗中这种象征的艺术手法,发展到李义山,已到登峰造极的地步,后来者已难乎为继了。

义山诗中用比兴象征的手法所构成神秘曲折的意境,如"山沓水匝,树杂云合",[19]千变万化,"文已尽而意有余",[20]事微而情至,这是很不容易理解的。过去有些文艺批评家由于义山诗的寄托隐微,旨意难明,而妄加比附,把诗本来是较抽象的感情勉强牵合到具体的事实上,这么一来,诗似乎是解通了,而诗味也全失了。王士禛曾感叹"一篇《锦瑟》解人难",其实,不求甚解也不见得比强作解人更差些。愿本书的读者不以"强作解人"反讥于我。

善于运典,这是义山诗艺术上第二大特色。借古代的事来表现现实生活,这是文人创作的重要手段,连历史上素称"老妪俱解"的白居易诗中也大量用典。李善在阮籍的《咏怀诗》注中谈到这个问题:古人"身仕乱朝,常恐罹谤遇祸,因发兹咏,故每有忧生之嗟。虽志在刺讥,而文多隐避,百代之下,难以情测"。而义山正是处在阉人暴横,党祸蔓延的时候,"厄塞当涂,沉沦记室。其身危,则显言不可而曲言之。"[21]所以只能组织故实,以"好对切事"来表现现实内容。另一方面,有些诗涉及爱情的问题,于己于人,都有不便明言之处,借典故出之,可给具体的情事披上一层轻纱,使之更神秘、更美。从艺术角度看,诗歌的语言力求精炼,恰当运用典故,通过暗示唤起读者的联想,就可省掉许多不必要的叙述和说明,使诗歌的内涵更丰富多彩。义山是饱读诗书的人,他有深厚广博的古文化知识,经史罗于胸中,真的叫古人在他的笔底奔命不暇：

　　此日六军同驻马，当时七夕笑牵牛。

　　　　　　　　　　　　　　　　——《马嵬》

　　玉玺不缘归日角，锦帆应是到天涯。

　　　　　　　　　　　　　　　　——《隋宫》

　　徒令上将挥神笔，终见降王走传车。

　　　　　　　　　　　　　　　　——《筹笔驿》

　　熔裁古事，如何的精切不移！诗意沉着简练，唱叹有情。典故是文人诗歌的血液，只要能正确运用，就可使之发挥作用，给诗歌添加新的生命力。"以俗为雅"、"以故为新"、"死典活用"、"正典反用"，这些在宋代江西诗派所提倡的诗法，义山诗中早就纯熟地用上了。如宋人所指出的："文人用故事，有直用其事者，有反其意而用之者。王元之《谪守黄冈谢表》云：'宣室鬼神之问，岂望生还。'……李义山'可怜夜半虚前席，不问苍生问鬼神'，虽说贾谊，然反其意而用之矣。……非识学素高，超越寻常拘挛之见，不规规然蹈袭前人陈迹者，何以臻此？"②用典，也要不践前人的旧行迹，才能开拓更宽广的创作道路，试看义山的《任弘农尉献州刺史乞假归京》诗：

黄昏封印点刑徒，愧负荆山入座隅。

　　却羡卞和双刖足，一生无复没阶趋。

　　诗人任弘农尉期间，因"活狱"（为犯人减刑）而触怒上级，愤而离职。末两句用卞和抱璞献王而惨遭酷刑的典故，借助类比和联想，使不便明确说出的意思找到恰当的表达形式，这样能使诗意更浓郁，情调更深厚，丰富了诗歌的构思和表现力。

　　当然，义山集中也有一些用典过于深僻的。宋代的《蔡宽夫诗话》就曾批评其"语工而意不及，自是其短"。徒有"典丽精工"的表面形式而失去诗歌的内在美，这种情况在义山的模仿者西昆派诗人的作品中尤其严重。

　　清词丽句，字字锤炼，这是义山诗艺术的第三特色。义山是极富艺术感的诗人，对美有独特的会心之处。他既有"绮靡华艳"②的词采秾重的诗歌，也有穆如清风的白描之作。他能细致入微地摹写事物，把自然界中最有诗意的都融进诗中：

　　日日春光斗日光，山城斜路杏花香。

　　几时心绪浑无事，得及游丝百尺长？

　　　　　　　　　　　　　　　　——《日日》

　　春光的烂漫，人在春时缭乱的情思、无名的怅惘，轻轻着笔，即勾勒出来。又如：

日射纱窗风撼扉,香罗拭手春事违。

回廊四合掩寂寞,碧鹦鹉对红蔷薇。

——《日射》

这是何等的鲜艳优美! 在和煦的春日中,闺中人却是这样地寂寞幽怨。

义山许多诗都兼有"清"和"丽"的特点,字字锤炼而又不着痕迹,声情和谐,自然流美。读到本书所选的作品时,我们当会感受到的。

由于有了上述三大特点,义山诗在艺术上就形成了含蓄婉曲、情韵深长的风格。这最集中体现在他的《无题》诗上。《无题》,是作者最着意创写的诗体,在文学史上有很大的影响。这些诗大都使用比兴、象征的手法,寄托遥深,有优美朦胧的意境,构思细密,熔裁典故,词语典丽精工,韵律和谐流美。它是诗集中最晶莹的明珠,可以说是义山诗艺术成就最高的代表作。

一个作家独特的艺术风格,是在对前人多种多样的艺术风格揣摩、学习的基础上,兼收并蓄、融会贯通才能形成的。义山很善于向古人和时人学习,吸取他们的长处,接受多方面的影响。屈原,是作者追慕的一位伟大诗人,《楚辞》中"上下而求索"的精神和"虽九死其犹未悔"的意志,对义山的为人和创作思想有很大的影响,那种"美人香草"的寄托手法,更是义山所着意仿效的。义山对六朝文体曾下过功夫,集中有些诗就直书"效徐陵体"、

“效江南曲”的，对徐陵、庾信等“采色浓而淡语鲜”[24]的作品的模拟，也造成义山诗中“精密华丽”[25]的特色。历来的批评家都很爱谈义山的“学杜”。王安石说：“唐人知学老杜而得其藩篱，惟义山一人而已。”[26]并举出“雪岭未归天外使，松州犹驻殿前军”、“永忆江湖归白发，欲回天地入扁舟”、“池光不受月，暮气欲沉山”、“江海三年客，乾坤百战场”等诗句，以为“虽老杜无以过也”。我们细看集中长篇《行次西郊作一百韵》，就可知它脱胎于杜甫的《北征》，并吸取了汉魏诗中质直古朴的特色。韩愈诗变化多端的布局结构和僻字晦句的使用，无疑对义山也有过影响。至于仿效李贺风格的诗，集中更随处可见。可惜的是，义山如此善学古人，而后来学义山者却只顾掊扯其字面，专以堆砌故实词藻为能事，“只见其皮肤，其高情远意皆不识也。”[27]在一个天才出现之后，常会有这种“大合唱”，[28]这是值得我们深思的。

四

自明末清初以来，义山诗的评注诸家纷起，各申己见，异说纷纭。如清代的朱鹤龄、陆昆曾、程梦星、冯浩、屈复以及近人张采田，都对义山诗下过一番功夫，尤以冯浩的《玉溪生诗集笺注》和张采田的《玉溪生年谱会笺》最为详备，钩沉索隐，考订生平，编成年谱，在诗文下逐篇注明了编年的依据，并作细致的笺释。他们的工作是有意义的,对我们读通深曲隐晦的义山诗有一定的帮助。可惜的是,过去的笺注家们过分听信了义山"楚雨含情皆有托"的声言,弄得头脑紧张,终日疑神疑鬼,想在每一篇含情的诗中都找出作者的"寄托"来。《旧唐书·文苑传》中有一段话:

> 令狐绹作相,商隐屡启陈情,绹不之省。弘正镇徐州,又从为掌书记。府罢入朝,复以文章干绹,乃补太学博士。

于是,令狐绹便成了义山诗笺注者的梦魇了。以张采田《玉溪生年谱会笺》为例,作者认为义山诗集中有五分之一的诗篇是与令狐有关的,笺释中满是"寓意令狐"、"希望令狐"、"与令狐重修旧好也"、"向子直(令狐绹之字)告哀"等语。更有甚者,张氏竟把一些写男女关系的诗比附为义山与令狐的关系,如《无题》(含情春晼晚),《会笺》云:"纪往见令狐,亦匆匆一面,不容陈情之慨。首句含情已久。次句暂见而未能交欢……五六含羞抱愧之态。结言失意而归。"在这些笺注家笔下,义山简直成了无耻之徒了。他们本意极力维护义山,而效果却适得其反。封建士大夫及孤臣孽子对义山诗的笺注所起的恶劣影响,于今未绝。如近年出版的《玉溪生年谱会笺》的前言中,就强调了张氏在钩稽考索的过程中,所用的"细案行年、曲探心迹"和"知人论世"的原则。并称赞其解《谒山》诗的"山"字,谓"山"即义山,诗是暗记令狐来谒之事,"是本编的精彩处"。汪辟疆先生的《玉溪诗笺举例》更发展了张氏之说,把《会笺》中所不敢指实的诗都想尽办法拉到令狐身上了。

为要还义山诗的本来面目,先要拨开迷雾,当然,以选注者的浅学,是不能完全做到这点的,愿海内外李商隐诗歌的爱好者有以教我。

义山诗现存约六百首,本书选取了一百三十一首译注,不无遗珠之憾,但历来传诵的名篇已大率在焉。按诗歌的体裁编排,以义山所擅长的七律置首,先飨读者。书末附录《李商隐年谱简编》中列有本书所选的编年诗目。

【注释】

① 李商隐《祭裴氏姊文》

② 李商隐《上汉南卢尚书状》

③ 《新唐书》卷二百二十五

④ 李商隐《樊南乙集序》

⑤ 冯浩《玉溪生诗集笺注》卷二

⑥ 魏庆之《诗人玉屑》卷七引《艺苑雌黄》

⑦ 沈德潜《说诗晬语》

⑧ 钟嵘《诗品》

⑨ 屈原《离骚》

⑩ 屈原《九章·惜诵》

⑪ 李商隐《病中闻河东公乐营置酒口占寄上》

⑫ 李商隐《属疾》

⑬ 范温《诗眼》

⑭ 葛立方《韵语阳秋》卷三

⑮ 叶燮《原诗》卷四

⑯ 朱鹤龄《李义山诗笺序》

⑰ 郑玄、贾公彦《周礼注疏》卷二十三

⑱ 刘勰《文心雕龙·神思》

⑲ 刘勰《文心雕龙·物色》

⑳ 钟嵘《诗品序》

㉑ 朱鹤龄《李义山诗笺注序》

㉒ 严有翼《艺苑雌黄》

㉓ 朱彝尊《静志居诗话》

㉔ 冯浩《李义山诗笺注》:《齐梁晴云》笺

㉕ 叶梦得《石林诗话》

㉖ 魏庆之《诗人玉屑》卷十七

㉗ 范温《诗眼》

㉘ 泰纳《艺术哲学》卷一

目　录

（以上七言绝诗四十四首）

中华聚珍文学丛书—李商隐诗今译

（以上五言古诗六首）

共古今体诗一百三十一首

锦　瑟

　　这是一首千古传诵的名作。元遗山《论诗绝句》云:"望帝春心托杜鹃,佳人锦瑟怨华年。诗家总爱西昆好,独恨无人作郑笺。"举出此作,深慨义山诗的难懂。明清以来,义山诗评注家蜂起,许多学者费尽精神,去探求此诗的深义,但始终都没有一种被公认是准确的解释。朱彝尊云:"此悼亡诗也。意亡者喜弹此,故睹物思人,因而托物起兴也。"何焯云:"此篇乃自伤之词,骚人所谓美人迟暮也。"宋人甚至说这是写"适、怨、清、和"的咏瑟诗。其实,义山在诗中说得很清楚:"一弦一柱思华年",已点出这是作者晚年时回首一生遭遇之作。它包含着深刻广阔的内容。不可能,也不必要逐字逐句去寻绎它具体的意义。身世的感怆,理想的幻灭,爱情生活的悲剧,漫长的人生道路中无穷的遗恨,都一并写入诗中,它颤动着每一个读者的心弦。人们从不同的角度去理解它,都得到自己感受最深的东西,都自认为真正了解诗歌中的奥义。义山这首诗是千古之谜,我们还是让这个公案拖下去吧,再拖一千年,也不可能有定谳。但在诗中还是有一条明晰的主线,就是爱情的悲剧,这条主线可以衍生出许多副线。本诗就是用传统的比兴、象征手法去构成繁复的艺术意境,让读者用自己丰富的联想去更深刻地理解它吧。

　　"锦瑟",截取诗中头两字作标题,意与无题诗同。

锦瑟无端五十弦,一弦一柱思华年。①
庄生晓梦迷蝴蝶,望帝春心托杜鹃。②

沧海月明珠有泪，蓝田日暖玉生烟。③

此情可待成追忆？只是当时已惘然。④

【今译】

绮丽的宝瑟啊，

你为什么没来由地有着五十条弦线？

每一条弦都搁在弦柱上，

这使我追怀起逝去的华年来了。

像古代的庄周，在清晨时做了一场迷离的

　　短梦，变成蹁跹的蝴蝶；

像蜀国的望帝，把那美好而哀怨的心事，

都寄托在杜鹃鸟的悲鸣之中。

大海，茫茫无际，明月照在苍碧的水中，

那鲛人的悲泪，化成千万颗明珠。

蓝田山上的美玉，沉埋在泥土里，

天晴日暖，生出缕缕的轻烟，升腾空际。

这样凄怆欲绝的情怀啊，

怎等到追忆旧事时才会产生？

即使在身历其境的时候，

都已经使我心里像失却什么东西似的了。

中华聚珍文学丛书——李商隐诗今译

【注释】

①"锦瑟"二句：这里写诗人看到锦瑟，忆起自己的身世。用"托物兴起"的手法。 锦瑟：瑟，古代的一种弦乐器。器身绘上美丽的花纹，故称。 无端：无缘无故；没来由。 五十弦：《汉书·郊祀志》："泰帝使素女鼓五十弦瑟。悲，帝禁不止，故破其瑟为二十五弦。"义山这时年近五十，故抚瑟弦而联想起自己无端虚度的岁月。 柱：乐器上搁弦的小木柱。 思（sì 肆）：怀想，追念。 华年：青年时代美好的日子。 屈复云："是以锦瑟起兴，非专赋锦瑟也。"

②"庄生"二句：上句总写一生，像一场虚幻的梦。无论在梦中，梦醒，同样地迷惘、历乱，弄不清人生的真实意义。作者《十字水期韦潘侍御同年不至时韦寓居水次故郭邠宁宅》诗"顾我有怀同大梦"，与此意略同。下句写唯有把凄凉哀怨之情，借杜鹃鸟的鸣声——诗人那美丽而动人的悲歌——表达出来。 庄生：即庄周。我国战国时代杰出的哲学家。《庄子·齐物论》云："昔者，庄周梦为蝴蝶，栩栩然蝴蝶也；自喻适志与，不知周也。俄然觉，则蘧蘧然周也。不知周之梦为蝴蝶与？蝴蝶之梦为周与？"这相对主义和怀疑主义的认识论，以至使他把生活中的真实和梦中的幻境混同起来。 晓梦：清晨时的梦。短暂而清晰，醒来时还留在记忆中，历历如在目前。 望帝：周末西蜀的国君。据《蜀王本纪》载："鳖灵治水去后，望帝与其妻通，惭愧。且以德薄不及鳖灵，乃委国授之而去。"《说文》载："望帝淫其相妻，惭，亡去，为子巂鸟。故蜀人闻子巂鸣，皆起曰：是望帝也。"子巂，即子规，杜鹃鸟。 春心：指芳春时微妙的心事。一种惝恍迷乱、难以捉摸的情绪。《楚辞·招魂》："目极千里兮伤春心。"古人常以表示恋爱相思之意。"晓梦"、"春心"，其中有难言的隐痛，也许是指青年时代的某次恋爱，这梦幻般的经历，在诗人的心里留下了永久不愈的创伤。

这是幻影,还是梦境?

歌声已经杳逝,我在昏睡还是清醒?

——济慈《夜莺歌》

(John Keats：*Ode To A Nightingale*)

诗人已与杜鹃鸟融而为一,望帝那富于诗意的传说,又给诗歌笼罩上一层神秘的色彩,使读者抚玩无斁,即之已杳。

③"沧海"二句：两句意思深微隐曲。大概写失恋后的悲哀。事过境迁,而内心深处的痛楚却有增无减,以丽景渲染出凄迷哀怨的气氛。据《博物志》载："南海外有鲛人,水居如鱼,不废绩织,其眼泣则能出珠。"《礼记》云："蚌蛤龟珠,与月盛虚。"《文选》李善注云："月满则珠全,月亏则珠阙。"本诗中糅合了这些典故,以明珠比喻自己失恋痛苦中长流不断的清泪。 月明,暗示泪珠大滴而圆莹。 蓝田：山名,即玉山,在今陕西省蓝田县。出产美玉。古人常以玉象征美好的人和事物。《诗·召南·野有死麕》："白茅纯束,有女如玉。" 玉生烟：暗喻美好的往事如烟雾般消散无痕。前人谓美玉蕴于石中,影射美人黄土,故定此诗为悼亡之作,虽亦可通,然仍以作泛指为宜。年轻时的热望和追求,一生的努力、奋斗,只余得缥缈迷离而又镂骨铭心的怀思。正如司空图《与极浦书》引戴叔伦语云："诗家之景,如蓝田日暖,良玉生烟,可望而不可置于眉睫之前也。"这正是义山诗所特具的飘忽、朦胧的美。从大海到高山,从月夜到晴朝,那牵系人心的相思,无处不在,无时不有,真是"哀艳凄断、感人心脾"的好句,我们不必勉强把它附会到具体的人事上。张采田《玉溪生年谱会笺》云："沧海、蓝田二句,则谓卫公(指李德裕)毅魄久已与珠海同枯,令狐(指令狐绹)相业方且如玉田不冷。"此说一出,和者纷纷,义山诗遭此辈差排,可谓一大厄。

④"此情"二句：言外之意,到今天痛定思痛,其难堪之情更可想而知。收处淡而更挚,具见作者功力深厚。 可待：岂待。 惘(wǎng 网)然：失意的样子。

重 过 圣 女 祠

　　同情、爱慕，一次又一次的追求，结果是失望、离居、终生难忘的痛苦，都在这首小诗中深折婉曲地表现出来。通过写一位沦谪人间的圣女，突显她那去来无定的行踪，风雨飘零的身世，与一生困厄失意的诗人之间的神秘的关系。这无限掩抑低回之情，给读者留下了不尽的怅惘。　圣女祠：前人注引《水经注·漾水》："（秦冈山）悬崖之侧、列壁之上有神像，若图指状妇人之容，其形上赤下白，世名之曰圣女神。"祠在陈仓（今陕西宝鸡市东）附近。实际可能是指女道士居住的道观。

　　白石岩扉碧藓滋，上清沦谪得归迟。①
　　一春梦雨常飘瓦，尽日灵风不满旗。②
　　萼绿华来无定所，杜兰香去未移时。③
　　玉郎会此通仙籍，忆向天阶问紫芝。④

【今译】

　　在圣女所居的祠中，白石砌成的门户边，
　　已经长满了碧绿的苔藓。
　　啊，她从上清宫中被贬谪到人间，
　　迟迟未能回到天上。

整个春天,梦幻般飘忽的细雨,经常飘到屋
    瓦上。

但是,终日的灵风,却轻柔得不能把神旗高高
    吹起。

萼绿华到来时,是没有固定的住所的;

杜兰香升天而去,也是在不久之前的事。

也许有天上的玉郎在祠中跟圣女相会,让她
    重登仙籍;

回想起自己也曾在天路的台阶畔向她问取过
    紫芝呢!

【注释】

①"白石"二句:白石岩扉(fēi 非):圣女祠建于悬崖边,以白
石为门。 上清:《太真经》道源注:"上清蕊珠宫,大道玉宸君居
之。" 沦谪:贬降。 首句点出"重过",景物皆非。次句点出"沦
谪",是全诗的关键。说明圣女与作者相似的身世,这是两人爱情
的基础。

②"一春"二句:渲染祠堂神秘的气氛,写出圣女在人间爱情
上的离奇遇合。 梦雨:宋玉《高唐赋》载:楚怀王在梦中见一女
子,自称巫山神女,"旦为朝云,暮为行雨,朝朝暮暮,阳台之下"。
又,据王若虚《滹南诗话》引萧闲语云:"盖雨之至细若有若无者,谓
之梦。" 灵风:神灵来去时的神风。 两句写圣女祠的景色,暗示
圣女去来时的缥缈的行踪,以表现她缠绵悱恻的爱情,含不尽之

意。 钱咏谓这两句:"作缥缈幽冥之语,而气息自沉,故非鬼派。"

③"萼绿华"二句:萼绿华:陶弘景《真诰》卷一:"萼绿华者,自云是南山人,不知是何山也。女子,年可二十,上下青衣,颜色绝整。以(晋穆帝)升平三年十一月十日夜降于羊权家,自此往来,一月之中,辄六过来耳。" 杜兰香:据杜光庭《墉城集仙录》载,有渔父在湘江边,收养了一个女婴,十余年后,"忽有青童灵人自空玄而下,来集其家,携女去,临升天谓渔父曰:'我仙女杜兰香也,有过谪于人间,玄期有限,今将去矣。'于是凌空而去。"何焯说:"以比当时之得意者。"疑非。萼绿华与杜兰香,都是指圣女。这里故意点出两个仙女的名字,实中有虚。"来无定所","去未移时",诗人暗示重过圣女祠,已找不到从前在此所遭遇到的女郎,非常的失望与惆怅。

④"玉郎"二句:玉郎:掌管天府神仙典册的仙官。《云笈七签》卷十六:"侍仙玉郎,开紫阳玉笈云锦之囊,出九天生神玉章。"仙籍:神仙的花名簿。诗人用以自况,古时大官贵族的名字记在宫门的簿籍中,表示取得进入宫中的资格,谓之"通籍"。 紫芝:传说中的仙草,服之可以成仙。 末两句照应题目,追述当日自己曾与圣女交往的情况。

近人有谓圣女是指女道士,或直谓宋华阳姊妹,义山曾同她们有过一段恋爱纠纷云云。因证据不足,现姑存疑以待考。

潭　州

　　人们习惯认为,登山临水之作,往往就是吊古以伤今。这首诗也被古今的评注家们挖空心思去找它的"美"、"刺"。或曰"思武宗"、"刺宣宗",或曰以兰"指白敏中、令狐绹"。好端端的一首诗变成射覆的谜语。其实,诗人作诗时的构思并没有批评家们想象得那么复杂。清人王鸣盛说此诗"吊古显然,伤今则无明文",颇能体会作者的本意。今与古,时间是推移了,但空间还是变化不大的,江山景物,也许与古时相差不远,古人许多已成过去的旧事,还足以作为今天的借鉴。　诗人在大中二年(848)春夏之间,离桂州北归,五月至潭州(今湖南长沙市),在湖南观察使李回处作幕僚,此诗是这年夏天在潭州时作。

　　潭州官舍暮楼空,今古无端入望中。①
　　湘泪浅深滋竹色,楚歌重叠怨兰丛。②
　　陶公战舰空滩雨,贾傅承尘破庙风。③
　　目断故园人不至,松醪一醉与谁同?④

【今译】

　　在潭州官舍中,黄昏时独自登上空寂的层楼,举目四望,今古的情事,不由得都进入自己的

中华聚珍文学丛书 | 李商隐诗今译

眼中。

湘妃的悲泪滴在竹子上，染上了浅深斑驳的
　　啼痕；

屈原的《楚辞》，反复地歌唱，在兰草丛中充满
　　着哀怨之情。

陶侃当年的战舰，如今何在？只见江畔一片
　　空滩，在迷蒙的细雨里。

贾谊长沙的祠庙，荒凉冷落，风吹在残破的
　　天花板上。

天涯极目，望不到故乡，我的朋友也没有
　　到来，

想借酒消愁，但与谁人共醉呢？

【注释】

　　①"潭州"二句：诗意是看到潭州城外的景物，联想起古往今来在这儿发生过的事情。　无端：无缘无故，不由自主地。

　　②"湘泪"二句：上句凭吊舜和湘妃。相传舜南巡，死在苍梧，他的两位妃子娥皇和女英追舜到南方，在湘江边恸哭，"以泪挥竹，竹尽斑"。　下句凭吊屈原。屈原作《离骚》《九歌》，多次歌咏到"兰"，如"沅有芷兮澧有兰，思公子兮未敢言"，"纫秋兰以为佩"，"结幽兰而延伫"，又如"兰芷变而不芳兮，荃蕙化而为茅"，"余以兰为可恃兮，羌无实而容长"。兰，寄托了屈原极其复杂矛盾的心情，信赖、期待、怀疑、痛苦、失望和悲愤，在本诗中以一"怨"字归纳起

来。 两句微情幽意,渲染出哀感缠绵的气氛。与其说是"伤今",不如说是"伤己"。

③"陶公"二句:陶公:陶侃,庐江浔阳(今江西九江)人,字士行,是东晋著名的将领。曾任江夏太守,大力建造战舰,训练水军。多次击败叛变的军阀,功封长沙郡公。 贾傅:贾谊,西汉著名的政论家,文学家。年轻时就受到汉文帝的赏识,召为博士,不久迁太中大夫,后被大臣排挤,贬为长沙王太傅。 承尘:承接尘土的天花板。《西京杂记》云:贾谊在长沙,鹏鸟(即猫头鹰)集其承尘,俗以鹏鸟至人家,主人死。谊作《鹏鸟赋》。 破庙:贾谊庙在长沙县南六十里,即贾谊旧宅。 这两句凭吊在长沙有名的两位历史人物陶侃和贾谊,可能有所暗示。贾谊当是作者自况。可参看《贾生》诗注。

④"目断"二句:松醪(láo 劳):用松树中含有松香的部分酿制的醇酒。 两句叹息无人了解自己的心意,表现了诗人对家国身世的孤愤之情。 屈复《玉溪生诗意》云:"自伤流滞于此。"

赠刘司户蒉

　　唐敬宗宝历二年(826)十二月,宦官刘克明等杀害了敬宗,立绛王李悟为帝。枢密使王守澄等杀死刘克明,立江王李涵,改名昂,是为文宗。宦官们气焰依然十分嚣张,国家政权很不稳定。一些清醒的知识分子起来大声疾呼,强烈要求宦官们交出权力,希望政府部门重新任用有作为的人管理政事。刘蒉即于唐文宗大和二年(828),参加贤良方正直言极谏科的考试。他在对策中猛烈抨击宦官专政,提出很多建设性的措施,因而遭到宦官的忌恨,被考官黜退。刘蒉多年在令狐楚、牛僧孺等幕府中工作,终被宦官诬陷,被贬为柳州司户。义山此次与刘蒉相会的时间已不易考定,此诗是别时所赠,表现作者对刘蒉的敬慕。

　　江风吹浪动云根,重碇危樯白日昏。①
　　已断燕鸿初起势,更惊骚客后归魂。②
　　汉廷急诏谁先入?楚路高歌自欲翻。③
　　万里相逢欢复泣,凤巢西隔九重门。④

【今译】

　　江上寒风卷起惊浪,两岸悬崖石壁都被撼动,
　　船只收帆系碇,露出高高的桅杆,日暗天昏。

从北方燕地来的鸿雁,刚要作势飞起,就已被
　　阻断;

贬谪到南方的骚客那未归的精魂,也被惊
　　扰了。

谁能接到汉家朝廷的急诏,先被征回呢?

只好效法接舆,在楚地的大路上,放意高歌。

我在万里之外与您相逢,既喜且悲,

凤凰居住的地方,在西边远隔着皇帝的九重
　　门啊。

【注释】

　　①"江风"二句:写江上气候突变,以喻甘露之变后险恶的政
治环境。陆昆曾《李义山诗解》:"只十四字,而当日北司专恣,威柄
凌夷,已一齐写出。"云根:张协《杂诗》:"云根临八极。"注:"云根,
石也,云触石而生。" 重碇:沉重的系船石。 危樯:即高樯。樯,
桅杆。指船只。 白日昏:古人常以白日象征皇帝。昏,暗示丧权
失势、受制于人。

　　②"已断"二句:燕(yān 烟)鸿:燕,指河北北部地区。刘蕡是
幽燕慷慨之士,故以燕鸿为喻。 骚客:屈原被贬到湖南,忧愤而作
《离骚》,故称。此以喻刘蕡。 上句指刘蕡初到长安,怀着远大的
志向,正要奋发高蹈,却遭到宦官的压制。下句指刘蕡被诬陷贬
斥,久而不归。

　　③"汉廷"二句:汉廷急诏:据《汉书·贾谊传》载:贾谊被谪
做长沙王太傅,后来汉文帝思念他,下诏书拜贾谊为梁怀王太傅,

召返长安。这里指刘蕡虽如贾谊之谪，但却没有被召回。 楚路高
歌：据《论语·微子》载：楚国的高士接舆，佯狂避世，孔子到楚时，
"接舆歌而过孔子曰：'凤兮凤兮，何德之衰也?'" 翻：飞貌。指歌
声高翔。 诗意谓刘蕡像接舆那样，用诗歌来抒发自己的愤激。

　　④"万里"二句：凤巢：朱鹤龄注引《帝王世纪》："黄帝时，凤
凰止帝东园，或巢于阿阁。" 九重门：宋玉《九辩》："君之门以九
重。" 诗意谓贤德的人被贬斥在万里之外，无法与皇帝接近，更无
法诉说自己的沉冤。

南　朝

　　义山很重视南朝兴废的历史教训，集中有好几首诗专咏末代君主的荒淫残暴，以至国亡身殒的事实。东晋、宋、齐、陈等各朝都有一些这样的昏君，他们悖虐无道，纵欲拒谏，覆辙相仍，至死不悟。清人赵翼《廿二史札记》卷十一《宋齐多荒主》条，列举宋少帝义符、宋废帝子业、山阴公主、宋后废帝昱、齐废帝郁林王、陈后主叔宝等人"童昏狂暴，接踵继出"，"创业者不永年，继体者必败德。是以一朝甫兴，不转盼而辄覆灭"。这并不是因"劫运之中，天方长乱"，而是在于他们都是暴发户的"二世祖"。不知稼穑的艰难，不顾百姓的死活，不惜为了一己之欲而给国家和人民带来深重的灾难。陈后主，字叔宝。他即位后，就荒于酒色，不恤政事。史载后主：左右嬖佞，珥貂者五十人，妇人美丽从者千余人。君臣酣饮，从夕达旦，以此为常。盛修宫室，无时休止。税江税市，征取百端。刑罚酷滥，牢狱常满。这样的一个混账家伙怎得不亡国？义山此诗上半段概述宋齐君主的奢侈淫靡，下半段专咏陈朝之事，结构错综新颖。以冷嘲作结，耐人寻味。

玄武湖中玉漏催，鸡鸣埭口绣襦回。①
谁言琼树朝朝见，不及金莲步步来？②
敌国军营漂木柹，前朝神庙锁烟煤。③
满宫学士皆颜色，江令当年只费才。④

【今译】

在玄武湖中,钟漏声催,时光易逝;
鸡鸣埭口,穿着锦绣衣裳的宫女又到来了。
谁说陈后主那"琼树朝朝见"的张贵妃,
不及得齐废帝"金莲步步来"的潘贵妃啊!
从北方敌国的军营中漂来造战船削下的
　木片,
陈朝祖先的宗庙也被烟灰尘土扑满。
满宫的"学士"都容色艳丽,
江总等狎客也枉费尽自己的文才了。

【注释】

①"玄武"二句:玄武湖:在今南京市玄武门外,是著名的游览场所。宋文帝元嘉年间建成。　鸡鸣埭(dài待):玄武湖北岸的堤坝名。上有鸡鸣寺。据说武帝常清早游琅琊城,行到这里才天亮鸡鸣。故称。　绣襦:女子的锦绣上衣。　回:来往。　首两句点题概述宋齐两代之事,写出君主们夜以继日地荒淫作乐。

②"谁言"二句:琼树朝朝见:陈后主曾作《玉树后庭花》以赞美宠妃张丽华、孔贵嫔的容色。有句云:"璧月夜夜满,琼树朝朝新。"　金莲步步来:据《南史·东昏侯本纪》载,齐废帝萧宝卷凿金为莲花以帖地,令潘妃在上行走,云:"此步步生莲花也。"　两句意谓陈后主的荒淫奢侈比之齐废帝更甚。

③“敌国”二句：敌国：彼此敌对的国家，或地位力量相等的国家。《南史·陈本纪》载：隋文帝闻陈宣帝死，“遣使赴吊，修敌国之礼，书称姓名顿首”。诗中指陈的对手隋。 木柿（fèi肺）：从木头上削下的碎片。 上句典出《南史·陈本纪》：隋文帝在开皇七年“命大作战船，人请密之，隋文帝曰：‘吾将显行天诛，何密之有！使投柿于江，若彼能改，吾又何求。’” 前朝：上代。指陈后主的祖宗。 下句典出《通鉴·陈纪》：祯明元年，太市令章华上书向后主进谏，称美陈高祖、世祖、高宗的功业，并说：“陛下即位，于今五年。不思先帝之艰难，不知天命之可畏；溺于嬖宠，惑于酒色；祠七庙而不出，拜三妃而临轩。”又云：“今疆场日蹙，隋军压境，陛下若不改弦易辙，臣见麋鹿复游于姑苏矣。”两句意谓陈后主对北方的强敌压境时毫无戒备，又不祭太庙，行将亡国绝嗣。可参看《南史·陈本纪》：“后主愈骄，不虞外难，荒于酒色，不恤政事。”

④“满宫”二句：学士：陈后主宫中“妇人美貌丽服巧态以从者千余人”，其中有文学才能者被封为“女学士”。 江令：指江总。在陈后主朝官仆射尚书令，不管政事，常陪后主宴乐后宫中，与孔范等十人号曰“狎客”。 只费才：空费才。《南史·陈本纪》载：陈后主宴乐时，“先令八妇人襞采笺，制五言诗，十客一时继和，迟则罚酒。君臣酣饮，从夕达旦，以此为常”。两句兼写陈末的君臣。指出女学士的“颜色”和狎客的“才”，适足以助后主的荒淫，促其亡国而已。与作者《陈后宫》诗：“从臣皆半醉，天子正无愁。”意略相似。

中华聚珍文学丛书——李商隐诗今译

哭 刘 蕡

这一首悼诗,沉郁悲愤,情文相生,是义山集中风骨遒上的名作。诗人与刘蕡间深厚的交谊是建筑在共同的政治理想之上的,义山在诗中痛斥最高统治者的昏庸和残忍,对被迫害致死的刘蕡表示由衷的敬仰。

上帝深宫闭九阍,巫咸不下问衔冤。①
黄陵别后春涛隔,溢浦书来秋雨翻。②
只有安仁能作诔,何曾宋玉解招魂!③
平生风义兼师友,不敢同君哭寝门。④

【今译】

那昏聩无能的上帝,安居在深宫之中,紧闭着
　　九重天门;
神巫巫咸也没有降临人间,去调查了解下民
　　含冤负屈的情况。
自从去年在黄陵别后,江湖上浩渺的春波,
　　把我们阻隔着,
等到从溢浦传来您不幸去世的消息,已是

秋雨凄零的时节了。

我只能像潘安仁那样作诔文来表示哀悼;

即使是宋玉,又哪里真正懂得招魂之术啊!

说到我们生平的情谊,您兼是我的老师和
　朋友,

所以我不敢自居于您的同列,而哭吊在寝门
　之外。

【注释】

①"上帝"二句:这里把矛头直指至高无上的皇帝,"居于深宫
之中,长于妇人之手"。只顾自己享乐,不理人间疾苦,被太监们抓
在手心里的中唐以后的皇帝,哪一个不是这样!　　九阍(hūn 昏):
九门。传说天帝所居之处有九门。《楚辞·九辩》:"君之门以九
重。"　巫咸:古代传说中的神巫。屈原《离骚》:"巫咸将夕降兮,怀
椒糈而要之。"

②"黄陵"二句:这里先写生离,再写死别,逐层加深,表现诗
人极度的悲痛。情景交融,声泪俱下。　黄陵:各本原作广陵。何
焯云:"广陵疑黄陵。"《哭刘司户蕡》诗中有"去年相送地,春雪满黄
陵"之句。黄陵山,在今湖南湘阴县,靠近湘江入洞庭湖之处。

③"只有"二句:安仁:西晋文人潘岳的字。《晋书·潘岳
传》:"岳词藻绝丽,尤善为哀诔之文。"　诔(lěi 磊):古时用以表彰
死者德行并致哀悼的文辞,后来成为哀祭文体之一。陆机《文赋》:
"诔缠绵而凄怆。"　招魂:《楚辞》中有《招魂》篇,或谓是屈原招怀
王之魂,或谓是屈原自招。王逸注谓是宋玉"怜哀屈原忠而斥
弃……魂魄放佚"而作。诗中是说无法使刘蕡复生,使人悲思

不已。

④"平生"二句：风义：情谊，道义。 同君：与您等同起来。 寝门：内室的门。据《礼记·檀弓》载：死者是师，则应于内寝哭吊；死者是友，则应哭于寝门之外。作者敬刘蕡如师，故不敢哭寝门。末句感情非常深挚，也可以从侧面看到诗人的风骨气节。

荆 门 西 下

　　本诗写作年代,各家说法不一。冯浩补注云:"此篇久未能定,今揣其必为遇险后至荆门之作。"定为大中三年(849)春,义山由蜀入京时作。张采田驳之:"荆门诗而谓之'西下',明指下蜀而言","自巴阆归,故曰西下",定为大中二年(848)之作。近人岑仲勉先生《玉溪生年谱会笺平质》认为"此诗乃随(郑)亚赴桂途次所作",并引陈寅恪先生语:"巴蜀游踪之说,实则别无典据。"　今从岑说,系于宣宗大中元年(847)初夏。义山时三十五岁。宣宗即位后,务反会昌之政。二月,宰相白敏中使其党羽李咸控告李德裕,德裕因此以太子少保分司东都。李党人多被斥逐。给事中郑亚外调为桂州刺史、桂管防御观察使,辟义山入幕掌书记。义山眼看到这场正在展开的惊心动魄的政治斗争,刚正之士受到排斥打击,阿谀谄媚的小人却扶摇直上,心里很有感触,在赴桂途中写了这首诗。　荆门:山名,在今湖北宜都市西北,长江南岸。　西下:岑仲勉云:"舟发荆州向东而下,以东向为西下,古人自有此种语法。"

一夕南风一叶危,荆云回望夏云时。①

人生岂得轻离别? 天意何曾忌崄巇!②

骨肉书题安绝徼,蕙兰蹊径失佳期。③

洞庭湖阔蛟龙恶,却羡杨朱泣路歧。④

【今译】

刮了一夜的大南风,江波上一叶扁舟,更觉
　　行程的危险。

向西回望荆州上空的白云,那已是初夏时节
　　的晴云了。

人生中,哪能够轻易就离别了啊?

但老天爷的主意,怎让你避开险恶的环境呢!

我寄给家人的信中写道:"我已经安心到遥远
　　的边塞外。"

可惜故乡长满蕙兰的径路,却辜负了美好的
　　期约。

再往东行,就是辽阔的洞庭湖,那儿波浪汹涌,
　　蛟龙狰恶。

这时,我倒羡慕那在歧路悲伤哭泣的杨朱了。

【注释】

　①"一夕"二句:写初发荆门所见,以风波喻政途的险恶。郑亚除桂管在二月,抵任在五月,过荆门时大约是四月,所以诗中点出夏云。

　②"人生"二句:离别,不是人所希望的,但又不得不离别。这

只有归之于不可违抗的"天意"。天意，也就是最高统治者的意愿，肆无忌惮，独断专行，不管别人的死活。诗中说"何曾忌"，在自我解嘲中含着深深的愤激。诗人把批判的矛头指向了当时的皇帝。

崄巇(xiǎn xī 险希)：艰险崎岖。

③"骨肉"二句：语曲意深，余味惘然。到"绝徼"之外，本是不得已的事，但偏在信中要说"安"。不直接写眷恋故园，却说可惜失误了佳期。诗人用心之苦可见。 书题：书信。 绝徼(jiào 叫)：极远的边境。诗中指桂州，唐时属广西"蛮荒"之地。 蹊(xī 奚)：小路。

④"洞庭"二句：纪昀评："太尽便乏余味。"其实纪老先生并没有读懂这诗。张采田说："诗中全是失路之感，久读方领其妙，看似说破，实则未说破也。此善于用笔所致。"此解近是，但仍欠深透。杨朱泣歧路，前途虽是茫茫未卜，还可以去选择自己愿意走的路，而摆在诗人面前的却是明明白白的"崄巇"的途程。在这样的情况下，怎能不羡慕杨朱呢。末句强自排释，跌深一层，有无穷余味。蛟龙：指江河湖海中凶猛的水兽。杜甫《梦李白》诗："水深波浪阔，无使蛟龙得。" 杨朱：战国时杨朱学派的创始人。《淮南子·说林训》："杨子见逵路(歧路)而哭之，为其可以南可以北。"

杜工部蜀中离席

　　这首诗着意模拟杜甫诗歌的风格,而又能有作者自己独特的面目。前人说,义山善学杜甫,就是指他善于吸取杜甫的长处,得杜之神,而遗其皮毛。不像明代的复古主义的诗人那样,只顾捃扯杜甫诗的字面,把"百年"、"万里"、"大漠"、"雄关"排凑起来,勉强成篇,优孟衣冠,毫无新意。杜甫在四川成都严武幕中时,曾加检校工部员外郎的官衔,故称"杜工部"。大中五年(851)冬,作者奉命到西川推狱,至成都。次年,事毕,返回梓州。本诗在临行时饯别的宴席上作。诗中写离席上的情景,抒发了诗人对国家大事的感慨。几年来,蜀中多事,除了跟吐蕃和党项之间的民族纠纷外,还爆发了巴南的蓬州、果州的贫民起义,起义者以鸡山为根据地,进迫东、西川及山南西道。唐宣宗大为震惊。《资治通鉴》载:"上怒甚。崔铉曰:'此皆陛下赤子,迫于饥寒,盗弄陛下兵于溪谷间,不足辱大军,但遣一使者可平矣。'"宣宗派刘潼到果州诱降后,出其不意,发兵扑灭了这次暴动。诗人目睹这些事件,深深感到国家需要一个安定的局面,使劳民得以休养生息。

　　人生何处不离群? 世路干戈惜暂分。①
　　雪岭未归天外使,松州犹驻殿前军。②
　　座中醉客延醒客,江上晴云杂雨云。③
　　美酒成都堪送老,当垆仍是卓文君。④

【今译】

人的一生无论在哪里,怎有不跟朋友离别的
　事呢?

但在世路艰难、干戈动乱的时代,即使短暂
　的分离也会令人难受。

在川西遥远的雪山之外,朝廷派出的使者还
　未归来,

而松州一带仍驻扎着皇帝的殿前军。

在离席座中,醉了的客人在延请着还是清醒
　的客人。

在江上,明朗的晴云夹杂着阴暗的雨云。

成都市上,本来有美酒可以送老,

何况更有卓文君这样的美女在垆前卖酒呢!

【注释】

　　① “人生”二句:这里纯用杜诗之法,以反诘句开头,非常警
策。“何处不”三字,曲折顿挫。纪昀说:“起二句大开大阖,矫健绝
伦。”甚是。

　　② “雪岭”二句:颔联紧接“世路干戈”之意。　雪岭:即雪山,
主峰在康定。绵亘出川西,称为大雪山脉。是唐帝国和吐蕃的分
界,也是当时的少数民族党项聚居之地,经常发生兵事纠纷。大中

三年,吐蕃宰相论恐热以秦、原、安乐三州及石门等七关归唐。三州士民千余人至京师阙下朝见唐宣宗。大中五年,白敏中充招讨党项行营都统、制置使,奏称"党项悉平"。所以朝廷屡派使者处理边事。 松州:今四川阿坝藏族自治州松潘县,因有甘松山,故名。唐太宗时置松州都督府,驻兵守护边境。 殿前军:指神策军,本是皇帝宫廷中的禁卫军,但外地将领为了多得粮饷,往往奏请所部军队直属中央管辖,称为"神策行营"。 这两句叙事简洁,感慨深刻,颇具"史笔",王安石非常称赏。

③"座中"二句:叙事写景,寓有深意。"醉客",指那些浑浑噩噩的庸人,毫无远见,醉生梦死。"醒客",作者自况。义山有极其清醒的现实感。他关心国事、有抱负、有远见。他看到"晴云杂雨云"的变幻不定的政治和军事气候,心中充满着疑虑。"众人皆醉我独醒",徒然独醒,又有什么用呢!

④"美酒"二句:从"醉客"意推深一层,联想到当垆卖酒的卓文君,语含深讽。好吧,既然有美酒,又有美女,你们就醉吧,醉吧,甘心老于他乡,不再管什么国家的前途、人民的疾苦了。这是"醒客"因"醉客"而发的感慨。 卓文君:汉代蜀中富商卓王孙之女,年轻寡居。司马相如以琴声诉说对她的爱情,文君夜奔相如,后被卓王孙发觉,把两人逐出家门。夫妻俩就在成都市上开设酒店,卓文君当垆卖酒,司马相如涤器。《唐语林》载:"蜀之士莫不沾酒,慕相如涤器之风。"近人据此以为作者"向往成都生活情调之美"。非是。

何焯云:"诗至此,一切起、承、转、合之法何足绳之?然离席起、蜀中结,仍自一丝不走也。"这正是大家手笔。寓有法于无法之中。结构既严紧而又有变化,从心所欲而又不离规矩。吴乔谓此诗如杜甫"童稚情亲"篇,"只须前半首,诗意已完,后四句以兴足之。去后四句,于义不缺;然不可以其无意而竟去之者。"并批评王安石"止赞'雪岭未归'一联,是见其炼句,而未见其炼局也"。甚是。

隋　宫

　　隋炀帝——杨广,也算是"千古一帝"吧,这个荒唐透顶的风流皇帝! 他好大喜功,初即位六年间,就征集了数十万民工,兴修了大运河通济渠。接着在东都洛阳大兴土木,修建宫殿和西苑。从西苑中可以乘船直达江都。自大业元年至十二年(605—616)三次南游江都。并修筑长城,开辟驰道,还扩充军备,发动入侵高丽的战争,使成千上万百姓和士兵死亡,农业生产受到严重的破坏。结果群雄并起,推翻了隋朝,杨广也被禁军将领宇文化及等缢杀。这首诗通过写隋宫的变迁,揭示了隋炀帝穷奢极侈、自取覆亡的历史教训。这是可足为百世之鉴的。诗意含有深刻的讽刺,情调慷慨苍凉,是义山诗中高作。

　　　紫泉宫殿锁烟霞,欲取芜城作帝家。①
　　　玉玺不缘归日角,锦帆应是到天涯。②
　　　于今腐草无萤火,终古垂杨有暮鸦。③
　　　地下若逢陈后主,岂宜重问后庭花。④

【今译】

　　长安城紫泉南边的宫殿,深锁在朝烟暮霞
　　　　之中,

而皇帝却想用过去的芜城扬州作为帝都。

如果不是隋朝的玉玺落到了有"日角龙庭"的
　　天子相的李渊手中，

那么炀帝挂上华丽锦帆的龙舟，恐怕会游遍
　　天涯海角。

到如今，隋宫已成一片废墟，虽有腐草，但已
　　无萤火熠耀。

而在久远的岁月中，运河两岸的垂杨树上
　　还是有暮鸦哀号。

如果在九泉之下遇到陈后主，

那就不该再去观赏《玉树后庭花》的歌舞
　　了吧？

【注释】

①"紫泉"二句：写隋炀帝好游侠，厌倦了长安宫中的生活，要到江南佳丽之地扬州寻乐。　紫泉：即紫渊。水名，在长安北。　司马相如《上林赋》写长安"丹水更其南，紫渊径其北"。因避唐高祖李渊名讳而改为"紫泉"。　芜城：即广陵（今江苏扬州市）。鲍照有名作《芜城赋》写广陵故城经兵燹后残破荒芜的景状。后人遂把芜城作为广陵的别名，隋时称作江都。炀帝曾在这儿大建宫室。《资治通鉴》卷一百八十载：大业元年（605），"发淮南民十余万开邗沟，……自长安至江都，置离宫四十余所"。

②"玉玺"二句：隋炀帝多次游扬州，《隋书·炀帝纪》："大业

元年八月,上御龙舟幸江都。"大业十二年(616),第三次南游。次年,李渊、李世民在太原起兵,不久隋朝覆亡。 玉玺(xǐ洗):玉印。 玉玺归于别人,象征国家政权更变。 不缘:不因,如果不是。 日角:指人的额骨突出饱满如日的样子。古人迷信骨相之术,认为人的一生贵贱,存乎骨相。封建统治者常吹嘘自己有"帝王之相",以欺骗人民。《东汉观记》谓汉光武帝刘秀微时,即有"日角龙准"之相。《旧唐书·唐俭传》载:李渊起兵前,唐俭说他"日角龙庭",必能取天下。诗中以"日角"指李渊。 锦帆:指龙舟。其帆以锦缎制成,船长二百尺,高四十五尺,有楼四层。据《开河记》载:"帝自洛阳迁驾大梁,诏江淮诸州造大船五百只。……龙舟既成,泛江沿淮而下。……时舳舻相继,连接千里,自大梁至淮口,联绵不绝,锦帆过处,香闻百里。" 两句意谓,如果隋朝未覆亡,杨广还会到更远的地方游幸。当时已开了八百余里的江南河,从镇江通杭州,准备渡浙江游会稽。 两句用"不缘""应是",作转折之词,把诗意开拓,最善用笔。故前人云:"着此一联,直说出狂王抵死不悟,方见江都之祸非偶然不幸,后半讽刺更有力。"

③"于今"二句:笔力极重,境界极大,苍茫感慨,是义山得意之笔,不要把它作普通的写景句看。 腐草:古时传说,萤火虫是在腐草中化生的。《礼记·月令》:"腐草为萤。" 萤火:萤火虫。据《隋书》载:大业末,天下已盗起,帝于景华宫征求萤火数斛,夜出游山放之,光照山谷。《广陵志》载:扬州旧城七八里有炀帝放萤苑。

上句,有人解释说,萤火虫被搜尽,连腐草也不生萤了。这只是皮相之言。何焯说"兴在像外",就是指在物像的描述之外有更深的内在意义,形象地把隋朝的灭亡表现出来。"无萤火"三字,在描述隋宫废址的荒凉之余,更含微妙的讽刺,这很值得我们用心领会。 终古:长久,永远。 垂杨:《隋书》载:"炀帝自板渚引河作御道,植以杨柳,名曰'隋堤',一千三百里。"这有名的隋堤柳,是千古诗人歌咏不绝的,现在,只剩下老鸦在黄昏时候发出哑哑可厌的啼声,似在诉说着亡国的悲凉。当年那锦帆照水,鼓吹喧天的热闹繁华,如今安在？ "垂杨"与"腐草","萤火"与"暮鸦",用"无"、"有"两字贯串起来,对比鲜明,语含深慨。冯班说:"腹联慷慨。专以巧句为义山,非知义山者也。"

④"地下"二句:陈后主:名叔宝,陈朝末代皇帝,也是历史上著名的淫奢之主。他大建宫室,日与妃嫔、狎客游宴,制作艳词。祯明三年(589)隋兵南下,攻入建康,被俘病死。 后庭花:即《玉树后庭花》,是陈后主创作的舞曲。据《隋遗录》载:炀帝曾在江都吴公宅鸡台中梦见陈后主:"后主舞女数十许……中一人迥美,帝屡目之。后主云……即丽华也。……因请丽华舞《玉树后庭花》……丽华乃徐起终一曲。后主问帝:……龙舟之游乐乎？始谓殿下(杨广为太子时之称)致治在尧舜之上,今日复此逸游,大抵人生各图快乐,曩时何见罪之深耶?"历史,是如此惊人地重演,隋炀帝终于也落到陈后主同样的亡国殒身的下场。 末两句语意冷峭,讽刺入骨。正如张采田所说:"含蓄不尽,益觉味美于回,律诗寓比兴之意,玉溪惯法也。"

二 月 二 日

　　大中七年(853)，义山在四川梓州(今四川三台县)东川节度使柳仲郢幕中，郁郁终日，无以为欢。二月二日是蜀中的踏青节，诗人随俗出游，看到春满天涯的美景，更触动了失意沦落之感。整首诗以松快的笔调写苦闷的心情，另具一格，很是成功。诗的风神迫肖杜甫在成都时写的七律，而轻情流美似还过之。

中华聚珍文学丛书——李商隐诗今译

　　二月二日江上行，东风日暖闻吹笙。①
　　花须柳眼各无赖，紫蝶黄蜂俱有情。②
　　万里忆归元亮井，三年从事亚夫营。③
　　新滩莫悟游人意，更作风檐夜雨声。④

【今译】

　　二月二日的踏青节，在涪江畔漫步徐行，
　　东风骀荡，春日融和，听到远处阵阵笙声。
　　花开了，露出纤美的嫩蕊，初生的柳叶，细长
　　　　如少女的眼睛，都像在挑逗游人的春思。
　　紫蝶黄蜂，在娇花细柳之间穿来穿去，真是
　　　　情意深长啊。

我客居在万里之外的异乡,经常想望着能像
　陶潜那样回到自己的乡井。
匆匆又过了三年,现在还在柳幕中任职。
春江上的新滩,不了解游人的心意,
流水之声像半夜里檐间的风雨,引动客子的
　愁怀。

【注释】

①"二月"二句:首句用拗律:仄仄仄仄平仄平,不觉其诘屈
聱牙,反而有特殊的音乐美。次句"闻吹笙"三平调,音节亦甚佳。
　温庭筠《旅泊新津却寄一二知己》诗:"并起别离恨,似闻歌吹
喧。"与此意近。
②"花须"二句:花须:花的雄蕊,细长如须。 柳眼:柳叶的
嫩芽初展之状。 无赖:本意为放恣,撒泼。引申为花柳烂漫,恼人
情思。杜甫《奉陪郑驸马韦曲》诗:"韦曲花无赖,家家恼杀人。"两
句极写春色之美,以反衬内心的伤感,收到特别的艺术效果,这就
如前人所谓"两路相形,夹写出忆归精神,合通首反复咀咏之,其情
味自出。"(何焯语)
③"万里"二句:元亮:东晋大诗人陶潜的字。陶诗《归田园
居》:"井灶有遗处,桑竹残朽株。"古人常以"井"代表故乡。 三年:
作者在大中五年被柳仲郢辟为节度书记,到梓州至今三年。 从
事:指任柳仲郢的幕僚。 亚夫营:汉文帝时,大将周亚夫在长安
附近的细柳地方驻扎军队,防御匈奴,军营中,纪律严明,很受汉文
帝的称赏。人称为"细柳营"或"柳营"。这里以柳营的柳字暗寓幕
主柳仲郢的姓。两句写三年客宦川东,万里思归故乡。

④ "新滩"二句:"莫悟"两字,神味甚足,本来勉力出游,目的是为了排遣客中的寂寞愁情,而滩声却故作风雨之声,更增人愁绪。把"销愁愁更愁"的责任全推给滩声。世界上无一事物,不带上诗人主观的感情色彩了。何焯云:此诗"神似老杜处在作用,不在气体也。……同一江上行也,耳目所接,万物皆春,不免引动归思,及忆归未得,则江上滩声,顿有凄凄风雨之意。笔墨至此,字字化工"。末两句意味颇似《宿骆氏亭寄怀崔雍崔衮》诗:"秋阴不散霜飞晚,留得枯荷听雨声。"

中华聚珍文学丛书—李商隐诗今译

筹 笔 驿

　　这是义山咏史诗的代表作。后世爱举出此诗,以证明义山诗如何"神似老杜"。实在义山的七律,卓然大家,在艺术手法某方面上甚至还突过杜甫。评论家从钟嵘开始,常爱说当代的作者从某家出,写旧体诗词的人,也常自称:"学某家某家。"这实在是不好的风气。诗文的大家是要自吐胸臆的,怎能处处作计随人呢!这首诗是在大中九年(855)冬柳仲郢调长安,作者随仲郢返京途中所作。诗中缅怀三国时蜀汉的名相诸葛亮,感叹他空有雄才大略而功业不成,无法挽救蜀汉的败亡,寄寓着诗人对当前现实的深刻的感慨。全诗把叙事、议论、写景、抒情巧妙地融合在一起,唱叹有情,是诗人晚年时艺术已臻最高之境的作品。值得我们再三讽诵。　筹笔驿:古驿名。故址在今四川广元市朝天镇北。相传诸葛亮出师伐魏时,常驻军运筹于此。杜牧亦有诗咏之:"永安宫受诏,筹笔驿沉思。画地乾坤在,濡毫胜负知。"

猿鸟犹疑畏简书,风云常为护储胥。①

徒令上将挥神笔,终见降王走传车。②

管乐有才终不忝,关张无命欲何如?③

他年锦里经祠庙,梁父吟成恨有余。④

【今译】

筹笔驿附近的猿猴飞鸟，好像仍然畏惧
　诸葛亮当年森严的军书命令。
而这里风云屯聚，像是永久地在保护着
　他的军营壁垒。
这位大将空自挥动神笔，筹划军事，
结果不免见到投降了的后主被驿车解送
　洛阳。
诸葛亮真不愧是像管仲、乐毅那样有才能的
　政治、军事家。
但名将关羽、张飞早死，那又有什么办法啊。
当年，我曾亲到成都锦里，凭吊武侯祠庙，
吟哦罢诸葛亮的《梁父吟》诗，心中起了无穷
　的怅恨。

【注释】

　　①"猿鸟"二句："猿"，影宋本、嘉靖本、汲古阁本俱作"鱼"，朱鹤龄注本作"猿"，词意较佳，今从朱本。　简书：指军中的文书命令。《诗·小雅·出车》："王事多难，不遑启居。岂不怀归，畏此简书。"毛传曰："简书，戒命也。"　储胥(chǔ xū 楚需)：藩篱木栅之

类,作守卫拒障之用。《汉书·扬雄传》:"扼熊罴,拖豪猪,木雍枪累,以为储胥"。颜师古注引苏林曰:"木拥栅其外,又以竹枪累为外储也。"两句写作者见到筹笔驿中诸葛亮故垒时的感受。用"猿鸟"和"风云"表现自己肃然起敬的心情。极力推崇诸葛亮,亦使读者"凛然复见孔明风烈"。

②"徒令"二句:徒令(líng 铃):空使,枉教。 上将:指诸葛亮。 挥神笔:指筹划军事,挥笔为文。此用以表现诸葛亮的才智。 降王:指蜀汉后主刘禅。魏景元四年(263)司马昭派钟会、邓艾伐蜀。邓艾至城北,后主舆榇自缚诣军垒门外投降。 传车(zhuàn jū 撰居):古代驿站专用车辆。传,即传舍、驿站。走传车,指刘禅乘传车入魏。《蜀志·后主传》载:蜀亡后第二年,"后主举家东迁至洛阳。"两句慨叹诸葛亮费尽心力,终不能使蜀汉免于覆亡。"见"字是泛写,蜀亡时诸葛亮已死。

③"管乐"二句:管乐:管仲和乐毅。管仲,是春秋时齐国著名的政治家,辅佐齐桓公以成霸业。乐毅,是战国时著名的军事家。曾为燕昭王大破齐军。诸葛亮年轻时有大志,在南阳隐居时,每自比于管仲、乐毅。 不忝(tiǎn 舔):不辱,无愧。 关:关羽,字云长。蜀汉"五虎将"之一。镇守荆州,被孙吴偷袭,兵败被杀。 张:张飞,字益德,蜀汉"五虎将"之一。在刘备伐吴时被部将暗杀。这里写诸葛亮尽管有杰出的才能,但在伐魏时,关、张已死,蜀中已无大将,功业不成,实在是无可奈何之事。

④"他年"二句:他年:在旧体诗词中有过去和未来两种意义。本诗中指昔年。义山在大中五年(851)冬曾到成都,瞻仰了武侯祠,作《武侯庙古柏》以寄意。中有"玉垒经纶远,金刀历数终。谁将《出师表》,一为问昭融"之句。与本诗意近。 锦里:在成都市南,诸葛亮的祠庙在此。 梁父吟:古乐曲名。《诸葛亮传》称:"亮躬耕陇亩,好为《梁父吟》。"本是指诸葛亮好弹这首古琴曲,但后人把乐府古辞《梁父吟》(步出齐城门)一诗附会为诸葛亮所作。义山亦沿此误。《梁父吟》写齐国三个勇士被相国晏婴设计害死

之事。义山此时,正畏朝中小人的谗言暗害,所以对《梁父吟》诗有很深的感触。

　　本诗的结构甚佳,大开大阖,跌宕有致。一二句赞词,笔力极重。三四句忽然一转,写诸葛亮的失败,笔势宕开。五六句,用"不忝"与"何如"兜转,唱叹有情。末两句以远意作收。全诗抑扬顿挫,如纪昀所谓"离奇用笔"、"横绝乃稳绝也"。 薛雪《一瓢诗话》云:"筹笔驿'笔'字,不可实作笔墨之笔字用。唐人如杜樊川之'挥毫胜负知',李玉溪之'徒令上将挥神笔',皆实作笔墨之笔用矣。小李杜尚欠主张,况他人乎?"按:筹笔犹言筹划,笔字作动词用。然不必如薛氏之拘泥。

中华聚珍文学丛书——李商隐诗今译

即 日

　　春天,又是一个春天。在失意的诗人眼中,一切美好的事物,只令人徒增怅惘而已,何况这美好的事物还不久长呢！义山在大中二年(848)正月自南郡归桂州,曾短期代理昭平郡(昭州,今广西平乐县)守。二月,李回贬湖南观察使。郑亚贬循州长史,义山在春末离桂北归,见落花而作此诗。这首七律,在浅语中寓深意,在轻情中有浑重,唱叹有情,是集中的佳作。

> 一岁林花即日休,江间亭下怅淹留。①
>
> 重吟细把真无奈,已落犹开未放愁。②
>
> 山色正来衔小苑,春阴只欲傍高楼。③
>
> 金鞍忽散银壶漏,更醉谁家白玉钩?④

【今译】

> 这一年中美丽的林花,竟在这一天完了,
>
> 我在江边、在亭子下,无限惆怅地徘徊不去。
>
> 我一遍又一遍吟哦着,小心地拿着花枝细看,
>
> 　真的是无可奈何;
>
> 花儿大都零落了,但有一些还在开着,心里的

愁情总是没法解脱啊。

远处浓翠的山色正接在小苑的上边，

春日的低压的阴云只挨在高楼附近。

游人们匆匆归去，鞍马散尽，夜晚的银壶
　　漏声相促，

他们又将要沉醉在哪家的珠帘玉钩之内啊？

【注释】

①"一岁"二句：两句前人谓用杜甫"一片飞花减却春"之意，义山诗似更洗练。"一岁"与"即日"从时间上对比，益觉得花飞春去的可惜。　淹留：迟留。

②"重吟"二句：这两句"淡中藏美丽，虚处著工夫"，不要随便看过。西昆派的作者只顾捃摭义山华丽的词藻，不懂得"淡中"、"虚处"更见真实本领。宋代诗人梅尧臣、黄庭坚、陈师道喜学这一体。"重吟细把"表现诗人眷恋之意，下加"真无奈"三字，低回掩抑，婉曲有味。"已落犹开"四字中两重曲折。"未放愁"，把诗人那"刻意伤春"的感情深切地写出来了。

③"山色"二句：春暮，山上草木茂盛，翠色显得更深，特别是黄昏时候，远山仿佛移到近处来了。"衔"字是句中的诗眼，把静景写活。"春阴"句，更是意在言外。杜甫《登楼》诗："花近高楼伤客心。"何况是花将落尽、春阴浓压的"即日"啊！　两句用白描手法，纯以意胜。可见义山并非只工于藻绘雕镂的。

④"金鞍"二句：收处忽用"金鞍""银壶""白玉钩"三个华词，与上面六句的淡语成鲜明对照。这些不更事的贵公子们，夜以继日地寻欢作乐。春残花谢，他们是毫无感触的。这里诗意宕开，余

中华聚珍文学丛书——李商隐诗今译

韵更长。何焯说:"落句言风光忽过,不醉无以遣怀,然使我更醉谁家乎？无聊之甚也。"误解了诗意,索然无味。 金鞍:金饰的马鞍。指豪富的游客。 银壶:亦即"铜壶",古代计时的仪器。壶中盛水,以滴漏计时。古诗词中常用"铜壶滴漏"表示夜晚的时刻。 白玉钩:用白玉制的帘钩。

无题二首（选一）

　　落寞的诗人，在这美丽的春夜，参加了一次令人沉醉的宴会，遇到了一个属意的姑娘。目成眉语，两心相许。但好事难成，聚散匆匆，所留下的只是迷惘的追思。诗中把酒暖灯红的盛会与走马应官的生涯两相映衬，表现了诗人强烈的艳羡与失意的复杂心情。本诗颔联"身无彩凤双飞翼，心有灵犀一点通"，数百年来，万口流传，可见它的艺术魅力了。

昨夜星辰昨夜风，画楼西畔桂堂东。①
身无彩凤双飞翼，心有灵犀一点通。②
隔座送钩春酒暖，分曹射覆蜡灯红。③
嗟余听鼓应官去，走马兰台类断蓬。④

【今译】

依然是昨夜的星星，昨夜的好风，
那是在画楼的西畔，桂堂的东头。
尽管我的身上，没有彩凤那飞翔的双翼，
但我跟她的心，是像灵犀一样相通的。
宴会时，她在我的邻座，一起作藏钩的游戏，彼此罚喝着暖融融的春酒。

我们分作两边,在红通通的蜡烛光下,猜谜
　　射覆,兴高采烈。

可叹啊,我听到更鼓之声,便要去官府中应卯,

　　走马到兰台,来去匆匆,此身像断蓬飘转。

【注释】

①"昨夜"二句:点出时间和见到意中人的地点。重叠"昨夜"
以增追慕之情。"星辰"与"风",暗示在室外。两个华丽的堂舍之
间的通道上,偶然瞥见,便生情意。　桂堂:用桂木构成的堂舍。诗
中可能指女子的香闺。

②"身无"二句:写两人身份不同,无法亲近,但彼此欣悦,心
心相印。　彩凤:身上有彩色羽毛的凤凰。　灵犀:即"通犀"。《汉
书·西域传》:"通犀翠羽之珍。"注:"通犀谓中央色白通两头。"

③"隔座"二句:送钩:又称"藏钩",古代的一种游戏。分成
两队,每队数人。把酒钩藏在其中一人手中,令对方猜,如不中,则
罚喝酒。　射覆:古代游戏。猜度预为隐藏的物件是什么。后世行
酒令用字句隐寓事物,令人猜度,也称射覆。　两句着力渲染宴会
中欢乐的气氛。

④ 兰台:汉代保存秘书图籍的宫观。此用以指秘书省。时义
山守母丧期已满,入京重官秘书省正字,职位不高,然是所谓清要
之职。　类:类似,好像。　末两句慨叹屈居下位,身不由己。

无题四首（选二）

　　两首七律，自成一组，写的是诗人与一位幽居寂寞的女郎隐曲的爱情。她像梦境般飘忽无定，令人无法追寻，所留下的是终生难忘的怅恨。而女子这一方却被幽锁在深闺重帘之内，空自千万遍相思，也无从与爱人会合。两相乖隔，无限凄凉，在这描述对爱情的探索、追求和失望的诗篇中，千秋万世的人们听到了这不幸的诗人心底悲愤的呼声——恋爱自由！　我们不是也可以把这理解为他在政治生活上执着的要求吗？　原作《无题四首》，两首七律，一首五律，一首七古。后两首的内容和格调与此不同，疑非联章之作。

来是空言去绝踪，月斜楼上五更钟。①
梦为远别啼难唤，书被催成墨未浓。②
蜡照半笼金翡翠，麝熏微度绣芙蓉。③
刘郎已恨蓬山远，更隔蓬山一万重。④

【今译】

　　她说要到来相会，其实是句空话，自从她去了
　　　以后，再也不见她的踪影了。
　　我在楼上等待着，等待着，直到那残月西斜，

五更钟响。

朦胧睡去，在梦中也由于远别而悲啼，无法
自止；

梦醒后，马上拿起笔来写信，心情急切，连墨也
顾不得磨浓了。

夜阑时的烛光，照亮半边绣有金翡翠鸟的
帘帷，

兰麝芳香，细细地透过绣着芙蓉花的被褥。

我像古代的刘郎，本来已在怨恨蓬山仙境的
遥远，

现在那堪更远隔着千万重蓬山呢！

【注释】

①"来是"二句：写诗人在等待情人赴约时的焦虑和惆怅的
心情。

②"梦为"二句：与《碧瓦》诗"梦到飞魂急，书成即席遥"意近。
"啼难唤"三字幽咽凄凉。辛弃疾的名句："罗帐灯昏，哽咽梦中
语。"当从此化出。"墨未浓"三字越无理，越能表现诗人强烈的相
思之情。因平日常伤春伤别，自然形诸梦寐，梦也悲啼。情人失约
后，匆匆写信，再约幽期。

③"蜡照"二句：蜡照：蜡烛的光。　半笼：即"半罩"，因帷帐
低垂，烛光只能照亮其半部分。　金翡翠：温庭筠《菩萨蛮》词："画
罗金翡翠，香烛销成泪。"此指以金线在帘帷上绣的翡翠、鸳鸯等成

双成对的鸟儿图案。 麝熏：古代富家常以沉香、麝香等高级香料熏蒸衣物被褥。 两句特意写出富丽华美的环境，以衬托索居孤寂。半暗的烛光，细微的香气，都是摇人情思的，再加上翡翠、芙蓉等带有爱情象征意义的事物，更令人不能自持了。

④"刘郎"二句：刘郎：指东汉时的刘晨。据《神仙记》载：在汉永平年间，郯县人刘晨、阮肇同入天台山采药，遇二女子，邀至家，留半年，其地气候草木常如春时。及还家，子孙已历七世。重寻仙境，已不可复至了。 蓬山：即蓬莱山。《汉书·郊祀志》："使人入海求蓬莱、方丈、瀛洲，此三神山者，其传在勃海中。"后用以泛指想象中的仙境。本诗中指女子所居之地。 末两句写所追慕的人杳遒难求，用重笔写恋词，重复"蓬山"二字，以表现诗人的失望之情。

飒飒东风细雨来，芙蓉塘外有轻雷。^①

金蟾啮锁烧香入，玉虎牵丝汲井回。^②

贾氏窥帘韩掾少，宓妃留枕魏王才。^③

春心莫共花争发，一寸相思一寸灰。^④

【今译】

飒飒的东风，飘来迷蒙的细雨，

在芙蓉塘外，响起阵阵的轻雷。

尽管是重门深锁，她烧香的时候还是要启门
  而入的呀。

在井旁的玉虎辘轳上,牵着长长的绳子,她已
　　汲水归来。
贾家的少女在门帘后窥望,是倾慕韩寿的
　　年少英俊;
甄妃深情地自荐枕席,是爱重曹植的文学
　　才华。
情人的春心啊,不要跟春花一起争荣竞发,
要知道,有一寸的相思,就会销成一寸的
　　灰烬!

【注释】

①"飒飒"二句:写春天时撩人愁绪的凄迷之景。如《楚辞·
九歌》"东风飘兮神灵雨",司马相如的《长门赋》"雷殷殷而响起兮,
声象君之车音",都是用风、雨、雷等自然景物来烘托女子怀念和等
待情人的心情。　芙蓉塘:荷塘。古诗中常用以表示情人相会的地
点。　起两句前人称之为"妙有远神,可以意喻"。
②"金蟾"二句:金蟾(chán 蝉):金蛤蟆,古时在锁头上的装
饰。　啮(niè 捏):咬。　玉虎:用玉石作装饰的井上辘轳,如虎状。
或谓是井栏之饰。　丝:指井索。　两句写女子所居的环境。她孤
独地生活着,"烧香"和"汲井",就代表了她全部的生活,这已是非
常可悲的了。此诗句意思隐晦,各家多有异说,不一一录出。
③"贾氏"二句:贾氏:西晋初大臣贾充的次女。《世说新语》
载:贾氏在门帘后窥见韩寿,两相倾悦私通。女以皇帝赐贾充的西
域异香赠寿,被贾充发觉,遂以女嫁给韩寿。　韩掾(yuàn 愿):掾,

由长官自行辟举的掾属,分曹治事,通称掾史。韩寿曾为贾充掾属。 宓(fú伏)妃:古代传说,伏羲氏之女名宓妃,溺于洛水,是为洛神。诗中指曹丕的皇后甄氏。据《文选·洛神赋》李善注云:魏东阿王曹植曾求甄氏为妃,曹操却把她嫁给曹丕。后甄氏被谗死,曹丕把她的遗物玉缕金带枕送给曹植。曹植经济水,梦见甄后对他说:"我本托心君王(指曹植),其心不遂。此枕是我嫁时物,前与五官郎将(指曹丕),今与君王。"遂用荐枕席,欢情交集。曹植感其事,悲喜不自胜,遂作《感甄赋》。后魏明帝见之,改为《洛神赋》。两句巧妙地衔接颔联。由"烧香"引入贾氏之香,由"牵丝"引入曹植之思。("丝"与"思"谐音)意谓女子追求爱情的幸福是正常的,合理的。这里用贾氏和宓妃终能如愿以反衬诗中主人公的无望,引出末两句。

④"春心"二句:春心:同"春情"。怀春之情。指男女相爱恋的情感。 收处语奇笔重,触目伤心。春景是这样的美好,东风细雨,鸟啼花发,本足以撩起相思之情。但结果是一次又一次的追求,一回又一回的失望。如同心字香销,寸寸成灰。末句"灰"字照应"烧香"句,针线细密,连环不断。

王十二兄与畏之员外相访，见招小饮，时予以悼亡日近，不去，因寄

义山在二十六岁时，入泾原节度使王茂元幕中，茂元爱重他的才华，把女儿许嫁给他。义山因此招致令狐绹等人的排挤压抑，十多年来，郁郁不得志。王氏随着他东西羁宦，备尝酸苦。诗人对妻子的爱情是很深挚的。这一首诗写于大中五年（851）秋天，距王氏去世后不久。诗歌以表面平淡的语言来表现内心的沉痛，非常感人。　王十二：王茂元之子，义山的妻兄。　畏之：即韩瞻，与义山为连襟。时王、韩过访义山，招请他去小饮，义山因妻死尚未久，心情悲痛，不去赴约，写了这诗寄给王、韩两人。

谢傅门庭旧末行，今朝歌管属檀郎。①
更无人处帘垂地，欲拂尘时簟竟床。②
嵇氏幼男犹可悯，左家娇女岂能忘？③
秋霖腹疾俱难遣，万里西风夜正长。④

【今译】

我曾依恃在谢太傅的门下，忝居于诸婿行列

之末；

但如今，听歌赏曲，宴饮之乐，只能属于檀郎
　　的了。

寝室的门前，只有长长的帘子低垂到地，里边
　　再也没有人住。

我想轻轻拂去竹席上的灰尘，却看见它铺满
　　了整张卧床！

余下嵇家最小的儿子，已是令人哀悯；

想到左家那位娇女，更是无法忘怀。

秋天连绵的阴雨和我内心的隐痛都是无法驱
　　遣的，

何况现在又是万里西风劲吹时节，茫茫长夜，
　　就更难度过了。

【注释】

①"谢傅"二句：谢傅：东晋大臣谢安，死后追赠太傅，此指王
茂元。谢安的侄女谢道韫，嫁给王凝之，很不满意，认为王凝之比
不上她的伯叔和兄弟，说："一门叔父则有阿大、中郎，群从兄弟则
有封、胡、遏、末。不意天壤之中，乃有王郎。"诗中义山以王凝之自
比，是自谦之词。　檀郎：晋诗人潘岳，小字檀奴，风姿很美。人称
为檀郎。唐人常把女婿称作檀郎。诗中指韩瞻。　两句分点王十
二与韩畏之，表明三人间关系。

②"更无"二句:朱彝尊说:"平平写景,凄断欲绝。"室内的一些日常生活中平凡的事物,正是最能引起联想,触动人的愁怀的。"帘垂地"三字,意谓人去房空,重帘不卷,描绘出极其寂寥凄冷的情景。使上面"更无人处"四字,更能表现出诗人内心的悲痛。"簟竟床"三字,字字是泪,昔日床前的人何在? 只有落满灰尘的长簟! 一个"尘"字,概括了自妻子死后的全部生活! 这是义山诗最高之境,并不是专恃华辞藻饰可以达到的。试比较潘岳有名的《悼亡诗》:"展转眄枕席,长簟竟床空。床空委清尘,室虚来悲风。"总觉得潘诗写得过重过实,语意俱尽。

③"嵇氏"二句:嵇氏幼男:谓嵇绍,嵇康之子,十岁时丧母。诗中指自己的儿子衮师。　左家娇女:左思《娇女诗》:"左家有娇女,皎皎颇白皙。"诗中指妻王氏。或谓指诗人的女儿。　两句说悯念孤苦的小儿子,更忆念亡妻。

④"秋霖"二句:腹疾:心腹之疾。指精神上的创伤、隐痛。末句无限悲凉,包含着个人身世的伤感,表现了外界黑暗、险恶的环境对诗人的打击和摧残。从此是孤独的长夜,谁与自己一起度过啊。我们想起了《诗经》的名篇《葛生》:"角枕粲兮,锦衾烂兮。予美亡此,谁与独旦?"

无　题

　　本诗内容隐晦曲折。古今以来,谬托义山知己的解者甚多,或谓"此亦感遇之作",或谓悲慨"光阴难驻,我生行休",或谓如作者在《行次西郊作一百韵》所说的"九重黯已隔,涕泗空沾唇"那样的感叹。张采田甚至说"此篇陈情不省,留别令狐所作"。这类型的无题诗是否真如义山所谓"楚雨含情皆有托",是很值得怀疑的。年久代远,信史难征,我们还是按诗句字面的意思,把它看作是写离别相思的爱情诗。诗中所写的难堪的离恨,终生不渝的追忆,以及重见无期的哀伤,都非常真切感人。特别是"春蚕到死丝方尽,蜡炬成灰泪始干"两句,以生新的形象语言来表达诗人海枯石烂而矢志不变的爱情,感动着千秋万代的读者。

相见时难别亦难,东风无力百花残。①

春蚕到死丝方尽,蜡炬成灰泪始干。②

晓镜但愁云鬓改,夜吟应觉月光寒。③

蓬山此去无多路,青鸟殷勤为探看。④

【今译】

我们最初的相会,本已很不容易,

如今行将离别,就更觉难分难舍了。

何况正当春风无力，百花凋残的暮春时节啊！

我悠长的思念——

像春蚕所吐的茧丝——除非到死才完结。

我无穷的离恨——

像蜡炬溢下的烛泪——除非变作灰才干掉。

清晨看镜，只恐她美丽的云鬓变衰，青春
　　易逝；

夜晚吟诗，应感到如水的月光凄冷，对影
　　无聊。

蓬莱仙山离开这儿大概没有多远吧，

希望有青鸟为我们频频传书，互致别后相思
　　之意。

【注释】

①"相见"二句：前人常谓"别易会难"，本诗更跌深一层，由"会难"引出"别亦难"之意。相见之难，是指机会难得；离别之难，是指别情难堪。次句点出时节，以"无力""残"等字眼衬托触景伤怀之情。

②"春蚕"二句：比喻深切。不用典故，妙造自然，不愧为千古名句。上句以"丝"和"思"谐音，指相思之情，如丝之长，如茧之缚，生死不渝。下句以蜡泪喻人的离恨，亦以比别泪。惘惘情怀，无可消释，只有死亡，才能把彻骨的相思抹掉。

③"晓镜"二句：云鬓：指青年女子浓密的鬓发。两句从对

面着笔，"但愁"与"应觉"都是作者设想之词。别后，爱人也一样的悲伤，彻夜无眠，以至姿容愁瘁。诗人无限深情地希望她能好好保重自己，以期来日。

　　④ "蓬山"二句：蓬山：古代传说中的海上三仙山之一。诗中指所思慕的女子之居处。　青鸟：神话中传递消息的仙鸟。《山海经·大荒西经》：西有王母之山"有三青鸟，赤首黑目"。注曰："皆西王母所使也。"　探看："看"字念平声。指探望。张相云："看，尝试之辞，如云试试看。"　两句是在别后失望之余的希冀之辞。

碧城三首（选一）

　　这是义山集中尤其难解的诗。有人据第三首中的"武皇内传分明在，莫道人间总未知"等语，便谓这些诗"很有寄托"。以我的钝根去参究，始终弄不出它的"微言大义"来，只好把它们归入纯粹的恋爱诗。恋爱的对象可能是义山在玉阳山学道时认识的女道友——宋真人姊妹。集中《圣女祠》三首，是写他和女道士恋爱的失败，《燕台》四首，冯浩也认为是"有所恋于女冠"而作。《月夜重寄宋华阳姊妹》诗，更表现了年轻的诗人对这三朵不结实的花倾慕之情："偷桃窃药事难兼，十二城中锁彩蟾。应共三英同夜赏，玉楼仍是水晶帘。"这"十二城"也就是本诗中的"碧城十二"。

　　碧城十二曲阑干，①犀辟尘埃玉辟寒。②
　　阆苑有书多附鹤，女床无树不栖鸾。③
　　星沉海底当窗见，雨过河源隔座看。④
　　若是晓珠明又定，一生长对水精盘。⑤

【今译】

　　她住在天上的碧城中，
　　曲曲阑干围绕着她的居处。

用犀角来辟除尘埃，

用暖玉来驱除寒冷。

阆苑仙界中，书信多靠鹤来传递；

女床仙山上，每棵树都有鸾凤在栖息。

在这儿，当着窗户可以看到星星沉没在海底，

隔着座位可以望见雨云掠过河源。

假如那清晨的明珠——太阳，老是明亮而不
　　动的话，

那么我就甘愿一生一世长对着水精盘似的月
　　亮了。

【注释】

①"碧城"句：碧城：朱鹤龄引道源注：《太平御览》："元始天
尊居紫云之阁，碧霞为城。"　十二：不定数词，言其多也。

②"犀辟"句：犀辟尘埃：《述异记》："却尘犀，海兽也，然其角
辟尘，致之于座，尘埃不入。"　玉辟寒：据说玉质温润，能却寒。
两句写所恋者所处高寒，清净无尘。已暗示其女道士的身份。冯
注："入道为辟尘，寻欢为辟寒也。"

③"阆苑"二句：阆（láng 郎）苑：传说中的神仙居处。朱氏引
道源注："仙家以鹤传书，白云传信。"　女床：《山海经》："女床之
山……有鸟焉，其状如翟而五采文，名曰鸾鸟。"　两句写传书密约
幽期。

④"星沉"二句：前人谓"尤隐晦难解"，实在别无奥义，只不过

写仙女所居之上界能高瞻远瞩而已。"星沉"句写极望之远,空阔无垠;"雨过"句写俯眺黄河源头,犹如座上。冯浩云:"以寓遄入此中,恣其夜合明离之迹也。"甚是。

⑤"若是"二句:晓珠:《唐诗鼓吹》注:"晓珠,谓日也。" 水精盘:即"水晶盘"。王昌龄《甘泉歌》诗:"昨夜云生拜初月,万年甘露水晶盘。"此用以喻月。 两句意谓日不如夜。假如太阳永远不落,那就愿意长夜不明,以永欢会。

牡　　丹

　　牡丹，这国色天香，正需要这么一首美丽的诗来歌咏它。义山是善于用典的老手，全诗八句，用了八事，"一气涌出，不见斧凿积之迹"，这是最不容易做到的。北宋初西昆派的先生们，写起诗来就翻书，抄袭典故，堆叠而无味，形成一种非常恶劣的文风。试翻开当时鼎鼎有名的《西昆酬唱集》，看看杨亿、钱惟演辈精工仿制的赝品，就可以知道写诗不光是一宗纯技巧的工艺了。

　　　锦帏初卷卫夫人，绣被犹堆越鄂君。①
　　　垂手乱翻雕玉佩，折腰争舞郁金裙。②
　　　石家蜡烛何曾剪？荀令香炉可待熏？③
　　　我是梦中传彩笔，欲书花叶寄朝云。④

【今译】

　　　织锦的帏帟刚卷起，露出端严美丽的卫夫人；
　　　丝绣的被褥，还堆拥着秀美英俊的越鄂君。
　　　像在垂手而舞，雕玉的佩饰零乱地上下翻动；
　　　像在折腰而舞，许多郁金裙子在美妙地回旋。
　　　它像石崇家的蜡烛，一样光辉照人，那须把

烛花剪掉?

它遍体异香,何必像荀令君那样要用炉香

　　熏染?

我是诗人江淹,在梦中得到彩笔传授,

　　想把诗句题在牡丹的花叶上,遥寄给朝云。

【注释】

①"锦帏"二句:卫夫人:指春秋时卫灵公夫人南子。据《史记·孔子世家》载:"灵公夫人有南子者,使人谓孔子曰:'四方之君子不辱欲与寡君为兄弟者,必见寡小君。寡小君愿见。'孔子辞谢,不得已而见之。夫人在绨帷中,孔子入门,北面稽首。夫人自帷中再拜,环佩玉声璆然。"《论语》:"子见南子,子路不悦,夫子矢之曰:'予所否者,天厌之,天厌之。'"连孔子都不得不对学生发誓保无邪念,可见南子之美了。　越鄂君:春秋时楚王的母弟,貌美。《说苑》:鄂君乘青翰之舟,张翠羽之盖,越人拥楫而歌曰"山有木兮木有枝,心悦君兮君不知"。于是鄂君揄袂而拥之,举绣被而覆之。马位《西窗随笔》云:"越鄂君,'越'字误用……非越之鄂君也。"两句分别用美女、美男来比喻牡丹花。何焯云:"非牡丹不足以当之,起联生气涌出。"陆龟蒙咏牡丹诗:"若教解语应倾国,任是无情也动人。"以虚笔写之,而义山却从实处着想,索性写牡丹的"解语"和有情。因牡丹的盛开而联想起南子和鄂君,以这些美丽的典故来表现绿叶扶持着的娇艳的牡丹花,唤起我们的想象。

②"垂手"二句:垂手:舞名。古有大垂手、小垂手之舞。　折腰:《西京杂记》:"戚夫人能作翘袖折腰之舞。"　郁金裙:郁金,香草名。用以饰裙。宋之问诗:"镂金罗袖郁金裙。"　两句以舞姿形容牡丹花叶被风吹动时的美态。"折腰"原作"招腰",今从朱鹤龄

本改。

③ "石家"二句：石家蜡烛：据《世说新语》载：西晋时的官僚石崇，极其豪奢，用蜡烛代薪。 剪：剪烛。用小铰剪把蜡烛燃烧时结的烛花剪掉。 荀令：《襄阳记》载：荀令君至人家，坐席三日香气不歇。 可待：岂待。 上句形容牡丹花红艳夺目，如蜡烛高烧。下句写牡丹自有它独特的香气。按：牡丹花，人常惜其无香，诗中说它有香，可谓真得牡丹之神了。"何曾""可待"两词反诘，更有力。 中间四句极写牡丹的姿态香色。我们想象到那浓妆艳抹的跳舞姑娘，腰肢婀娜，轻盈地旋舞着——那是牡丹在和煦的春风中枝叶摇曳的情景。那是灼人的火焰，是热情，是光明。那是永不消散的芳馨！有人称赞李山甫的《牡丹》诗："数苞仙艳火中出，一片异香天上来。"试与义山此诗相比，其艺术效果之差别何啻天壤！

④ "我是"二句：上句典出《南史》：江淹"尝宿于冶亭，梦一丈夫自称郭璞，谓淹曰：'吾有笔在卿处多年，可以见还。'淹乃探怀中得五色笔一以授之。"据说江淹的才华横溢，全仗这枝彩笔。 朝云：用巫山神女事，见《重过圣女祠》诗注。此用朝云以比自己倾慕的女子。言下之意谓只有朝云能与牡丹比美，才配读牡丹诗。 两句自负才华，想是义山得意时之作。 姚培谦云："如此绝代容华，岂尘世中人所能赏识！我今对此，不啻神女之在高唐。幸有梦中彩笔，颇解生花。借花瓣作飞笺，或不至嫌我唐突云尔。" 近人根据"石家"两句，说这些牡丹是从花房中刚薰出来的。第一句已吐露这是初开的牡丹，末两句说明牡丹的盛开是借助于人工的力量。这是生物学家和园艺学家很高兴读到的材料。但对于我们欣赏诗歌来说，就未免"无瘾"了。

中华聚珍文学丛书—李商隐诗今译

马嵬二首(选一)

马嵬坡上发生的悲剧,绝不是偶然的。唐代以还,一千年来的骚人墨客,总喜欢拿这事件做文章,但能指出问题的实质的,还是不太多。唐玄宗迷恋女色,这是他个人生活之事,有几多个皇帝不是这样？即使汉高祖、唐太宗这样的英主也不能避免。最重要的是他的政治作风问题,唐玄宗晚年荒懈朝政,自以为是,昏庸拒谏,信任奸臣,灾难临于眉睫而不知,结果弄到全国大乱,兵祸连年,城郭丘墟,生灵涂炭。义山此诗,深刻辛辣,语含嘲讽,指出马嵬之变,完全是玄宗咎由自取。前人有责其"太伤轻薄"者,不知这正是本诗的思想特色,无庸封建皇帝的辩护士饶舌。

海外徒闻更九州,①他生未卜此生休。②
空闻虎旅传宵柝,无复鸡人报晓筹。③
此日六军同驻马,当时七夕笑牵牛。④
如何四纪为天子,不及卢家有莫愁?⑤

【今译】

空自听到在大海之外,像赤县神州这样大的
　　地区还有九处。

来生是怎么样，还未能卜知，但他们今生的
　　爱情显然是完结了。
空自听到途中随行军士在夜晚敲击着报警的
　　金柝，
再也没有皇宫里的"鸡人"报晓的更筹声了。
这一天，随行的禁军一齐停下马来，不肯出发
　　西行；
但当年的七夕，玄宗和杨妃却在讥笑牵牛织
　　女的一年一度之期。
为什么他当皇帝将近四纪，到头来竟不能
　　保住心爱的妃子，
还不及卢家的夫婿，有莫愁长相厮守。

【注释】

　　①"海外"句：更：再，还有。　九州：原注云："邹衍云：九州
之外复有九州。"战国时的阴阳五行家齐人邹衍创立"大九州"的学
说。认为中国九州（兖、冀、青、徐、豫、荆、扬、雍、梁）总名赤县神
州，中国之外，像赤县神州这样大的地方还有九个，外边有小海环
绕，九州合称为一州，如这样大的州尚有九个，外边有大瀛海环绕。
诗中以"海外九州"指神仙之境。陈鸿《长恨歌传》和白居易《长恨
歌》曾载唐玄宗命临邛道士到处寻觅杨贵妃的魂魄，终于在海外蓬
莱仙山找到了她。杨妃命带回金钗钿盒为信物，坚订来生重为婚
姻之约。这句诗意谓，神仙的传说毕竟是虚幻难凭，不能给孤独的

皇帝带来慰藉,反而徒增了痛苦的思念。

②"他生"句:据陈鸿《长恨歌传》云,唐玄宗与杨贵妃曾有"世世为夫妇"的盟誓。蜀方士在仙山找到杨妃时,她还以此事告诉方士,作为凭信。这句很有意思,诗人的现实感是很强的,他不信有什么未来的天国,只管"今生"。此生休,就一切都完了。今生再也没有相见之期,死后的追思却是徒然的,"此恨绵绵无绝期",又有何意义呢?范温《诗眼》评此二句云:"语既亲切高雅,故不用愁怨堕泪等字,而闻者为之深悲。"

③"空闻"二句:虎旅:指随玄宗逃蜀的禁卫军,由陈玄礼指挥。杨妃之死,就是由于这些禁军的哗变所致。 宵柝(tuò 拓):晚上巡逻时打更报警的梆子。柝,即金柝,军中用的铜器,又称刁斗。 鸡人:宫中掌管报时的卫士。古代皇宫中不得畜鸡,由"鸡人"敲击更筹报晓。《周礼》:"鸡人夜呼旦以嘂百官。" 两句暗示玄宗逃难至马嵬坡,杨妃被杀之事。故虎旅鸡人,皆增感怆。

上四句用"徒闻"、"未卜"、"空闻"、"无复"等词语,使句意跌宕转折,含有深刻的讽刺意味。稍有不足者,"徒闻"与"空闻"词意重复,是作者一时未审所致。

④"此日"二句:此日:指天宝十五年六月十四日,玄宗夜宿马嵬坡,杨妃被杀之日。 六军:《周礼》载天子有六军。后来用以泛指皇帝的军队。玄宗当时只有左、右龙武,左、右羽林,合共四军。 驻马:驻马不前。《旧唐书·肃宗纪》:"丁酉,至马嵬顿,六军不进,请诛杨氏。于是诛国忠,赐贵妃自尽。" 当时七夕:指天宝十年七月七日之夜。 笑牵牛:玄宗与贵妃相约世为夫妇,以为可永远相守,因而瞧不起牵牛的别长会短了。 两句用鲜明强烈的对照,嘲讽玄宗荒淫腐化,招致大祸,到头来,却把无辜的妇女作为牺牲。对玄宗事后还执迷不悟,妄想招魂之事,亦深致不满。

⑤"如何"二句:四纪:岁星(木星)十二年行天一周,称为一纪。玄宗在位四十五年(712—756),将近四纪。诗中举其成数。莫愁:传说中古代洛阳女子名。南朝乐府歌辞《河东之水歌》:"莫

愁十三能织绮,十四采桑南陌头。十五嫁为卢家妇,十六生儿字阿侯。" 诗中以尊贵的帝妃与普通的民妇作对比,甚有讽意。"莫愁"与"长恨"恰成巧对。

本诗在题材处理上能别出机杼,用意新颖深刻,结构上也很有特色。首句先用逆入法,倒叙玄宗派方士寻魂之举,再追写马嵬之事,指出祸因,所谓"逆挽之法,如此用笔便生动"。以反诘作收,意更警策。纪昀云:"归愚(沈德潜)谓虎、鸡、马、牛连用及末二句拟人不伦为诗病,皆是。谓起无原委则不然。此本第二首,前首已有原委,盖选本限于分体,惟摘此首入七律,归愚偶未考本集耳。"纪氏之言,无谓甚矣。虎、马、鸡、牛,用事浑然无迹,何病之有? 所谓"拟人不伦",更属荒谬,为何帝妃就不能与常人比拟? 沈德潜御用文人。为维护封建帝主的尊严,故作此论耳。黄子云《野鸿诗的》亦诋"何拟人之不伦乃尔"。至于"原委",纪氏之辩亦可不必。本诗起句意思超忽变化,力避平直,正是诗人匠心独运之处。岂惯论"温柔敦厚"之诗教的沈氏所能理解者。此诗应与白居易的《长恨歌》参看。"海外"句犹白诗之"忽闻海上有仙山,山在虚无缥缈间","空闻"句犹白诗之"行宫见月伤心色,夜雨闻铃肠断声","此日"句犹白诗之"六军不发无奈何,宛转蛾眉马前死","当时"句犹白诗之"七月七日长生殿,夜半无人私语时",于此可悟律诗与古诗不同的作法。

富平少侯

　　唐王朝上层统治集团门第之见非常严重。义山出身寒门，政治上受到压抑，眼见贵家子弟，无才无德，只凭世袭特权，就青云直上，诗人心中非常愤懑不平。这首诗揭露当时的上层贵族不恤国事、沉湎声色，过着腐朽的生活。语气尖刻冷峭。　富平少侯：汉代张安世封富平侯，其子张放幼年时袭爵，故称少侯。诗中借以比年少的贵公子。

七国三边未到忧，十三身袭富平侯。①

不收金弹抛林外，却惜银床在井头。②

彩树转灯珠错落，绣檀回枕玉雕锼。③

当关不报侵晨客，新得佳人字莫愁。④

【今译】

　　这位公子没有经历过七国之乱，三边抗敌，

　　　不知道什么是忧国之情，

　　才十三岁，就承袭了富平侯的爵位。

　　他们用金弹子在树林外弹鸟，也不捡回来，

　　怎会可惜用银子来做井头的辘轳架呢？

在华美的灯柱上,繁灯环绕,如同明珠交相
　　辉耀,
用檀香木料细细雕镂,作成回环中空的枕头,
　　像玉雕般精美。
守门人不肯给清早到来的客人传达,
因为公子新得了个美人名叫莫愁。

【注释】

①　七国:汉景帝时,吴、楚、赵、胶东、胶西、济南、淄川等七个
诸侯国发动叛乱,后被周亚夫等剿平。诗中以喻唐代的藩镇割据
势力。　三边:战国时,秦、赵、燕三国与匈奴邻接的边境,常发生
战事。此借指当时的吐蕃、党项等,常对中原地区侵扰。　未到:
不懂得。

②　"不收"二句:金弹:《西京杂记》载:汉武帝的嬖臣韩嫣好
弹,常以金为弹丸,一日所失者十余。长安为之语曰:"苦饥寒,逐
弹丸。"京师儿童每闻嫣出弹,辄随往,望丸所落而拾之。此指贵公
子的豪奢放纵。　却惜:张相《诗词曲语辞汇释》:"却惜,岂惜
也。"　银床:井上辘轳架。乐府《淮南王篇》:"后园凿井银作床,金
瓶素绠汲寒浆。"以银为之,以示豪富。

③　"彩树"二句:彩树:指灯树,灯柱。朱鹤龄注引《开元遗
事》:"韩国夫人上元夜然百枝灯树,高八十余尺,竖之高山,百里皆
见。"　错落:形容点点灯光,参差交错。　雕镂(sōu 搜):镂
刻。两句写贵公子的豪华奢侈的生活享受。

④　"当关"二句:关:门关。　莫愁:古代女子名。洛阳人,后
嫁为卢家妇。此借其名"莫愁",以讽刺少侯的"未到忧"。而在这

"莫愁"之中,实已含着更大的忧愁,那就是在国家急切需要人才之际,这些本来应有所作为的青年却成了饱食终日、无所用心的寄生虫!

野　菊

　　一丛摇曳的野菊，惹动了诗人多少的情思！诗中的野菊就是诗人心上的形象，他把自己的感情全部注入事物中，与之融为一体。诗人也仿佛变做野菊一样，微香冉冉，细泪涓涓了。至于前人所谓此篇为令狐而作，"追思其父，深怨其子"，虽或有之，亦不必句句考证，过于坐实，以影响我们欣赏诗歌的艺术美。

　　苦竹园南椒坞边，微香冉冉泪涓涓。①
　　已悲节物同寒雁，忍委芳心与暮蝉？②
　　细路独来当此夕，清樽相伴省他年。③
　　紫云新苑移花处，不取霜栽近御筵。④

【今译】

　　在苦竹园南，椒坞的旁边，长着一丛美丽的
　　　野菊花，
　　它的香气轻微而清远，花上的秋露像涓涓
　　　的泪水。
　　我早已悲伤秋节的景物，如同寒雁一样将
　　　过时被弃，

中华聚珍文学丛书—李商隐诗今译

又怎忍把一寸芳心寄托在暮蝉的哀吟中呢?

时当夜晚,在幽僻的小路上我独来寻菊,

回忆起当年,与朋友们一起饮酒赏花的日子。

在宫中新建的紫云苑里移来了许多花木,

但却没有取这傲霜的菊花,使它能靠近御筵。

【注释】

①"苦竹"二句:坞(wù物):四面高而中间凹下的地方。 冉冉(rǎn染):慢慢地。诗中形容花香的扩散。 两句写野菊生长的地方和形态。

②"已悲"二句:节物:指每一时节特具的事物。如春之桃、夏之荷、秋之菊、冬之梅,皆可称节物。 芳心:指柔情,惜花之情。 两句暗喻自己的弃置寂寞的生涯,虽已如寒雁之羁泊无依,终不效寒蝉之怨抑凄咽。故何焯云:"言弃置而心不灰。"颇得深旨。

③"细路"二句:上句写今日的孤寂,下句写昔日的清欢。据说令狐楚最爱菊,义山的《樊南文集补编》有《上令狐相公状》云:"菊亭雪夜,篇什率征于继和,杯觞曲赐其尽欢。""清樽"句或指此事。

④"紫云"二句:这里寄托较明显。借野菊之不入御苑,以喻自己不能通朝籍,亦有埋怨令狐绹不肯援手之意。何焯云:"湘蘅以此诗与《九日》诗同旨,细读之,近是。"

过伊仆射旧宅

　　李德裕在大中元年(847)冬,贬为潮州司马,次年九月,再贬为崖州司户参军。四年冬,终于死在蛮烟瘴雨的海南。本诗借过伊慎的旧宅,以寄怀德裕,表现了对这位在政治上有建树的历史人物深切的同情。张采田盛赞本诗"结体森密,吐韵铿锵,设采鲜艳,是玉溪神到奇境"。诗中写景四句,融情入景,非常感人。伊仆射:指伊慎,兖州人,善骑射。大历年间以军功封南充郡王,历官检校尚书右仆射兼右卫上将军。唐宪宗元和六年(811)卒。李德裕曾拜太尉封卫国公,与伊慎身份亦相类。

朱邸方酬力战功,华筵俄叹逝波穷。①
回廊檐断燕飞去,小阁尘凝人语空。②
幽泪欲干残菊露,余香犹入败荷风。③
何能更涉泷江去?独立寒流吊楚宫!④

【今译】

　　这座门上涂朱色的官邸,正为着酬劳他
　　　力战的功勋。
　　但盛筵未终,曾几何时,又叹息逝水的一去
　　　不回了。

中华聚珍文学丛书——李商隐诗今译

回廊上的前檐朽烂折断，巢中的燕子早已经
　飞去。

小阁中也聚满了灰尘，无人居住，影寂声沉。

残菊上将干的露水，恰似我怀人而暗自流下
　的悲泪。

微风吹拂着池塘中的枯荷，还送来了旧日的
　余香。

哪能够更渡过泷江南去？

只好独立在荒凉寒冷的江畔，凭吊楚国的
　遗宫。

【注释】

①"朱邸"二句：邸（dǐ 底）：古时朝觐京师的人在京城的住
所。旧亦泛指高级官员办事或居住之处所。此指伊仆射旧
宅。　力战功：暗指李德裕收复幽燕，平定回鹘，讨伐昭义军节度使
刘稹，使当时不服从朝廷的藩镇先后归顺等军事上的功绩。《通
鉴》载：李德裕"号令既简，将帅得以施其谋略，故所向有功"。　华
筵：盛宴。指富贵繁华的生活。　俄：不久，旋即。　逝波：流水。
《论语·子罕》："子在川上曰：逝者如斯夫，不舍昼夜。"比喻过去了
的岁月或人事。诗中指李德裕功业方隆，旋遭贬逐，含恨而死。

②"回廊"二句：写旧宅的荒凉冷落的景象。燕飞去：活用刘
禹锡《乌衣巷》诗："旧时王谢堂前燕，飞入寻常百姓家。"

③"幽泪"二句：写秋末萧瑟之景。细味之，亦有寄意。特别

是"余香"句,用笔曲折,令人仿佛想见李卫公的遗风余烈。 幽泪:
李贺《昌谷》诗:"光露泣幽泪。"

　　④ "何能"二句:泷(shuāng 双)江:《一统志》云:"在韶州府乐
昌县。"即现在广东北江的上游武水。 末二句正见吊李卫公本意。
李被贬崖州(今广东省海南岛海口市),诗人不能南游以访遗踪,惟
有临流凭吊而已。

重　有　感

　　这是继两首五言排律《有感》的议述甘露之变的诗,故题为《重有感》。前诗中,作者对事变的悲惨结局表示了极大的愤慨,但没有提出善后的办法。在这首七律中,大胆地提出自己的意见,主张各地的武装力量进兵京城,铲除宦官,为朝廷分忧。开成元年(836)一月,昭义节度使刘从谏上表,要求弄清楚王涯等人的"罪名"。三月,复上表暴扬仇士良等罪恶,朝野人心大快,宦官们的气焰有所收敛。本诗叙述简练,用典精切,议论深刻,爱憎分明,表示了青年诗人的强烈的正义感。

　　玉帐牙旗得上游,①安危须共主君忧。
　　窦融表已来关右,陶侃军宜次石头。②
　　岂有蛟龙愁失水?更无鹰隼与高秋!③
　　昼号夜哭兼幽显,早晚星关雪涕收。④

【今译】

　　主帅所驻扎的帐幕和军前的大旗,处于上游
　　　　的有利形势。
　　在国家的危急关头,理应与皇帝患难与共。
　　窦融请求出兵的表疏已从关右奏上,

陶侃的军队就应该进逼石头城了。

哪会有蛟龙为失水而忧愁的道理？

难道就没有刚猛的鹰隼高翥秋空吗？

朝廷上下，昼夜一片号哭之声，神人共愤，

看来被宦官盘踞的宫禁即将收复，举国化悲
为喜。

【注释】

①"玉帐"句：玉帐：出征时主帅居住的营帐。 牙旗：将军的
旌旗。张衡《东京赋》："戈矛若林，牙旗缤纷。"薛综注："牙旗者，将
军之旌……竿上以象牙饰之。"后世或刻木为牙，置牙竿首，悬旗于
上。 上游：指地理军事上的优越形势。时刘从谏的昭义镇管辖泽
潞一带，邻近京城长安，形势十分有利。

②"窦融"二句：窦融：东汉初扶风人，在西汉末曾割据河西，
后归光武帝刘秀，任凉州牧，得知刘秀要讨伐军阀隗嚣，即整兵秣
马，上疏光武帝，问出师伐嚣的日期。诗中以比刘从谏。刘从谏在
昭义上表云："谨当修饬封疆，训练士卒，内为陛下心腹，外为陛下
藩垣。如奸臣难制，誓以死清君侧！" 陶侃（kǎn 坎）：东晋庐江
人，字士行。出身寒微，励志勤力，累升至郡守，加征西大将军。晋
成帝咸和二年（327），苏峻与祖约起兵叛晋，京都建康危急，陶侃时
任荆州刺史，与温峤、庾亮等会师石头城（故城在今南京石头山后）
下，诛杀苏峻。 次：进驻。 诗意希望刘从谏能效法陶侃，进军长
安，用武力平定朝廷内乱。

③"岂有"二句：蛟龙：指皇帝。 失水：以喻文宗受宦官所
制，失去权力和自由。《新唐书·仇士良传》载：文宗谓周墀曰：

"赧、献(指周赧王、汉献帝)受制彊臣,今朕受制家奴,自以不及远矣!"因泣下。墀伏地流涕。后不复朝,至大渐云。 鹰隼(sǔn笋):鹰和隼都是悍鸷的禽鸟,爪嘴锋利强健,善于搏击鸟兽。古人常以喻武将。 与:犹"举",飞扬。 上句对皇帝重新取得权力表示了坚强的信念。下句激励刘从谏等武臣能起来扑灭奸人。诗中用"岂有"、"更无"两虚词,有肯定和反激之意。对那些只保自己,坐观成败的地方势力集团表示不满。

④"昼号"二句:号(háo豪):大声哭。 幽显:阴间的鬼神和阳间的人。 早晚:何时,多久。 星关:犹言"天门",指帝居之处。 雪涕:揩干泪水。 两句盼望平乱之兵能迅速到来,解民倒悬,重振朝纲。《旧唐书·刘从谏传》:"是时中官颇横,天子不能制,朝臣日忧陷族,赖从谏论列而郑覃、李石方能粗秉朝政。" 施补华《岘佣说诗》谓:"义山七律,得于少陵者深。故秾丽之中,时带沉郁。如《重有感》《筹笔驿》等篇,气足神完,直登其堂,入其室矣。飞卿(温庭筠)华而不实,牧之(杜牧)俊而不雄,皆非此公敌手。"对义山推许备至,未为过誉也。

春　雨

　　春雨,如情似梦的春雨啊,迷离飘忽,引动了诗人对所爱者深切的怀思。春雨,把两人隔绝,水遥山远,此时相望,何止天涯! 短梦无凭,锦书难寄,这相思之情,怎一个"愁"字了得? 诗歌创造出这情景交融的境界,把诗人寥落善感的心情细致地表现出来,有很强的艺术感染力。

怅卧新春白袷衣,白门寥落意多违。①
红楼隔雨相望冷,珠箔飘灯独自归。②
远路应悲春晼晚,残宵犹得梦依稀。③
玉珰缄札何由达? 万里云罗一雁飞。④

【今译】

我满怀惆怅地和衣卧着——那素洁的白夹
　　衣裳——
在这微雨飘萧的新春之夕。
金陵白门之地,早已寥落无人,
一切的事情都与我的夙愿相违!
隔着迷蒙的春雨,遥望她住过的红楼,

啊,早已人去楼空,倍觉凄凉冷落。

飘洒的细雨映照着提灯的光,

恰似珠帘轻扬,伴随着我独自归来。

她在远去的途中,

也会同悲这芳春的日暮;

我辗转无寐,直到宵残,

才幸得在迷离的短梦里与她重见。

我把玉珰和书信一齐寄去,

但能到达她那儿么?

看,万里长空中,阴云遍布,如张网罗,

只见一只孤独的雁在飞翔!

【注释】

①"怅卧"二句:白袷(jiá夹):白色的夹衣服。 白门:地名。古来所指不一,或谓在金陵。南朝乐府有《杨叛儿》曲:"暂出白门前,杨柳可藏乌。欢(指男方)作沉水香,侬(我)作博山炉。"后常以代男女幽会之地。 两句写别离后的苦闷和怀想。意谓重到旧时欢会之地,不见伊人,唯有独归怅卧。

②"红楼"二句:补充白门寥落之意。尽管知道其人已去,但还是禁不住去重寻旧地,细认游踪。红楼琐户,深院长街,哪一处不勾起了悠长的思念? 这里纯用白描手法,摒去陈词故典。以"红楼"、"珠箔"等华美的词眼来反衬离人的心情,更能表现"寥落"、"多违"之意。 望(wǎng亡):念平声。 珠箔(bó薄):用珠

串编成的帘子。义山常以帘帷喻雨,如《细雨》:"帷飘白玉堂,簟卷碧牙床。"《燕台》:"前阁雨帘愁不卷。"

③"远路"二句:晼晚:日落时暮色苍茫的情状。宋玉《九辩》:"白日晼晚其将入兮。" 犹得:诗中有侥幸而得之意。 依稀:模糊,仿佛。 两句回应"怅卧"句,结构严谨。

④"玉珰"二句:玉珰:女子的耳饰,悬有小玉块。古时男女间常以之为定情的信物。 缄(jiān 监)札:书信。因书信须缄口扎束,故称。古人每以礼物附信同寄,称为"侑缄"。义山《夜思》诗:"寄恨一尺素,含情双玉珰。" 雁:喻送信的人。 末两句跌深一层,借春雨重云展开联想。远讯难凭,更突出寥落的本意。

中华聚珍文学丛书—李商隐诗今译

楚　宫

　　大中二年(848)夏,义山自桂州返长安,途经湖南长沙等地。此诗是吊屈原之作,辞意悲凉慷慨。屈原抱恨怀沙,沉江自尽,而迷魂不返,哀动千秋。诗中抒写了对这位伟大的爱国诗人的崇敬之情。何焯、冯浩等谓此诗盖伤于王涯弃骨于渭水之事,而托言屈子沉澜,困于腥臊。或谓为大中初年被贬逐的李党而发。而张采田云:"此诗专吊三闾(屈原曾为三闾大夫),似无寓意,疑五月五日《荆楚记》所见而赋之者。"以张说较切本诗的内容。作者构思时,恐亦有对当时现实的感受,故诗中亦融进诗人的悲愤之情,然不必过于坐实之。此诗在艺术手法上,吸取了《楚辞》的词汇和情思,与内容相一致。

　　湘波如泪色漻漻,楚厉迷魂逐恨遥。①
　　枫树夜猿愁自断,女萝山鬼语相邀。②
　　空归腐败犹难复,更困腥臊岂易招?③
　　但使故乡三户在,彩丝谁惜惧长蛟。④

【今译】

　　湘江的波浪如同流不尽的悲泪,水色清深。

　　楚国屈原迷惘无依的魂魄,抱恨含冤,随波

远逝。

冤魄看到江上的青枫,听到夜猿的悲唤,触动
　　情怀而哀怨欲绝。

只有那围着女萝腰带的山鬼,跟他作伴,好语
　　相邀。

人死后,归于九泉之下,尸体腐败,魂已难招;
何况屈原葬身于腥臊的水族腹中,哪能容易
　　把他的迷魂招返?

只要他的故乡中还有三户人家,

他们总不惜用彩线缠绕祭品,以使蛟龙畏惧。

【注释】

①"湘波"二句:漻漻(liáo 聊):《说文》:"漻,清深也。" 厉:
指屈原无归的冤魄。《左传·昭公七年》:"鬼有所归,乃不为厉。"
两句写屈原忠而见疑,满腔幽愤,投汨罗江自杀,身虽死而恨长留。

②"枫树"二句:枫树:《楚辞·招魂》:"湛湛江水兮上有枫。
目极千里兮伤春心,魂兮归来哀江南。" 夜猿:《九歌·山鬼》:"雷
填填兮雨冥冥,猿啾啾兮狖夜鸣。" 女萝山鬼:《九歌·山鬼》:"若
有人兮山之阿,被薜荔兮带女萝。既含睇兮又宜笑,子慕予兮善窈
窕。" 女萝,即松萝,一种攀缘植物。 山鬼,楚国传说中的山林女
神。 这两句用《楚辞》意,写屈原的魂魄漂泊无依,至今遗恨。

③"空归"二句:空:徒然,无用。 复:《礼记·丧大记》:"复
有林麓则虞人设阶……中屋履危,北面三号,卷衣投于前。"陈澔集

说:"复,始死升屋招魂也。" 腥臊（xīng sāo 星骚）：指动物臭恶的气味。《吕氏春秋·本味》："夫三群之虫,水居者腥,肉玃者臊,草食者膻。"诗中专指水族动物,如鱼、虾等。 招：指招魂。王逸《楚辞章句》曰："宋玉怜哀屈原忠而斥弃,愁懑山泽,魂魄放佚,厥命将落,故作《招魂》。" 两句慨叹屈原之死。"犹难复"与"岂易招",意略相同,这"合掌"的对偶句,是义山的败笔,不可为法。

④ "但使"二句：三户：《史记·项羽本纪》载：楚南公云："楚虽三户,亡秦必楚。"诗意谓楚人尚在,将永念屈原。 "彩丝"句：据《续齐谐记》载：屈原在五月五日投汨罗江而死,楚人每至此日,以竹筒贮米投水祭之。汉时,有人白日忽见一人,自称三闾大夫,曰："常年所遗,并为蛟龙所窃,今若有惠,可以楝树叶塞其上,以五色丝缚之,此二物蛟龙所惮。"末两句写出人民对自己的诗人深切怀念之情。

安　定　城　楼

　　这是义山最重要的诗作之一。开成二年(837)，作者登进士第。是年冬，幕主令狐楚去世，泾原节度使王茂元辟义山为幕僚，爱其才，以女嫁之，自此遭到牛党的忌恨。婚后，应博学宏词科考试，落选。客游泾州(今甘肃泾川县)，寄居在岳父王茂元幕中，郁郁不得志。这首诗是登泾州城楼所作，感怀身世，忧愤国事。诗的内容虽是失意自慰之语，写来仍高昂慷慨，表现了青年诗人开阔的胸襟。《蔡宽夫诗话》载：王安石晚年喜吟此诗，谓"永忆江湖归白发，欲回天地入扁舟"之句，"虽老杜无以过"，"唐人知学老杜而得其藩篱者，惟义山一人而已"。

　　迢递高城百尺楼，绿杨枝外尽汀洲。①
　　贾生年少虚垂涕，②王粲春来更远游。③
　　永忆江湖归白发，欲回天地入扁舟。④
　　不知腐鼠成滋味，猜意鹓雏竟未休。⑤

【今译】

　　高峻绵长的城墙上有百尺高的城楼，
　　登楼眺望隔着枝条婀娜的绿杨林子，是一片
　　　　浮现在水中的沙洲。

中华聚珍文学丛书——李商隐诗今译

年轻的贾生忧念国事，痛哭流泪也枉然白费，

王粲在春日登楼作赋，叹息依人篱下为客
　　远游。

我时常忆念着江湖上自由自在的生活，想等
　　到白发年老后再归隐。

我希望能干一番回天转地的大事业，才乘一叶
　　扁舟而远去。

真料不到腐臭的死老鼠会成为美味，

那些猫头鹰们竟然还对凤凰猜忌不休呢！

【注释】

①"迢递"二句：迢递：高远之状。　百尺楼：指泾州城楼。唐
时泾州又称安定郡。　汀（tīng 厅）：水边的平地。此指泾州东的美
女湫。　两句写登楼所见，境界阔大。

②"贾生"句：贾生：指贾谊。《汉书·贾谊传》："于是，天子
议以谊任公卿之位，绛、灌、东阳侯、冯敬之属尽害之，乃毁谊曰：
'雒阳之人，年少初学，专欲擅权，纷乱诸事。'于是天子后亦疏
之。"　虚：徒然、枉自。　垂涕：流泪。汉文帝六年（前174）贾谊上
《陈政事疏》云："臣窃惟今之事势，可为痛哭者一，可为流涕者二，
可为长太息者六。"这里作者以贾生自比，忧念时局，悄然流泪，也
无补于事。时义山二十六岁，正是奋发有为的时候，却遭到挫折。
应试不中，犹如贾谊上书痛陈国事，终不被汉文帝录用。

③"王粲"句：王粲：字仲宣，东汉末年的诗人。时北方大乱，
王粲十七岁时从长安流浪到荆州，投靠荆州刺史刘表。他曾在春

日登湖北当阳城楼,作了有名的《登楼赋》。这里亦以王粲自况。义山落第后寓居王茂元幕中,有如王粲失意远游,实在是很不得已的。《登楼赋》有句云:"虽信美而非吾土兮,曾何足以少留!"

④"永忆"二句:表露诗人的抱负。义山不是个贪图功名富贵的人,他也欣赏那种无拘无束的放浪形骸的生活,但希望能对国家做出贡献,实现自己的理想后,才遂自己的初衷归隐江湖。王安石欣赏这两句诗,恐怕亦是道出了他一生的心事吧。"扁舟"句暗用范蠡事。范蠡辅佐越王勾践覆灭吴国后,便放弃官爵,乘扁舟泛于五湖(太湖)之上。

⑤"不知"二句:这里用《庄子·秋水》的典故:"惠子相梁,庄子往见之。或谓惠子曰:'庄子来,欲代子相。'于是惠子恐,搜于国中,三日三夜。庄子往见之,曰:'南方有鸟,其名为鹓雏,子知之乎? 夫鹓雏发于南海,而飞于北海,非梧桐不止,非练实不食,非醴泉不饮。于是鸱得腐鼠,鹓雏过之,仰而视之曰:'吓!'今子欲以子之梁国而吓我耶?"庄子把自己比作鹓雏,把惠子比作鸱,把梁国的相位比作腐鼠。义山借此寓言以讽刺那些对自己猜忌排挤、打击陷害的朋党势力。表明自己有高尚的志向,是不屑于计较个人的功名利禄的。作者抱着"欲回天地"的大志,赴博学宏词科考试,却被人诬以"诡薄无行"的罪名,把名字从已录取的名单中抹去。诗人愤慨已极,不能不用冷嘲来给那些小爬虫以反击了。 猜意:猜疑。 鹓雏(yuān chú 冤锄):凤凰一类的神鸟。 鸱(chī 痴):猫头鹰一类的鸟。古人认为是不祥之鸟。诗中以鹓雏自比,以猫头鹰比那些势利的小人。

本诗在艺术形式上也很完美,结构严谨。首两句写登楼所见,即景感怀;三、四句以两位年少有才的古人自比,抒写对国事的忧愤;五、六句表现自己的抱负;末两句表示了深刻的感慨。

泪

这是一首很有独特的艺术风格的诗作。它为咏物诗开了个法门,以后的效尤者便纷来沓至,正如刘攽的《中山诗话》中所记的一则很有趣味的故事:一群"诗人"在看戏,有演员扮演一人,衣服败敝,垂头丧气地出场。另一演员问他为什么会弄成这个样儿,回答说:他就是李义山,被西昆派的馆职诸公挦扯至此!《西昆酬唱集》中就有钱惟演等人模拟的《泪》诗,这些达官贵人哪会有义山的真情实感?怎挤得出半滴真泪来!只好东抄西袭,堆砌古典,把一部《初学记》都翻破了,也凑不出半句好诗来。这是不能怪义山"始作俑"的。

永巷长年怨绮罗,离情终日思风波。①
湘江竹上痕无限,岘首碑前洒几多?②
人去紫台秋入塞,兵残楚帐夜闻歌。③
朝来灞水桥边问,未抵青袍送玉珂!④

【今译】

失宠的宫妃,在永巷中,长年累月地等待着,
　满怀幽怨,泪湿罗衣;
家中的少妇,终日含情脉脉,挂念着风波江上

的离人。

在湘江边的竹子上,有无数斑驳的啼痕,

岘首山的碑前,洒下了多少怀思之泪!

王昭君离开了紫台,在萧瑟的秋日出到塞外,

怀念故国,凄然而泣;

楚霸王兵败后,在军营中夜闻楚歌,洒下英雄
之泪。

在清晨时我来到灞水的桥边试看一下,

才知道上边说的一切,都不及寒士去送别贵
人的可悲啊。

【注释】

①"永巷"二句:永巷:汉代幽禁妃嫔和宫女的处所。 上句
写宫女怨君之泪,下句写闺人思夫之泪。何焯云:"首言深宫望幸,
次言羁客离家。"

②"湘江"二句:上句用舜妃娥皇女英哭舜之事。参看《潭州》
诗"湘泪浅深滋竹色"注。下句用羊祜"堕泪碑"事。据《晋书·羊
祜传》载:羊祜镇襄阳,死后,当地百姓在岘山祜平生游憩之地为之
建碑立庙。百姓感怀羊祜的惠爱,望其碑者,莫不流涕。 两句一
写亲人伤逝之泪,一写百姓怀德之泪。

③"人去"二句:紫台:即紫宫。江淹《别赋》:"明妃去时,仰
天太息。紫台稍远,关山无极。"明妃,即王昭君,西汉人,名嫱,元
帝时被选入宫。竟宁元年(公元前33),匈奴呼韩邪单于入朝求和

亲,她自请嫁匈奴。杜甫《咏怀古迹》诗云:"一去紫台连朔漠,独留青冢向黄昏。""兵残"句用项羽闻歌之事。《汉书·项籍传》载:楚汉战争到最后决战时,刘邦与韩信、彭越等合兵,把项羽围困在垓下(今安徽省灵璧南),项羽粮尽援绝,"夜闻汉军四面皆楚歌,乃惊曰:'汉皆已得楚乎?是何楚人多也!'起饮帐中,……悲歌慷慨……泣下数行。"以为汉军已得楚地,突围至乌江边,自刎而死。 两句一写绝域怀乡之泪,一写英雄末路之泪。

④"朝来"二句:灞水:水名,流经长安东面,过灞桥北流入渭河。唐代长安人常在灞桥边送别。 青袍:古时读书人常穿的一种袍子。此以指贫寒之士。 玉珂(kē 柯):用贝制的马勒上的装饰物。此以指骑着骏马的达官贵人。 末两句点出全诗主题,作者把身世之感融进诗中,表现地位低微的读书人的精神痛苦。义山是个卑官,经常要送迎贵客,如在柳幕时就被差往渝州界首迎送过境的节度使杜悰。此外对令狐绹低声下气,恳切陈情,还是被冷遇、被排斥。这种强烈的屈辱感,好比牙齿被打折了,还得和血吞在肚里,不能作声。那是一个还有点骨气的读书人所无法忍受的。前六句是正面咏泪,用了六个有关泪的伤心典故,以衬托出末句。而末句所写的却是流不出的泪,那是滴在心灵的创口上的苦涩的泪啊。屈复云:"深宫之怨,离别之思,湘江岘首生死之伤,明妃出塞之恨,项王天亡之痛,以上数者,皆不及朝来灞桥青袍寒士送玉珂贵人穷途饮恨之甚也。"

流　莺

　　我们想起了英国诗人济慈的《夜莺歌》,那哀啭欲绝的精灵,像满怀幽怨的诗人那样,到处漂泊,一生一世也找不到栖身之地。我们也想起了雪莱的《云雀歌》,欢乐的鸟儿像金梭般穿过花间,歌颂着春天和生命。义山此诗合二者为一手,既缠绵悱恻,又流美轻快。语言明白通畅,不用典故,自以情致动人。

　　流莺漂荡复参差,渡陌临流不自持。①
　　巧啭岂能无本意? 良辰未必有佳期。②
　　风朝露夜阴晴里,万户千门开闭时。③
　　曾苦伤春不忍听,凤城何处有花枝?④

【今译】

　　流莺啊,你到处漂荡,上下翱翔,
　　越过小路飞近河边,你究竟要飞向何方? 无法
　　　　知道自己的去向!
　　流莺美妙地啼啭,怎能没有它的本意呢?
　　但即使是碰到良辰,也未必能有好的期遇。
　　无论是在刮风的清晨,降露的夜晚,在阴天,

在晴日里，

无论是在城中的千门万户打开或是关闭的时候，它都在鸣啭着。

我曾被伤春之情所苦恼，现在更不忍听它那巧啭哀鸣了，

在这长安城中，哪里有可让它暂歇的花枝呢？

【注释】

①"流莺"二句：写流莺的漂荡无依，暗寓作者的羁泊不遇。义山诗中常以飞鸟喻人。如《杜司勋》诗："短翼差池不及群。" 参差(cī疵)：长短不齐。此写流莺飞翔之状。

②"巧啭"二句：写作者虽宛转诉情，却总无人理解。颇似《蝉》诗"五更疏欲断，一树碧无情"之意，但写得较为率露。

③"风朝"二句：一意写出流莺无时无刻不在哀啭悲啼，更突出诗人那种无所遇合的感慨。

④"曾苦"二句：点出主题，颇有"斯人独憔悴"之感。初唐诗人李义府诗："上林多少树，不借一枝栖。"王昌龄诗："羡尔能将迁客意，何如栖得上林枝。"与此同意。冯浩云："领联入神，通体凄惋，点点杜鹃血泪矣。亦客中所赋。" 凤城：秦国的都城咸阳，古称丹凤城。此指唐朝的都城长安。

七月二十九日崇让宅宴作

中华聚珍文学丛书——李商隐诗今译

唐武宗会昌元年（841），诗人年未三十，辞弘农尉后，失意而归，坎壈无聊，暂住岳父的家中。本诗是作者在洛阳崇让坊河阳节度使王茂元宅中作。诗中写景形象细致，诗人的主观感情和客观的物象融为一气，韵味深长。

　　露如微霰下前池，风过回塘万竹悲。①
　　浮世本来多聚散，红蕖何事亦离披？②
　　悠扬归梦惟灯见，漂落生涯独酒知。③
　　岂到白头长只尔？嵩阳松雪有心期。④

【今译】

　　初秋的凉露，像细微的霰雨洒下前池，
　　萧瑟的西风吹过，回塘之外，万竹生悲。
　　无定的人生，本来是经常有悲欢离合的，
　　但池上的红荷，为什么也纷披散落呢？
　　我遥远的归梦，只有孤灯才能见证，
　　我空虚无聊的生活，也只有清酒最为了解。
　　难道我到白头之日还是这个样儿？

你们看，嵩山之南的古松积雪之中，正有着我
的夙愿！

【注释】

①"露如"二句：霰（xiàn 线）：自云中降下的白色不透明的小
冰珠。此用以形容秋露。"风"字，旧作"月"，宋姚宽《西溪丛语》作
"风"。何焯云："二十九日安得有月耶？"今依姚说改。两句用风露
秋声来烘托诗人濩落无依的心情。风调颇似谢庄的《月赋》："凉夜
自凄，风篁成韵。"

②"浮世"二句：浮世：即"浮生"。意谓世事无定，生命短
促，因称人生为浮生。李白《春夜宴从弟桃花园序》："浮生若梦，
为欢几何。"诗中强调浮世聚散，实在是为个人的遇合无成聊以自
解。 蕖：即"芙蕖"的简称。 红蕖：红荷。 离披：分散貌。常
以形容草木之零落。《楚辞·九辩》："白露既下百草兮，奄离披此
梧楸。"两句对法生动，"浮世"对"红蕖"，"本来"对"何事"，摆脱呆
板的"云"对"雨"，"雪"对"风"的格式，开了宋代江西诗派的法门。
红荷零落，本无预人事，而诗中却与浮生离合扯到一起来，给客观
物象涂上了诗人主观的色彩。正如前人所谓"情深于言，义山
所独"。

③"悠扬"二句：悠扬：长远。 濩（huò 获）落：同"瓠落"、"廓
落"。空虚貌。杜甫《自京赴奉先县咏怀五百字》诗："居然成濩落，
白首甘契阔。"本诗后四句从杜诗中化出。 归梦：归家之梦，指忆
妻之情。时义山妻王氏留在长安。 生涯：指当时寄人篱下无所作
为的生活。张采田《会笺》曰："义山湖湘失意归，妻党中必有见诮
者。" 惟灯见：谓只有孤灯相伴，聊度长宵。 独酒知：谓惟有终
日借酒遣愁。 两句极写作者落寞的心情。灯、酒两字，亦点"宅
宴"之题。

④"岂到"二句：只尔：只是这样。 嵩：中岳嵩山，在河南登封市南，是古时的高士隐居之地。 松雪：象征隐士的气节和品格。 结尾表示诗人高尚之志和晚年归隐的心愿，正所谓宛转达情，妙于顿挫。

中华聚珍文学丛书——李商隐诗今译

无 题 二 首

　　这是两首美丽的情诗，宛转缠绵，既含蓄，又深挚。东方式的恋爱，总是欲说又休，未歌先咽的，这正适宜用义山所擅长的"包藏细密，意境朦胧"的艺术风格去表现出来。诗歌词藻密丽、新颖，特具诗味，令人抚玩无已，获得美的感受。

　　凤尾香罗薄几重？碧文圆顶夜深缝。①
　　扇裁月魄羞难掩，车走雷声语未通。②
　　曾是寂寥金烬暗，断无消息石榴红。③
　　斑骓只系垂杨岸，何处西南任好风？④

【今译】

　　那织有彩凤花纹的芳香的绮罗，薄薄的，
　　　　究竟有多少层啊？
　　有碧绿花纹的圆帐顶，她缝制到夜深时候。
　　她用那圆月般的扇子，正娇羞地半遮脸面，
　　匆匆驱车走过时，轮声辘辘，始终未通一语。
　　已经不知多少次寂寞地守着夜阑黯淡的
　　　　残灯，

但她还是音讯全无，又到了石榴花开的时
　　候了。
我的马儿只系在垂杨岸上，
几时能有西南方吹来的好风，把她送到我这
　　儿来呀!

【注释】

　　①"凤尾"二句：是诗人想象之词。他所思忆的女子，在闺房
中深夜缝制罗帐，她也许在准备新婚的嫁妆吧!"薄几重"，是作者
的设问。古时的罗帐有单帐，复帐。

　　②"扇裁"二句：月魄：本指月亮中没有被太阳光照到的昏暗
部分。此以指圆月之形。传东汉班婕妤《怨歌行》："裁为合欢扇，
团团似明月。"　羞难掩：含羞半掩，未把脸儿全都遮住。意谓露出
眼睛来偷窥。　雷声：形容车行时隆隆的响声像雷鸣。司马相如
《长门赋》："雷殷殷而响起兮，声像君之车音。"两句写初次相遇时
的情景。前人多谓下句写男子驱车而过，细审诗意，似指女方为
宜。古乐府《苏小小歌》："妾乘油壁车，郎乘青骢马。何处结同心？
西陵松柏下。"亦是女子乘车，男子乘马。

　　③"曾是"二句：金烬：指铜灯盏上的残烬。　上句写自己在
寂寥的不眠之夜无望的相思。下句写时间流逝，别后无法重逢。

　　④"斑骓"二句：斑骓：黑白色相间的马。乐府《神弦歌·明
下童曲》有句云"陆郎乘斑骓"。故诗中用指情人所乘之马。　西南
任好风：用曹植《七哀》诗意："君若清路尘，妾若浊水泥。浮沉各异
势，会合何时谐？愿为西南风，长逝入君怀。君怀良不开，贱妾当
何依？"两句表示渴望女子能到来相会。

重帏深下莫愁堂,卧后秋宵细细长。①
神女生涯原是梦,小姑居处本无郎。②
风波不信菱枝弱,月露谁教桂叶香。③
直道相思了无益,未妨惆怅是清狂。④

【今译】

层层帷幕深垂在莫愁的堂中,

她独卧闺中更感到静夜难熬而漫长。

那像巫山神女般的生涯,本来就是一场梦幻;

而小姑也是孤寂地生活着,没有情郎相伴。

真不信那柔弱的菱枝,能经受得江上风波的

　　摧折;

在月照露滋中,谁使桂叶悠扬地飘香?

即使说相思是全无益处的,我也甘心情愿,

不妨终生惆怅,如醉如痴。

【注释】

　　①"重帏"二句:莫愁:古女子名,可参看《富平少侯》诗注。此用以指自己所思恋的女子。 两句写女子深锁闺中,自伤身世,长夜无眠。"细细"二字下得极佳,把慢慢地推移的时间和蚕食着心灵的痛苦都表现出来了。

②"神女"二句：神女：即巫山神女。参见《重过圣女祠》等诗注。楚王曾在梦中与她相会欢好。　小姑：原注："古诗有'小姑无郎'之句。"见南朝乐府《清溪小姑曲》："开门白水，侧近桥梁。小姑所居，独处无郎。"相传小姑是汉朝秣陵尉蒋子文第三妹，吴国孙权曾为蒋子文在钟山立庙，小姑也被奉祀为神。　居处（chǔ 杵）：居住。这里指生活。　上句回忆旧日爱情的遇合有如一梦。下句写女子如今尚幽居独处，终身无托。

　　③"风波"二句：上句写女子不幸的遭遇。不信：不忍信。下句写女子依然能保持自己美好的品质。　两句表现了诗人对自己所爱者的同情和赞赏，诗意极其沉痛、深挚。屈复云："桂叶香，喻所思之遗世独立也。犹言谁令汝遗世独立，我安得不相思乎？"

　　④"直道"二句：清狂：似狂而非狂。诗中指痴情、心神迷乱的状态。　两句写出诗人对爱情的执着专注，可与柳永《凤栖梧》词对比来看："衣带渐宽终不悔，为伊消得人憔悴。"

中华聚珍文学丛书——李商隐诗今译

昨　日

这是一首清新流丽的恋诗,表现了诗人获得爱情时欣喜的心情。诗中纯用白描手法,情调轻快,没有义山诗中所习见的隐晦曲折,艺术感染力很强。

昨日紫姑神去也,今朝青鸟使来赊。①
未容言语还分散,少得团圆足怨嗟。②
二八月轮蟾影破,十三弦柱雁行斜。③
平明钟后更何事,笑倚墙边梅树花。④

【今译】

昨天,紫姑神才离去,
今朝,她又派青鸟传信到来!
昨日匆匆一见,未通言语,就分散了,
只是稍得相聚,反更令人惆怅叹息。
正月十六夜的圆月中蟾影,已经有些缺陷了,
筝柱像雁行般斜列着,只有十三条弦线。
天蒙蒙亮,钟声响过,她有什么事儿呢?

定然是微笑着倚在墙边的梅花树旁。

【注释】

①"昨日"二句：紫姑神：又称"子姑神"、"坑三姑娘"。中国古代神话中的厕神，也就是司生育的女神。据《显异录》载：紫姑，本姓何，名媚，字丽卿，山东莱阳人。曾为人妾，正月十五夜，被大妇杀死于厕间，上帝命为厕神。旧俗每于正月十五元宵之夕，在厕中祀之，并迎以扶乩问吉凶之事。本诗作于正月十六日，以紫姑神指诗人所爱的女子。 青鸟：相传是西王母的使者。参看《汉宫词》"青雀西飞竟未回"注。 赊（shē 奢）：语气助词。张相《诗词曲语辞汇释》云："此'赊'字骤难索解，细案之，此为七律，对仗工整，'赊'字对'也'字，系以助辞对助辞，可无疑义。""来赊犹云来思或来兮。"

②"未容"二句：少：稍。 两句是愿望未能满足时怨叹之词。颇似宋人的"见了还休，争如不见"。

③"二八"二句：蟾（chán 蝉）：蟾蜍。传说月中有蟾蜍。蟾影破，指月亮有点儿不够圆了。 十三弦：十三，单数。以弦柱的数目不能成双以喻人的离别。晏几道《菩萨蛮》词："纤指十三弦，细将幽恨传。"

④"平明"二句：两句是诗人想象之词。诗词中常以美人和梅花相比并，如贺铸《浣溪沙》词："玉人和月折梅花。" 屈复云："笑倚梅花，望其来也，与'去'字相映。"

中华聚珍文学丛书——李商隐诗今译

井　络

　　冯浩引田兰芳评此诗曰："足褫奸雄之魄,而冷其觊觎之
心。"作者在诗中严正地警告那些封建割据势力集团,表明自己
维护国家统一,反对分裂的正义立场。大中五年(851)秋,义山
赴东川节度使柳仲郢幕,途经剑阁一带,看到巴蜀险要的山川形
势,引起古今兴亡之感。诗歌风格峻健,音节浏亮,是义山中年
时老成之作。

　　　井络天彭一掌中,漫夸天设剑为峰。①
　　　阵图东聚烟江石,边柝西悬雪岭松。②
　　　堪叹故君成杜宇,可能先主是真龙?③
　　　将来为报奸雄辈,莫向金牛访旧踪!④

【今译】

　　磅礴的岷山,高峻的天彭,只不过是在指掌
　　　之中,
　　人们还夸耀那天设之险剑门,真是奇峰如剑。
　　当年诸葛亮在东川聚石布成的八阵图遗迹还
　　　在烟波浩渺的江畔,

边境军中的更柝声,还回荡在雪岭的松林中。

真可叹啊! 蜀国的故君望帝也终不免变成杜

　　鹃鸟,

难道蜀先主刘备就能成为统一天下的真命天

　　子了么?

拿这来告诉那些奸雄们,

你们不要到金牛道上去重寻旧路吧!

【注释】

①“井络”二句:井络:井,井宿。络,包络。古代将天空的星宿分为十二星次,配属于各国,称为“分野”。井络即指井宿的分野。《三国志·秦宓传》注引《河图括地象》云:“岷山之地,上为东井络,帝以会昌,神以建福。”故井络可泛指全蜀,亦可特指岷山。天彭:山名。《水经注》:“冰见氏道县有天彭山,两峰相对,其形如阙,谓之天彭门,亦曰天彭阙。”在今四川灌县。　剑为峰:指剑州剑门天险,有大小剑山,峰峦如剑。《元和郡县志》:“其山峭壁千丈,下瞰绝峒,作飞阁以通行旅。”　首句写蜀地的形势。次句写蜀地门户的险要。

②“阵图”二句:阵图:据《晋书》载,在蜀汉时,“诸葛亮造八阵图于鱼复平沙之上,垒石为八行,行相去二丈”。鱼复,今四川奉节县。　烟江石:宋本作“燕江口”。今从冯氏校改。　柝(tuò 拓):刁斗;梆子。军中报警用。　雪岭:即雪山。参看《杜工部蜀中离席》诗注。　两句分写川东、川西的形势。

③“堪叹”二句:杜宇:周代的蜀国的君主,号曰望帝,后失国身死,魂化杜鹃。参看《锦瑟》诗注。　可能:岂能。　先主:蜀汉王

朝的建立者刘备。 真龙：封建时代以龙作为皇帝的象征。《三国志·周瑜传》："瑜上疏曰：刘备以枭雄之姿,而有关羽、张飞熊虎之将,必非久屈为人用者……恐蛟龙得云雨,终非池中物也。"两句意谓,即使如望帝与先主,曾在蜀地建立王朝,仍不可保,何况那些窃据一时的跳梁小丑呢。

④ "将来"二句：将来：拿来,用来。 奸雄：指奸恶者的头目。以权谋术数欺世盗名的野心家。王符《潜夫论·交际》："此洁士所以独隐翳,而奸雄所以党（常）飞扬也。"诗中指当时的藩镇割据势力。 金牛：指石牛道。自现在陕西勉县（原名沔县）经定军山过宁强入黄坝驿、朝天驿,到剑门关一段路,是自秦入蜀的重要通道。

写　意

　　这是一曲漂泊者的哀歌。我们的诗人已历尽了世路的风波,半生中,仕宦的失意,生活的困厄,使得他已"倦于清泪和微笑"。置身于茫茫的尘海之中,哪一条才是自己该走的"人间路"!诗人悲愤地低吟道:

　　燕雁迢迢隔上林,高秋望断正长吟。①
　　人间路有潼江险,天外山惟玉垒深。②
　　日向花间留返照,云从城上结层阴。③
　　三年已制思乡泪,更入新年恐不禁。④

【今译】

　　燕地的鸿雁,迢迢千里,远隔着上林,
　　在这高爽的秋天,天涯望断,正在曼声悲吟。
　　人间的道路上,有潼江的险阻,
　　天外的青山,只有玉垒山最是幽深。
　　落日,在花间留下黯淡的斜照,
　　暮云,在城头上积结着重重的秋阴。
　　三年来,我已尽力按抑着自己,不让思乡之泪

中华聚珍文学丛书—李商隐诗今译

流下。

如果再进入新的年头，还是这样的话，我恐怕
再也压不住了。

【注释】

①"燕雁"二句：燕：今河北省北部和内蒙古自治区一带。
上林：汉代的宫苑名。据《汉书·苏武传》载：苏武被拘匈奴，思归
不得。常惠教汉使者对匈奴单于说："天子射上林中，得雁，足有系
帛书，言武等在某泽中。"此诗借用"燕雁"和"上林"的字面，以表示
自己远隔京师。

②"人间"二句：潼江：河名。源出四川省梓潼县北，经盐亭
流入涪江。义山时在梓州（四川三台县），距潼江很近。 玉垒：山
名。在成都附近。 两句写作者在东川的感受。冯浩曰："亦暗寓
人心险于山川也。"这正是诗题《写意》之"意"。

③"日向"二句：写出诗人"迟暮之感"、"羁愁之痛"，用自然景
物来表现内心的忧郁感伤。"留返照"三字，很耐人寻味，颇有惘惘
不甘之意。

④"三年"二句：三年：指义山到东川的三年。大中七年十一
月，编定《樊南乙集》，自序云："三年已来，丧失家道，平居忽忽不
乐。"可与参看。 前六句层层写来，一路逼出本意。如冯浩所云：
"黯然神伤，情味独绝。"

随 师 东

　　唐睿宗景云年间，设节度使之职，安史乱后，方镇势力益强，节度使职位竟成世袭。唐宪宗时藩镇发展到四十多个，"天下尽裂于方镇"。元和年间裴度、李愬曾一度平定淮西等镇，河朔诸镇也表示愿意服从中央。宪宗服方士金丹暴卒，以后的穆宗、敬宗都是荒嬉无度的昏君，各地方镇故态复萌，互相攻战，反抗朝廷。河北之镇再度恢复割据。敬宗宝历二年（826）三月，横海镇节度使李全略死，其子同捷未经朝廷任命，擅领留后事，朝廷不敢问。文宗大和元年（827）五月，以李同捷为兖海节度使，同捷抗命不从。八月，命诸道兵进讨，沿途骚扰，兵势纠结，江淮地区遭到很大破坏。直到大和三年（829）四月，唐军才攻占沧州，斩李同捷。这一年义山十七岁。十一月，令狐楚为天平军节度使（驻郓州，即今山东郓城县），聘义山入幕为巡官。年轻的诗人在随军东赴郓途中，目睹丧乱之后，"骸骨蔽地，城空野旷，户口什无三四"的悲惨景况，很有感触，因作此诗。诗中全用赋体，直接写出作者所见，而感时伤事之情，溢于言外。

　　东征日调万黄金，几竭中原买斗心。①

　　军令未闻诛马谡，捷书惟是报孙歆。②

　　但须鸑鷟巢阿阁，岂假鸱鸮在泮林？③

　　可惜前朝玄菟郡，积骸成莽阵云深。④

【今译】

朝廷东讨李同捷,每日耗费了许多金钱,

几乎竭尽了中原的财富,来收买将士们的
　斗志。

在军中从未听说过要诛杀像马谡那样违反军
　令的人,

将领们只晓得像王濬在捷书中谎报斩孙歆那
　样夸功邀赏。

只要有凤凰在阿阁上建巢,

就不让猫头鹰在泮林中窃据了。

真令人叹息啊,在汉朝曾为玄菟郡的地方,现
　在满目疮痍,

死者的骸骨堆积在草丛里,战云低压着天边。

【注释】

　　①"东征"二句:东征:横海镇治沧州(今河北沧县东南),在
长安之东。故曰"东征"。　次句写朝廷唯以厚赂收买军心,说明已
丧失威望,政令不行。《通鉴·文宗大和二年》载:"时河南、北诸军
讨同捷,久未成功,每有小胜,则虚张首虏以邀厚赏,朝廷竭力奉
之,江、淮为之耗弊。"

　　②"军令"二句:马谡(sù 肃):字幼常,三国时蜀国的将领,自

负才能,好论军事,为诸葛亮所器重。建兴六年(228)诸葛亮攻魏出祁山,他被任为前锋,刚愎自用,不听别人意见,因违反军令节制,在街亭被魏将张郃大破。下狱死。或谓诸葛亮按军法斩之。孙歆(xīn 新):三国后期吴国的都督。晋伐吴时,大将王濬受命进兵,克武昌,顺流而下,直取吴都建业。义山原注:"平吴之役,(王濬)上言得歆首。吴平,歆尚在。"《晋书》载:杜预伐吴,军入乐乡,至都督孙歆帐下,生将歆诣预。王濬先列得歆头,而预后生送歆。

上句写军中赏罚不明,纪律颓坏。下句写诸将虚报战绩,浮夸成风。

③"但须"二句:但须:只要。鸑鷟(yuè zhuó 岳浊):凤凰的别称。《国语·周语上》:"周之兴也,鸑鷟鸣于岐山。"此以喻贤人君子,或谓指元和年间的宰相裴度。 阿(ē 婀)阁:四面有栋,有檐霤的楼阁。金鹗《求古录礼说》卷三谓:屋之四隅曲而翻起者为阿,檐宇屈曲谓之阿阁。古制四阿重屋,是王者所居。故此诗中以指朝廷。 鸱鸮(chī xiāo 痴嚣):猫头鹰一类的鸟。此指奸臣叛将。泮(pàn 畔):亦作"頖"即"泮宫",西周诸侯的学宫。 泮林:泮宫旁的树林。《诗·鲁颂·泮水》:"翩彼飞鸮,集于泮林。食我桑黮,怀我好音。"本以飞鸮比淮夷(在淮河一带的部族)。集泮林,表示归化。义山诗中只取其字面上的意思。 两句意谓,只要贤人当朝,就不会让藩镇割据继续下去。也就是从侧面揭露朝廷所用非人,宰相不得力,姑息养奸,以至造成分裂局面。诗中追怀故相裴度。张采田《玉溪生年谱会笺》云:"五句冯氏谓暗指裴度,极有见。唐自宪宗用晋公(即裴度)讨平淮、郓,河北骎骎待命。宰相崔植、杜元颖不知兵……岂非庙堂用人之咎哉?"

④"可惜"二句:玄菟(tù 兔):古郡名,汉代属幽州,即今河北中部临渤海地区。诗中指沧州一带。 阵云:浓厚的云层。此指肃杀的战云。 两句写沧州战后的荒凉残破的景象。末句景中寓情,感慨无限。

前人多谓此诗咏隋炀帝东侵高丽之事,未能探明本意。

正月崇让宅

　　这是义山悼亡诗中感情最哀伤之作。诗人钟情于王氏,屡见于诗。如"更无人处帘垂地,欲拂尘时簟竟床",如"归来已不见,锦瑟长于人",如"愁到天地翻,相看不相识"等,都是一往情深的佳句。张采田谓"读之增伉俪之重,潘黄门(指潘岳)后绝唱也"。并编次于大中十一年(857)正月。时距王氏之亡已五年多了。

> 密锁重关掩绿苔,廊深阁迥此徘徊。①
> 先知风起月含晕,尚自露寒花未开。②
> 蝙拂帘旌终展转,鼠翻窗网小惊猜。③
> 背灯独共余香语,不觉犹歌《起夜来》。④

【今译】

> 崇让坊的宅中,重门深锁,园子里长满了
> 　　青苔。
> 游廊幽深,小阁远隔,自个儿就在这里寂寞地
> 　　徘徊。
> 看到月亮含晕迷朦,就预先知道明朝风起。

现在仍是夜露清寒,春花还未开放。

蝙蝠不时地飞过,拂着帘旌,老在展转不定;

鼠子也窜出来翻动窗网,令人有点吃惊疑惑。

独自背着灯光,像在跟亡妻共语,

不知不觉间还低声唱起《起夜来》的哀歌。

【注释】

①"密锁"二句:两句写崇让宅的荒凉冷落之状,"锁"、"关"说明房子在妻死后已废置。"绿苔"暗示园中没有人经行,以至长满苔藓。"深"、"迥"两字带有诗人的主观感情色彩。

②"先知"二句:月含晕:《广韵》:"晕,日月旁气。月晕则多风。" 两句纯用白描,景真情真。月和花,本是诗人们所经常歌咏的,但在作者眼中,却成了触惹愁肠的景物了。屈复曰:"风露花月,不堪愁对。"以上四句写在室外的所见所感。

③"蝙拂"二句:帘旌:即"帘箔"。指布帘,像面旗子似的,故称。 窗网:朱注引程大昌曰:"网户刻为连文,递相缀属,其形如网。后世遂有直织丝网张之檐窗,以护鸟雀者。" 两句写室内的景物,以"蝙拂帘旌"、"鼠翻窗网"之动以反衬环境之静,表现诗人内心世界的孤独和痛苦。惊猜:疑亡妻之音容尚在,魂魄归来。

④"背灯"二句:余香:遗物所余香气,喻指亡妻。 起夜来:古曲名。柳恽《起夜来》曲云:"飒飒秋桂响,悲君起夜来。" 末两句语意极悲,近于凄厉,掩卷犹觉森森有鬼气。

曲　江

　　曲江,在今陕西西安城区东南部,唐玄宗开元年间,辟为游览胜地。康骈《剧谈录》载:"其南有紫云楼、芙蓉苑,其西有杏园、慈恩寺,花卉环周,烟水明媚,都人游赏,盛于中和上巳之节。"安史乱后,曲江沦为狐兔烟草之地。杜甫《哀江头》诗云:"少陵野老吞声哭,春日潜行曲江曲。江头宫殿锁千门,细柳新蒲为谁绿?"抒写了对国家残破的怆痛之情。唐文宗想恢复开元时的"升平故事",大和九年(835)十月,修缮曲江,构紫云楼、彩云亭,不料十一月即发生"甘露之变",京师流血涂地,只得罢修。本诗概述曲江的兴废之事,抒发了作者对国事日非的忧伤。诗歌沉郁悲凉,颇有《黍离》之慨。

望断平时翠辇过,空闻子夜鬼悲歌。①

金舆不返倾城色,玉殿犹分下苑波。②

死忆华亭闻唳鹤,老忧王室泣铜驼。③

天荒地变心虽折,若比伤春意未多。④

【今译】

　　放眼极望,再也见不到当年皇帝的翠辇经行
　　　　此地,

空自听到半夜时冤鬼在凄厉地唱歌。

那些乘坐金舆的美丽的宫妃们再也不回
　来了，

只有玉殿旁御沟的流水依旧流入曲江中。

像西晋初的陆机，临死忆起旧时在华亭上听
　到的鹤鸣声，

像西晋末的索靖，到老时还忧心朝廷，指铜驼
　而悲泣。

天倾地覆的变故，固足使此心摧伤，

但比起而今"伤春"之恨，那还不算是最悲
　哀的。

【注释】

①"望断"二句：望断：望尽而不见。　辇(niǎn 捻)：古时用人
拉着走的车子，后来多指王室乘坐的车子。翠辇，指车盖上有翠羽
装饰之辇。　过：念平声，叶"五歌"韵。　子夜：有两意。一指夜半
子时，一指《子夜歌》，古乐府曲名。朱注引《晋书》："孝武太元中，
琅邪王轲之家有鬼歌《子夜》。"本诗中兼有二意。　两句写曲江荒
凉满目之景。张采田云："首二句总起，言曲江久废巡幸，只有夜鬼
悲歌。"

②"金舆"二句：金舆(yú 余)：金饰的车子。　倾城：形容女
子容色绝美。见《北齐二首》诗注。　下苑：指曲江，与宫中的御沟
相通。朱鹤龄云："此诗前四句追感玄宗与贵妃临幸时事。"

③"死忆"二句：上句出《晋书·陆机传》。陆机为晋成都王司马颖率兵与长沙王司马乂战,机军大败,机被宦者孟玖所谮,被诛。临死前"因与颖笺,词甚凄恻。既而叹曰:'华亭鹤唳,岂可复闻乎!'遂遇害于军中"。下句出《晋书·索靖传》：索靖"有先识远量,知天下将乱,指洛阳宫门铜驼,叹曰:'会见汝在荆棘中耳!'"两句写天宝年间安史之乱,以喻"甘露之变"。陆机之被谮死,亦如王涯、李训之被屠戮;索靖铜驼之悲,亦喻唐朝王室之将倾。

④"天荒"二句：天荒地变：指影响巨大而深远的事变。 折：摧折。 伤春：《楚辞·招魂》："目极千里兮伤春心,魂兮归来哀江南。"本诗中指哀时念乱之意。 末两句寄托深远、感怆无限。伤春,是因春去之伤,也是对唐王朝的前途和命运的忧伤。

九　日

　　义山与令狐父子的关系，像一个长长的梦魇，苦恼着作者的一生。五代孙光宪《北梦琐言》云："李商隐员外依彭阳令狐公楚，以笺奏受知。……彭阳之子绹，继有韦平之拜，似疏陇西（指义山），未尝展分。重阳日，义山诣宅，于厅事上留题，其略云：'十年泉下……'相国睹之，惭怅而已，乃扃闭此厅，终身不处也。"此诗是大中三年（849）九月所作，时义山已自桂管归京，京兆尹留假参军事，奏署掾曹，令典章奏之事。诗中以重阳把酒起兴，叙述令狐父子对作者的不同态度。诗意"憾其子，追感其父"，一气鼓荡，感激愤怨，难怪令狐绹见到后"惭怅"了。

曾共山翁把酒卮，霜天白菊绕阶墀。①
十年泉下无消息，九日樽前有所思。②
不学汉臣栽苜蓿，空教楚客咏江蓠。③
郎君官贵施行马，东阁无因得再窥。④

【今译】

在当年我曾经和山翁一起把酒共欢，
　正是清霜万里的秋天，烂漫的白菊开满了
　　台阶。

十年来,他老人家在九泉之下,消息全无,

因此在重九时对着清樽,便引起悠长的思念。

不效法汉朝的臣子张骞,从外地移来苜蓿

栽种,

徒然使楚国的逐客讽咏江蓠的诗篇。

现在郎君已位高官贵,在府前施设行马,

因此招贤的东阁,我再也不能重到了。

【注释】

①"曾共"二句:山翁:指晋朝的山简,时人称为"山公",曾镇
襄阳。史称其"优游卒岁,唯酒是耽"。诗中以比令狐楚。 阶墀
(chí 迟):台阶;也指阶面。 两句追述与令狐楚的交情。据云楚最
爱菊,次句之"白菊"既是令节之景物,亦可理解为令狐楚对人才的
培育和爱护。隐然有以白菊自喻之意。

②"十年"二句:泉:指黄泉、阴间。令狐楚卒于开成二年
(837),距作此诗时已有十二三年。诗云"十年",是一个概数。 两
句写对令狐楚的追念,语淡情深,确是好句。

③"不学"二句:汉臣:指张骞。史载张骞出使西域,带回苜
蓿的种子,种植在离宫畔。诗中以喻令狐楚。 楚客:指屈原。诗
中以自况。 咏江蓠:屈原《离骚》:"扈江蓠与薜芷兮,纫秋兰以为
佩。""览椒兰其若兹兮,又况揭车与江蓠!"本以香草喻贤人君子,
但这些"香草"在恶劣的环境中,改变了美好的本质。 上句怨恨令
狐绹不能像父亲那样荐拔人才。下句讽刺令狐绹对友情不能始终
如一。张采田云:"'苜蓿'句只取移种上苑之义,言令狐不肯援手,
使之沉沦使府,不得复官禁近也⋯⋯桂管在湘之南,故以'楚客江

萦'自寓……玉溪诗用典切合极精,无泛设者。"

④"郎君"二句:郎君:犹公子、贵公子。门生故吏称府主之子为郎君。《唐摭言》载:"义山师令狐文公(楚),呼小赵公(绹)为郎君。" 行马:拦阻人马通行的木架。程大昌《演繁露》卷一:"晋、魏以后,官至贵品,其门得施行马。行马者,一木横中,两木互穿,以成四角。施之于门,以为约禁也。" 东阁:《汉书·公孙弘传》:"于是起客馆,开东阁以延贤人。"谓于庭东开小门,以迎宾客。 两句感叹自己被令狐绹拒于门外,再也受不到从前的礼遇了。

赠司勋杜十三员外

晚唐诗人中,杜牧与李商隐齐名,合称"小李杜"。刘熙载《艺概》云:"杜樊川(牧)诗雄姿英发,李樊南(商隐)诗深情绵邈。"把两位杰出的诗人不同的风格概括出来了。大中二年(848),杜牧四十六岁,内升为司勋员外郎,史馆修撰,赴京任职,次年与义山相见于长安,义山作两诗相赠。此诗颇学杜牧诗的风格,俊逸清新,情调也轻松流畅。十三,是杜牧的辈分排行。

杜牧司勋字牧之,清秋一首杜秋诗。①
前身应是梁江总,名总还曾字总持。②
心铁已从干镆利,鬓丝休叹雪霜垂。③
汉江远吊西江水,羊祜韦丹尽有碑。④

【今译】

杜牧司勋名牧,字牧之,
一首《杜秋娘》诗瘦劲清逸。
您的前身大概是梁代的诗人江总吧,
因为江总名总,字总持,与您的名字太相似了。
胸中的甲兵像干将、镆铘那么锋利,

那就不必叹息鬓丝像霜雪垂垂了。

如今,您像杜预追吊羊祜那样,为西江的韦丹

　撰写碑文,

您的作品也将共其人永传不朽。

【注释】

①"杜牧"二句:首句先点出杜牧的姓名、官位和表字,在七律中这样的写法是少见的。次句称美杜牧的名作《杜秋娘》诗。此诗是杜牧在文宗大和七年(833)所作。杜秋,金陵人,为镇海军节度使李锜之妾,后李锜因反叛被杀,杜秋入宫,有宠于宪宗。穆宗即位后,命杜秋为皇子李凑的保姆。皇子长大后封漳王。文宗立,宦官王守澄诬陷宰相宋申锡图谋拥立漳王为帝。漳王得罪废削,杜秋被放归故乡,沦落终老。杜牧此诗总结了杜秋一生命运的升沉变化,反映出封建时代上层统治集团内部斗争的情况,有较深刻的历史意义。

②"前身"二句:江总:南朝梁、陈时的诗人。《梁书·江总传》谓其"笃学有辞采","于五言七言尤善"。有文集三十卷。本诗以江总比拟杜牧的文学才能。前人批评这两句"不过取其名字相类,何其纤也"。这种近于文字游戏的写法,偶一为之则可,然亦不足为训。

③"心铁"二句:心铁:即"胸中甲兵",比喻雄才伟略。《魏书·崔浩传》载:北魏世祖称赞崔浩说:"此人尪纤懦弱,手不能弯弓持矛,其胸中所怀乃逾于甲兵。" 干镆:干将镆铘。据说是吴王阖闾命欧冶子造的两把宝剑之名。 上句赞美杜牧的政治才能。杜牧青年时代就很注意研究"治乱兴亡之迹,财赋兵甲之事,地形之险易远近,古人之长短得失"(杜牧《上李中丞书》)。他主张修明

政治，削平藩镇，巩固国防，收复失地，曾作《守论》《战论》《原十六卫》等文章，又注《孙子》。也曾上书李德裕陈述讨伐刘稹的用兵策略，受到采纳。（见杜牧《上李司徒相公论用兵书》）《唐摭言》引吴武陵语，称赞杜牧"真王佐才"。下句劝慰杜牧不要因年老而嗟叹。杜牧诗中常有"美人迟暮"之慨，感情凄婉哀伤。如"今日鬓丝禅榻畔，茶烟轻扬落花风"（《题禅院》）、"白头还叹老将来"（《书怀寄中朝往还》）等。

④"汉江"二句：汉江：晋朝的名将杜预，曾为襄阳太守，襄阳在汉江之南，故称。诗中用以比杜牧，因其姓氏相同。 西江：即江西。指韦丹。 羊祜：西晋初年的名将。史载他曾都督荆州，甚得民心。死后，百姓在岘山建碑，立庙其上，望其碑者莫不流涕。杜预名之曰"堕泪碑"。可参看作者《泪》诗注。 韦丹：《新唐书·循吏列传》载：唐宪宗元和年间，韦丹"徙为江南西道观察使。丹计口受俸，委余于官，罢八州冗食者，收其财。……宣宗读《元和实录》，见丹政事卓然，它日与宰相语：'元和时治民孰第一？'周墀对：'臣尝守江西，韦丹有大功，德被八州（指洪、江、鄂、岳、虔、吉、袁、抚等八州），殁四十年，老幼思之不忘。'乃诏观察使纥干臮上丹功状，命刻功于碑。"义山自注："时（牧）奉诏撰韦碑。"两句意谓杜牧所撰之碑文如羊祜的堕泪碑，必定流传后世。

行次昭应县道上送户部 李郎中充昭义攻讨

　　诗人坚决主张讨伐泽潞叛臣,这是和宰相李德裕的主张一致的。刘稹未经朝廷任命,擅自据镇继立,此例如果一开,则后果不堪设想。义山此诗驳斥了朝中姑息主义者的"从谏养精兵十万,粮支十年,如何可取"的谬论,表示了自己的正义立场。诗意昂扬慷慨,气势磅礴,在集中亦属少见。 昭应,今陕西省西安市临潼区。

> 将军大旆扫狂童,诏选名贤赞武功。①
> 暂逐虎牙临故绛,远含鸡舌过新丰。②
> 鱼游沸鼎知无日,鸟覆危巢岂待风?③
> 早勒勋庸燕石上,伫光纶綍汉庭中。④

【今译】

　　将军举大旗出征,横扫那狂妄无知的小子,
　　皇帝下令选拔著名的贤士去赞助军事,建立
　　　勋功。
　　您暂时随着主将来到故晋的绛都,

以尚书郎的名义远赴新丰。

敌人像鱼在沸水锅里游动，料知也撑不了多久；
像鸟在高危的树枝上筑巢，不等风吹就要倾覆。
希望您能早日把功勋刻记在燕然山的石上，
期待着您光荣地在朝廷中受到皇帝的嘉奖。

【注释】

①"将军"二句：将军：指当时晋绛行营的主将李彦佐。 大斾(pèi 沛)：大旗。 狂童：狂妄的小子。指刘稹。《通鉴》："李德裕曰：刘稹呆孺子耳！" 名贤：诗中指李郎中。冯浩谓李郎中即原为昭义大将、后归降的李丕。证据不足。

②"暂逐"二句：虎牙：汉代置"虎牙将军"，后世因以"虎牙"为主将的代称。 故绛：绛，本春秋时晋都，后迁都新田，旧都称为"故绛"(今山西绛县)。时于此设晋绛行营，以讨刘稹。 鸡舌：鸡舌香。《汉官仪》："尚书郎奏事……含鸡舌香。"李为户部郎中，充任军事行营的攻讨使，故曰"远含鸡舌"。 新丰：县名。唐天宝年间改名昭应县，即今陕西西安市临潼区。 两句如钱良择所云："壮丽浑雅，声出金石。"

③"鱼游"二句：譬喻生动贴切。"鱼游"句出丘迟《与陈伯之书》："将军鱼游于沸鼎之中。""知无"与"岂待"两组虚词运用得很好，表现了诗人对叛乱分子的极大的蔑视。

④"早勒"二句：勒：刻。 勋庸：《周礼·司勋》："王功曰勋，民功曰庸。" 伫：期待。 纶綍(lún fú 仑弗)：《礼记》："王言如丝，其出如纶。王言如纶，其出如綍。"柳宗元《代广南节度使谢出镇表》："捧对纶綍，不知所图。"后世用以指皇帝的诏令。

赠别前蔚州契苾使君

自注：使君远祖，国初功臣也

会昌二年八月，回鹘乌介可汗过天德，侵扰云、朔、北川。朝廷下诏命群臣集议，当时百官怕生边事，提出议状，唯固守关防而已，但李德裕力主征伐，令银州刺史何清朝，蔚州刺史契苾（bì必）通率沙陀、吐浑等各族六千骑兵趋天德。本诗是送契苾通出征之作，契苾通是唐初功臣契苾何力的五世孙。《会昌一品集》中有《请何清朝等分领李思忠下蕃兵状》云："契苾通本自蕃中王子，先在蔚（yù郁）州（治今山西灵丘县），且遣分领，必上下情通，更无所虑。"义山在诗中赞美契苾部族"奕世勤王"，反映出各民族和睦共处，对形成多民族统一国家的作用。诗歌壮丽精工，声调清遒，"夜卷牙旗"一联，更为警策。

何年部落到阴陵，奕世勤王国史称。①
夜卷牙旗千帐雪，朝飞羽骑一河冰。②
蕃儿襁负来青冢，狄女壶浆出白登。③
日晚鹡鸰泉畔猎，路人遥识邘都鹰。④

【今译】

在什么年代契苾部落来到阴陵之地？

中华聚珍文学丛书——李商隐诗今译

世世代代为朝廷效力,青史留名。

寒夜,雪飘千帐,军前的大旗在北风中扬卷;

清晨,敌情紧急,传书的羽骑飞越冰河。

西蕃的男子背负着小孩来到青冢归附,

北狄的姑娘用瓦壶盛酒到白登劳军。

黄昏时候,契苾通在鹈鹕泉边打猎,

路上的行人远远就认得这位"郅都"的苍
　　鹰了。

【注释】

　　①"何年"二句:部落:原始社会的一种社会组织,由两个以
上血缘相近的胞族或氏族结合而成。诗中指契苾部落。契苾,是
我国北部铁勒族的部落。以部为姓氏。　阴陵:即阴山,在今内蒙
古自治区。契苾何力在唐太宗贞观六年随其母率部落归唐,任左
领军将军,后多立军功,封为凉国公。其部落初居于甘州、凉州一
带(在今甘肃省东南部),后其子契苾明袭爵,迁鸡田道(治今宁夏
灵武县)大总管,至乌德鞬山,诱附二万帐。其部族东徙到阴山附
近。　奕世:累世。　勤王:尽力于王事。辅助王朝。　两句赞美契
苾氏与唐王朝长期的良好关系。
　　②"夜卷"二句:牙旗:军中大旗。参见《重有感》诗注。　帐:
军营帐幕。　羽骑:传送羽檄的骑兵。羽檄,颜师古谓:"檄者,以木
简为书,长尺二寸,用征召也。其有急事,则加鸟羽插之,示速疾
也。"犹后世之"鸡毛信",用以征调军队。　两句写契苾氏为祖国保
卫边疆的功劳,颇似盛唐时高适、岑参之豪语。

③"蕃儿"二句：蕃、狄：泛指我国西北各少数民族。 襁
（qiǎng 抢）：襁褓。包裹婴儿的被、毯等。 青冢：传说中的王昭君
墓，在今内蒙古呼和浩特市南郊。 壶浆：用瓦壶盛着浓汁饮料，如
酒、肉汤等。《孟子·梁惠王》："箪食壶浆，以迎王师。"后因以"箪
食壶浆"称群众欢迎军队时用来犒献之物。 白登：山名，在今山西
省大同市东。两句写契苾氏在北方受各民族人民的拥护和欢迎。

④ "日晚"二句：鹏鹈（pì tí 譬题）泉：《新唐书·地理志》：
"西受降城。开元初为河所圮，十年，总管张说于城东别置新城。
北三百里有鹏鹈泉。"即今内蒙古自治区五原县附近。 郅（zhì 至）
都：西汉时人。《汉书·酷吏传》谓其"为人勇有气，公廉，不发私
书，问遗无所受，请寄无所听。……独先严酷，致行法不避贵戚，列
侯宗室见都侧目而视，号曰'苍鹰'"。汉景帝时为雁门太守，"匈奴
素闻郅都节，举边为引兵去，竟都死不近雁门"。两句以郅都比契
苾通。"鹰"字甚妙，语意相关，既指狩猎的鹰，亦喻契苾如郅都那
样为边敌所惮。这种用典的方法，到了北宋后期更有所发展，竟成
为江西诗派的艺术特征了。

中华聚珍文学丛书—李商隐诗今译

蝉

本篇寄托深远，是咏物诗中不可多得之作。名家咏物，往往不肯作摹形绘状的刻画，而重在得物之"神"。所谓"神"，实际上是把诗人自己的感情注入物中，与物融为一体，以造成深折而隽永的意境。义山这种专以造意见胜的诗作，把一切的陈词滥调都洗涤净尽，无一点尘俗之气，为宋诗开了不二法门。黄庭坚、陈与义及江西诗派部分诗人优秀的咏物诗，正是受义山这诗体的影响。

本以高难饱，徒劳恨费声。①
五更疏欲断，一树碧无情。②
薄宦梗犹泛，故园芜已平。③
烦君最相警，我亦举家清。④

【今译】

寒蝉，因为栖止在高树上，饮露餐风，故难得
　一饱。
即使是终日哀鸣，以寄幽恨，也是枉然的。
天还未亮，叫了彻夜的蝉声越来越稀疏，凄凄

欲绝，似乎已无力再鸣。

但那棵高树却一片翠绿，听着寒蝉的悲诉，

一点儿也不动感情。

我官职低微，仍然要像桃梗那样东西漂泊，

而故乡的田园早已荒废，野草都长成一片了。

真的劳烦您对我警诫，

我本来也是举家清白，一无所有的。

【注释】

①"本以"二句：纪昀说："起二句意在笔先。""高"，既是指蝉栖身之高，亦是写诗人高尚的品格。"难饱"，点出穷愁困厄的处境。 高而难饱，首句五字，已有两重曲折。"徒劳"句，字字血泪，写出诗人那种欲投无路，哀告无门的悲愤之情。 两句尤以虚字见工力。

②"五更"二句：诗人已到穷途末路，无法支持下去了。但世人却冷眼旁观，不肯援手。这里用形象的语言表现了自己的痛苦处境。"疏欲断"与"碧无情"，成强烈的对比。"碧"与"无情"配合起来，构成了奇特的意境。朱彝尊云："第四句更奇，令人思路断绝。"实际上是开拓了读者更深长的思路。宋人姜夔用其意："树若有情时，不会得青青如此！"语虽佳，而不及本诗的精炼。 前四句显咏蝉而隐喻人，从自己内在原因和外界环境两方面写出自己遭遇的不幸。

③"薄宦"二句：这里笔意一转，写自己游宦他乡欲归不得的心情：当个卑官，力不足以济世，即使想求田问舍，归隐家乡也不可能。感情矛盾复杂。 薄宦：官位卑微。 梗泛：《战国策·齐策》

载：孟尝君想到齐国去，苏秦（当依《史记》作苏代）劝阻说："今者，臣来过于淄上，有土偶人与桃梗相与语，……土偶曰：'……今子，东国之桃梗也；刻削子以为人，降雨下，淄水至，流子而去，则子漂漂者将何如耳!'" 梗：树木的枝。 泛：漂流。这里用以形容自己东奔西跑的宦游生活。 故园句：卢思道《听鸣蝉篇》："故乡已超忽，空庭正芜没。"这里可见义山用典的严谨性。

④ "烦君"二句：收得巧妙，仍归到蝉上。纪昀说："隐显分合，章法可玩。""举家清"与"高难饱"首尾呼应。君：指蝉。 相警：指蝉的鸣声能引起自己的同感、警惕。 末句显是牢骚之语。《岘佣说诗》云："三百篇比兴为多，唐人犹得此意。同一咏蝉，虞世南'居高声自远，端不借秋风'，是清华人语；骆宾王'露重飞难进，风多响易沉'，是患难人语；李商隐'本以高难饱，徒劳恨费声'，是牢骚人语，比兴不同如此。"可参看。

哭刘司户二首

　　刘蕡终于死在柳州贬所,负屈衔冤,无人昭雪。诗人满腔悲愤,喷薄而出,接连写了好几首诗表示沉痛的悼念。这些诗一气呵成,沉郁顿挫,格调很高。

　　　　离居星岁易,失望死生分。①
　　　　酒瓮凝余桂,书签冷旧芸。②
　　　　江风吹雁急,山木带蝉曛。③
　　　　一叫千回首,天高不为闻。④

【今译】

　　　　我跟您离别后,星移物换,又过一年,
　　　　啊,令我极为失望痛苦的是:死和生,把我们
　　　　　　永远分隔开了。
　　　　在您的酒瓮里还积聚着残余的桂酒,
　　　　您书中的签纸,已冷却了旧日的芸香。
　　　　迅猛的江风吹散了成行的雁阵,
　　　　山间树树蝉声哀鸣带着日落余光。

每一声叫唤都让无数的人悲伤回顾，

可是苍天高高在上却不闻不问。

【注释】

① 星岁易：古人观察星象，以定历法。星斗改变位置，表示季节改换。

② "酒瓮"二句：书签：在书中作为标志用的小纸条儿。 芸：芸香，用来熏书籍，防治蠹虫。 这里写刘蕡生前之物，以寄托哀思。上句暗指刘蕡抑郁苦闷，经常痛饮遣愁。下句谓刘蕡曾任秘书郎之职，故书中仍有旧香。

③ "江风"二句：极写伤悼之情。 吹雁：黄庭坚诗"惊风吹雁不成行"用义山诗意，表现兄弟、朋友间生离死别的悲痛情景。"山木"句：义山《柳》诗："如何肯到清秋日，已带斜阳又带蝉。"亦用斜阳和蝉声表示哀切之情。 曛（xūn 熏）：日没时的余光。

④ "一叫"二句：声随泪下，已不暇讲究什么"温柔敦厚"。"一叫千回首"写出朋友的极度悲伤。"天高不为闻"，有力地控诉最高统治者的残暴和昏聩。

有美扶皇运，无谁荐直言。①

已为秦逐客，复作楚冤魂。②

溢浦应分派，荆江有会源。③

并将添恨泪，一洒问乾坤。④

【今译】

有位美好的人，想要匡扶国家的命运，

但却没有人推荐他作直言切谏之臣。

他好比秦代的客士，已被逐出国都，

还再被贬谪，像屈原那样成了楚地的冤魂。

在溢浦附近，长江要分成九派；

在荆江口，有个汇聚的源头。

一并把长江洞庭之水，化成我悲愤的眼泪，

倾洒下来，向天地提出强烈的责问。

【注释】

①"有美"二句：惋惜刘蕡有大材而不受重用。 有美：《诗·郑风·野有蔓草》："有美一人，清扬婉兮。"后世常用以称有高尚的品德才能的人。诗中指刘蕡。 皇运：唐王朝的国运。 直言：唐代设有"贤良方正、直言极谏"科考试。刘蕡应是科考，他的《对策》内容，切合实际，辞语无所忌惮，堪称真正的"直言"。

②"已为"二句：逐客：秦始皇憎恶能言善辩的客士，曾下令逐客。后李斯上《谏逐客书》痛陈利害，始皇才收回成令。这里指刘蕡考试被黜，怏怏离开长安。 楚冤魂：伟大的爱国主义诗人屈原被贬到南方，投汨罗江自尽。杜甫《天末怀李白》诗云："应共冤魂语，投诗赠汨罗。"这里指刘蕡被窜逐南方，含冤而死。 两句概括刘蕡不幸的遭遇。

③"湓浦"二句：意较隐晦,大概指人生的历程如长江东逝,聚
和散都是无法由自己掌握的。　湓(pén 盆)浦：即湓水,在今江西
九江。或谓刘蕡死于此。　派：水的支流。　荆江：流经荆州(今湖
北沙市一带)地区的一段长江的别称。或谓刘蕡与作者曾在此相
逢。　会源：荆江口是长江会合洞庭湖之处。亦即与湖南的湘、资、
沅、澧等河流汇聚处。

　　④"并将"二句：感情激越,抒发内心强烈的愤懑。

　　屈复说："二诗虽浅显,却大有真情血泪,不是干号。"这种"真
情血泪"的诗作,不假含蓄,脱口而出,自能感人。

北　禽

　　诗人啊，你是北来的飞鸟，你本以为这儿天高地阔，尽可自由游遨。谁知道，你错了，这儿不是你的乐土，这儿充满着杀机，这儿不容你发展，一切的努力也都是枉然的，你后悔来了。但，回去吗？能回去吗？义山通过写这只"北禽"的遭遇，寄托了自己在梓州柳幕不得意的情思。

　　为恋巴江好，无辞瘴雾蒸。①
　　纵能朝杜宇，可得值苍鹰？②
　　石小虚填海，芦铦未破矰。③
　　知来有干鹊，何不向雕陵？④

【今译】

　　为了恋慕美丽而温暖的巴江，
　　也不惧怕岚烟瘴雾的蒸腾。
　　即使能朝拜蜀帝化成的杜宇，
　　岂可以逢着凶猛的苍鹰呢？
　　精卫不停地投掷小石子，空想要把大海填平。
　　大雁衔着尖锐的芦苇，也无法躲避猎人弓箭。

中华聚珍文学丛书——李商隐诗今译

我正像那知来而不知往的干鹊，

为什么不飞到雕陵去啊！

【注释】

①"为恋"二句：这里写北禽南来，充满着希望，也不害怕环境的艰难困苦。 巴江：指流经川东一带的长江。 瘴：南方山林沼泽间的潮湿而温热的空气。古人认为这是疟疾的病原。

②"纵能"二句：朱彝尊云："三、四言虽见知于主人，而无奈困于谗口。" 杜宇：即杜鹃鸟。古代传说杜宇本是西周时蜀国的国君，号望帝，后失国而死，其魂魄化为杜鹃。 值：逢着。 苍鹰：鸷鸟名，性凶猛，常搏击小鸟为食。诗中用以指严酷凶悍的人。《汉书·酷吏传》："(郅)都独先严酷，致行法不避贵戚，列侯宗室见都侧目而视，号曰'苍鹰'。"

③"石小"二句：上句出《山海经》："是炎帝之少女，名曰女娃。女娃游于东海，溺而不返，故为精卫，常衔西山之木石，以堙东海。"陶渊明《读〈山海经〉》诗："精卫衔微木，将以填沧海。"后人常以"精卫填海"比喻意志的坚定不移。下句出《淮南子》："雁衔芦而飞，以避缯缴。" 铦(xiān 先)：锋利。 矰(zēng 增)：一种用丝绳系着以便于射鸟的短箭。 缴(zhuó 灼)：系在箭上的丝绳。"矰缴"，引申为迫害人的手段。 两句说自己经过努力奋斗，始终不能达到目的。即使小心翼翼，处处提防，也难逃避别人的中伤。写出居于下位的读书人痛苦的处境。

④"知来"二句：知来：《淮南子》："干鹊知来而不知往，此修短之分也。"干鹊：据《埤雅》载："鹊取木杪枝而不取堕地枝名干鹊。"意指力争上游，不愿屈居人下者。 雕陵：《庄子》载："庄周游于雕陵之樊，睹一异鹊自南方来者。"末两句，自怨自艾。盼望能如雕陵的异鹊，自南归北，脱身远飏。

细味全诗,皆忧谗畏讥,无力自拔之意。张采田竟谓:"'石小'句言其人势力甚微,恐未能援引。'芦铦'句言自己用尽心机,尚未得要领,故结叹何不另向高门告哀也。"可谓厚诬义山了。像这种因物喻志的"比"体诗,能"字字比附,妙不黏滞",是很不容易的。义山诗法得力于杜甫,于此可见。

中华聚珍文学丛书——李商隐诗今译

风　雨

　　诗人是不甘心寂寞的,尽管是抱负无法施展,精神受到创伤,但他还是在努力奋斗着。这一首诗,是奋斗暂时失败的哀歌,充满着抑郁不平之气。吐了出来,心里也就会好过点,这比用新丰酒去销愁毕竟好些啊。诗人在大中十一年(857),任盐铁推官的时候,曾漫游江东一带。江东,那是六朝的英雄创业、龙盘虎踞之地。作者抱有扶持国运的大志,而又无路为国家效力。当此时此地,自然是感慨弥深的。

　　凄凉《宝剑篇》,羁泊欲穷年。①

　　黄叶仍风雨,青楼自管弦。②

　　新知遭薄俗,旧好隔良缘。③

　　心断新丰酒,销愁斗几千?④

【今译】

　　那寄怀壮志的《宝剑篇》,早已凄凉冷落,
　　孑然一身,天涯漂泊,此生都快过尽了。
　　树叶已经枯黄,还更遭风吹雨打;
　　而青楼上的人,却自顾自在歌舞宴乐。

新结交的知己遭到浇薄的世俗的指责攻击；

旧时的好朋友由于良缘的阻隔，关系日益
　疏远。

我虽想望有"新丰酒"而不可得，

想要借酒销愁，每斗要多少钱啊！

【注释】

①"凄凉"二句：悲凉慷慨，颇有点"大道日往，若为雄才"之
感。　宝剑篇：又名《古剑篇》，唐前期的将领郭震的诗作。表现作
者匡国救民的抱负。中有句云："正逢天下无风尘，幸得周防君子
身。"史载武则天曾向郭震索取所为文章，郭以此呈上。　凄凉：表
明空有壮志而无人过问。　羁泊：羁旅漂泊。作客他乡，飘零无托。
《宝剑篇》有句云："何言中路遭弃捐，零落飘沦古狱边。"　穷年：尽
年，终生。

②"黄叶"二句：两句对比鲜明，表现了诗人深深的愤激。"黄
叶"句自况，"青楼"句谓当时的权贵。"黄叶仍风雨"五字中两层曲
折。黄叶，本已是不风而将落，再加上风雨摧残，则飘零可想，写出
诗人身世遭遇的不幸，再与青楼上的管弦对照起来，更见当时社会
中的不平了。　仍：更兼；还加上。这是句中的"诗眼"。　青楼：指
豪华精致的楼房。　薛雪《一瓢诗话》谓杜甫善用"自"字表达"其寄
身离乱感时伤事之情"，义山此诗似之。

③"新知"二句：这里补充"仍风雨"之意。政治上的对头们是
不肯轻易放过诗人的，他们使出所有卑劣的手段，造谣污蔑，对义
山进行人身攻击，挑拨"新知"、"旧好"与诗人的关系。　新知：指郑
亚等。　旧好：指令狐绹。当时令狐为相，对义山已毫不留情面，不
肯略为援手。　这两句写得过于率露，大概是作者愤极悲极之时肆

口而出之语。

　　④ "心断"二句：收得颇有远意。　心断：心想而不能。　新丰
酒：据《旧唐书·马周传》载：马周落拓，西游长安，投宿新丰旅店，
店主人慢待他，马周无聊，命酒独酌。后受唐太宗赏识，提拔为监
察御史。诗意谓自己无法被皇帝赏识，只能借酒销愁。王维《少年
行》："新丰美酒斗十千。"新丰，故城在今陕西省西安市临潼区东。
出产美酒，价钱很贵。　几千：指几千铜钱。实际并不是说没钱买
酒喝，而是说像马周那样先穷而后达的遭遇也是求之而不可得啊。

　　杜甫有《过郭代公故宅》诗云："壮公临事断，顾步涕横
落。……高咏《宝剑篇》，神交付冥漠。"可以参看。

武侯庙古柏

　　大中五年(851)冬,作者在梓幕中,被差往西川(治所在成都)推狱,曾拜谒武侯庙,写成此诗。诗中着重写庙前的古柏,因柏怀人。追想三国时蜀汉杰出的政治家和军事家诸葛亮,赞美他治理国家的劳绩和谦逊谨慎的作风,并对诸葛亮大业不就深深惋惜。诗歌语言风格庄重、谨饬,与内容一致,是典型的五言排律。

蜀相阶前柏,龙蛇捧閟宫。①

阴成外江畔,老向惠陵东。②

大树思冯异,甘棠忆召公。③

叶凋湘燕雨,枝折海鹏风。④

玉垒经纶远,金刀历数终。⑤

谁将《出师表》,一为问昭融。⑥

【今译】

蜀汉丞相庙阶前的古柏树,

像蟠绕屈曲的龙蛇拱护着深谧的祠堂。

它的树荫繁茂,展向岷江岸上,

中华聚珍文学丛书——李商隐诗今译

苍老遒劲的枝柯，正朝向东边的惠陵。

看到大树，就缅怀起诸葛亮像冯异那样的功
　　劳和品德，

这株古柏好比召公止息过的甘棠，为后人所
　　瞻仰爱惜。

它的树叶因风吹雨打而凋落，

它的枝柯被暴风摇撼而断裂。

在玉垒山前，诸葛亮有着宏伟远大的规划，

可惜是刘家王朝的气运已经终结，无法挽救了。

谁人能持着一纸《出师表》，

去问一问那高远的苍天呢！

【注释】

①"蜀相"二句：蜀相：指诸葛亮。诸葛亮，字孔明，琅琊阳都
（今山东沂南）人。东汉末年隐居邓县隆中（今湖北襄阳西），留心
国事，后辅佐刘备建立蜀汉政权，任丞相。他任人唯贤，赏罚必信，
推行屯田，发展生产，使蜀汉能与北方的曹魏、东南的孙吴政权鼎
足并立。曾五次出兵攻魏，争夺中原，后病死在军中。谥忠武
侯。　阶前柏：《成都记》载："武侯庙前有双大柏，古峭可爱，人云诸
葛手植。"杜甫《古柏行》："孔明庙前有老柏，柯如青铜根如石。"
闷（bì 秘）宫：闷，关闭的意思。因祠庙常闭而无事，故称"闷宫"。
诗中指蜀汉先主刘备和诸葛亮的祠庙。《成都记》："先主庙西院即
武侯庙。"又杜甫《古柏行》："先主武侯同闷宫。"　起两句点题。

②“阴成”二句：外江：古人把自重庆到合川、绵阳的涪江称为内江。把自重庆到泸州、宜宾、成都的一段长江和岷江称为外江。 惠陵：蜀先主刘备的陵墓。武侯庙就在惠陵边。 两句暗喻诸葛亮的福荫泽及蜀人，一生忠于汉室。

③“大树”二句：大树句：《后汉书·冯异传》载：冯异，汉光武帝刘秀手下的战将，曾在河北参与消灭王郎割据势力，并多次击败各地的武装。“诸将并坐论功，(冯)异常独屏（退避）树下，军中号曰‘大树将军’”。这里以喻诸葛亮，歌颂其功高而不自矜伐的品质。 甘棠句：《诗·召南》有《甘棠》篇云“蔽芾甘棠，勿剪勿伐，召伯所茇（bá 拔）”(枝叶茂盛的棠梨树啊，不要剪它，不要砍伐它，因为召伯曾在它下面休憩）。 召（shào 邵）公：召穆公。即召伯虎。他在周厉王时的一次民众暴动中，把太子靖藏匿在家，以自己的儿子替死。后扶立太子靖，是为周宣王。召公常巡游南方，推行文王的教化，曾在甘棠树下休息。后人念其遗爱，遂赋《甘棠》诗。 这里用冯异、召伯一将一相以喻诸葛亮的武功和文治。

④“叶凋”二句：湘燕雨：《湘中记》：“零陵有石燕，遇风雨则飞舞如燕，止则为石。” 海鹏风：《庄子·逍遥游》：“鹏之徙于南冥也，水击三千里，抟扶摇而上者九万里。” 这里以古柏的受摧残以喻英雄在恶劣的历史环境中无法发挥才能。

⑤“玉垒”二句：玉垒：山名，在今四川阿坝藏族自治州理县东南。 经纶：整理丝缕。引申为处理国家大事。 金刀：“卯金刀”简称，合成“刘”字。此指刘汉王朝。 历数：古代迷信，认为帝位相承与天象运行的次序相应，因称帝王继承的次第为“历数”。

⑥“谁将”二句：出师表：蜀后主建兴五年(227)，诸葛亮在出兵伐魏前上奏的表疏。中有名句：“鞠躬尽瘁，死而后已。”杜甫诗：“出师一表真名世，千载谁堪伯仲间。”“出师未捷身先死，长使英雄泪满襟。”与此同意。 昭融：指天。杜甫诗：“契合动昭融。”

上四句概叹诸葛亮不遇时势，以至大业未成，只好归之于天命。这是个人力量所无法挽回的。

中华聚珍文学丛书——李商隐诗今译

无题四首（选一）

这首五言律诗,写一位青年去赴情人约会的情景。他欢乐而羞怯,这也许是初恋吧。诗意含情脉脉,真切动人。

含情春畹晚,暂见夜阑干。①
楼响将登怯,帘烘欲过难。②
多羞钗上燕,真愧镜中鸾。③
归去横塘晚,华星送宝鞍。④

【今译】

脉脉含情,正是春日的黄昏时候;

暂得相见,已是夜色迷朦了。

刚踏上楼梯,听到自己的脚步声,心里便畏缩
　　起来;

从帘子里面透出暖融融的气息,想要踏进屋
　　里,却又感到为难。

多么害羞呀,看到那钗头的双燕;

真的惭愧啊,回看着镜里的孤鸾!

只好寂寞无聊地回去,在横塘路上,

夜深了,只有美丽的春星相送我的马儿。

【注释】

①"含情"二句:晼(wǎn 碗)晚:太阳将下山的光景。《楚辞·哀时命》:"白日晼晚其将入兮。" 阑干:本形容纵横散乱之状。此指夜色笼罩。

②"楼响"二句:两句非常形象地把初恋者会见情人时的羞怯心情写出来。张采田云:"'楼响'句,足将进而趑趄;'帘烘'句,可望而不可即。"特别是一"烘"字,下得很好。烘(hōng 哄):诗中指人的气息、炉里的熏香。在帘外的人,可想象到帘内人的举止动静。

③"多羞"二句:两句细致地刻画情人的心理。 钗上燕:古人常在钗头饰以凤凰、燕子等飞鸟。见钗燕成双,想起自己的凤愿而含羞。 镜中鸾:据范泰《鸾鸟诗》序云:罽宾王曾捕得一鸾鸟,三年不鸣。后悬镜以映之,鸾鸟睹影悲鸣。诗中用以指自己的孤独。好事成虚,引出结句无聊而归之意。

④"归去"二句:横塘:地名。常用作泛指。古乐府《西洲曲》:"采莲南塘秋,莲花过人头。" 宝鞍:华贵的马鞍。诗中用以代马。

落　花

　　落花,惹动了古来多少诗人的情思。春天快要逝去了,一片花飞,已减却了一分春色,何况是斜阳芳径,千红零落的时候呢!义山工于言情,这首诗纯以造意见胜,情与景融成一体,它表现了诗人对美好事物被摧残的惋惜之情。情深韵美,是集中上乘之作。特别是起两句,得落花之神,运思造境峭曲深折,导宋诗的先路,尤为后世所称赏。

　　高阁客竟去,小园花乱飞。①
　　参差连曲陌,迢递送斜晖。②
　　肠断未忍扫,眼穿仍欲归。③
　　芳心向春尽,所得是沾衣。④

【今译】

　　在高高的楼阁上,啊,客人竟就这样走了!
　　小园里,风吹得千万片残花乱飞!
　　落花上下飞舞,洒向曲曲弯弯的小路上,
　　飘得远远的,像在送着落日的斜晖!
　　这情景让人柔肠寸断,不忍把落花扫去;

望眼欲穿，还在盼望逝去者的归来。

我爱惜芳菲的心情，也随春而去了，

所得到的只是沾湿了衣裳的盈盈清泪！

【注释】

①"高阁"二句：首句劈空而来，沉痛之极。何焯说："起得超忽。"纪昀说："得神在逆折而入。"其实何止如此！那人，在芳春时节，和我一起度着似绮华年，小苑高楼，灵风梦雨。几曾想到有这么的一天，亲爱的朋友会舍我而去，所余下的只是阑珊的春意，那美丽的岁月也随他（她）而去，不回来了，再也不回来了。这里一个"竟"字，作错愕的语气，含有无限哀怨。

②"参差"二句：这里跌深一层，写落花不但在小园中，还飘零芳径，布遍天涯。从"客去"更进一步展开联想，曲陌斜晖，也是古人惯用以写离情的具体环境景物。　参差(cī疵)：高低不齐。

③"肠断"二句：张采田云："此二句词极悲浑，不得以字面论其工拙也。""欲归"，欲谁归？诗中没有点明。这更可启发读者的想象。那是盼望着落花飘返？那是盼望着去客重来？还是盼望着能再一次看到那逝去的芳春？但，这些希望都是徒然的——

④"芳心"二句：何焯云："一结无限深情，'得'字意外巧妙。"所谓"意外巧妙"，是指在"得"字中所包含的真实意义——那就是春归、客去、花飞的无可挽回之"失"！

全诗感慨悲凉，当是义山有为而发，不得以一伤春惜别的凡意视之。可与《即日》诗"一岁林花即日休"参看。

北　楼

　　宣宗即位后,力斥李党,义山自无进身之期。长年羁旅,中年时,心境益悲,平生志业,付于流水,依人篱下,局蹐难安。大中二年(848)春,在桂州又听到李回和郑亚被贬的消息,写了此诗,表示自己凄痛之情。本诗一气涌出,愤激苍凉。不须含蓄蕴藉,自以真情感人。　北楼:冯浩谓是桂林的北楼。

　　春物岂相干,人生只强欢。①
　　花犹曾敛夕,酒竟不知寒。②
　　异域东风湿,中华上象宽。③
　　此楼堪北望,轻命倚危栏。④

【今译】

　　春天美好的风物,本来与我有什么相干呢?
　　但人生,只是强自欢愉而已。
　　盛开的春花,到晚上还是收敛了,
　　清酒喝尽,也忘记已是残寒时候。
　　在异乡南国,连吹来的东风也含着湿气;
　　北望中原,天空无限宽广。

在这楼上,真可以好好地向北眺望啊,

我不惜自轻性命,倚在高高的栏杆畔!

【注释】

①"春物"二句:诗人往往借烟花风絮等春物以寄哀乐的情怀,而这里用"岂相干"三字,一笔抹去,笔力极重。

②"花犹"二句:春花夕敛,有象征的意义。"酒竟"句,语中含彻骨之寒。这须我们细细体味,不要粗略读过。

③"异域"二句:异域:指广西桂州,多潮湿天气。 上象:上天之象。此指天空。

④"此楼"二句:收处写怀归之情,诗人在想念着京城中的朋友,为他们的遭遇而担心。"轻命"二字,语意沉痛。人生最宝贵的东西是生命,而当人生毫无意义时,生命也不觉得可贵了。末句悲愤交集,真令人不忍卒读。

有 感 二 首

自注：乙卯年有感丙辰年诗成

　　本诗所写的是晚唐前期的一件重要史事——甘露之变。唐文宗时，宦官仇士良专权，大和九年（835），宰相李训、凤翔节度使郑注等，密谋内外协势，铲除宦官集团。他们诈使人奏称左金吾卫衙门后院的石榴树上夜有甘露，以诱使仇士良等去验看，谋加诛杀。后因所伏甲兵暴露，仇逃回宫殿中，劫持文宗，派禁军捕杀李训、舒元舆、王涯、贾竦等人，郑注亦为监军宦官斩于凤翔。同时株连者千余人。史称"甘露之变"。自此朝政大权完全落入宦官手中，宦官"迫胁天子，下视宰相，陵暴朝士如草芥"，唐文宗成了傀儡皇帝，只能独自哀叹"凭高无限意，无复侍臣知"了。这两首五言排律，把这一重大政治事件深刻地反映出来，抒发了作者对黑暗现实的沉痛与愤恨之感。诗中直接地揭露这群凶徒的大肆株连，滥杀忠良，挟持天子等种种令人发指的罪行。在当时，朝野一片恐怖气氛、道路以目的情况下，能这样做是极为难得的。诗中还对李训、郑注等人轻举妄动，谋机不密，以致贻误大事，提出了批判。　乙卯年：大和九年（835）。　丙辰：即甘露之变次年，文宗改元，为开成元年（836）。　这五言排律的诗体，宜于表现庄重、典雅的内容。

　　九服归元化，三灵叶睿图。①

　　如何本初辈，自取屈氂诛？②

有甚当车泣,因劳下殿趋。③
何成奏云物? 直是灭萑苻!④
证逮符书密,辞连性命俱。⑤
竟缘尊汉相,不早辨胡雏。⑥
鬼箓分朝部,军烽照上都。⑦
敢云堪恸哭? 未免怨洪炉!⑧

【今译】

中国四境的藩属都归附于朝廷的德化,
天上的日、月、星三灵也符合皇帝明智的谋图。
怎么那些袁绍之流的家伙,
竟然像刘屈氂那样自取灭族呢?
此举虽有过于爰盎当车,以使赵谈下车而泣
  之事;
但结果却令皇帝下殿趋避,为宦官挟持了。
甘露之降,哪能成为祥瑞而奏报呢?
到头来,大臣们真的是像盗贼般被剿灭了。
宦官们逮捕有关的证人,
官府的文书命令频频下达。
只要供词稍有牵连,就连性命都完了。

文宗竟然因李训虚有其表而尊之为宰相，

连像胡儿石勒那样奸恶的郑注也不能及早

　　察识。

朝廷上的百官，多半名列于鬼箓，

战乱的烽火照临到京城。

此时，我怎敢说国家大事真堪恸哭，

但也不免怨恨洪炉般的天地了。

【注释】

①"九服"二句：九服：古代的九个行政区域。《周礼·夏官》："乃辨九服之邦国。"指京畿之外九等地区，每五百里为一服，有侯服、甸服、男服、采服、卫服、蛮服、夷服、镇服、藩服。后泛指藩属。　叶(xié协)：合。　睿(yuì锐)图：指皇帝的英明谋略。睿，通达，看得深远。　两句歌颂唐王朝的大好形势，人事天象都说明诛除宦官的条件已具备。其实当时唐王朝已日益衰落，诗人这样写似有讽意，引出下文。

②"如何"二句：本初：袁绍之字。《后汉书·袁绍传》载：大将军何进与袁绍密谋诛杀宦官，事泄，中常侍段珪等杀何进，并劫汉帝出走，袁绍勒兵入宫，捕诸阉人，无少长皆杀之。诗中以"本初辈"比李训、郑注，用典精切。　屈氂(lí厘)：刘屈氂，汉武帝的庶兄中山靖王之子，任左丞相。后宦官郭穰告发他令巫者诅咒武帝，与贰师将军李广利共祷祠，欲令昌邑王为帝。有诏载屈氂厨车以徇，腰斩东市。诗言"屈氂诛"，指因被宦官告发以谋反之罪而被族灭。　这两句指出李训、郑注缺乏机谋，仓促举事，自取败亡。"自取"二字，颇有微词。李、郑在当时挺起反对宦官，事虽不成，其志

亦可嘉,义山未免责之过甚。"甘露之变"后,士论腾哗,将责任全推在李、郑二人身上,也是不公允的。试问当时谁有李、郑弥天之勇?

③ "有甚"二句:当车泣:据《汉书·爰盎传》载:汉文帝曾与太监赵谈同车,爰盎当车伏谏道:"臣闻天子所与六尺舆者,皆天下豪英。今汉虽乏人,陛下独奈何与刀锯之余共载?"文帝遂令赵谈下车。谈泣而下。此指李、郑欲诛宦官,其用心良苦。 下殿趋:《南史·梁武帝本纪》载:大通中谚曰:"荧惑(即火星)入南斗,天子下殿走。"此指唐文宗被宦官挟持事。据《新唐书·李训传》载:仇士良发现有伏兵,走出"即扶辇决罘罳下殿趋,训攀辇曰:'陛下不可去!'士良曰:'李训反!'……辇入东上阁,即闭……卫士五百挺兵出,所值辄杀。"

④ "何成"二句:云物:日旁云气的颜色。古人凭以观测吉凶水旱。《左传·僖五年》:"凡分、至、启、闭,必书云物,为备故也。"此指金吾街使受李训指使,奏报石榴树夜来有甘露之事。 萑苻(huán fú 环扶):泽名。《左传·昭二十年》:"郑国多盗,取人于萑苻之泽,大叔悔之,曰:'吾早从夫子,不及此。'兴徒兵以攻萑苻之盗,尽杀之。"后世常用以谓盗贼的巢穴。诗中以指被株连的大臣,如同萑苻之盗被斩尽杀绝。

⑤ "证逮"二句:证:证左,证人。即案件知情人。《史记·五宗世家》:"请逮(刘)勃所与奸诸证左。""辞连"句:供词辗转牵连,即被残酷诛戮。《旧唐书》载:宰相王涯本未预谋,械缚既急,榜笞极酷,乃令手书反状,自诬与训同谋,狱具腰斩。 俱(jū 拘):一同。

⑥ "竟缘"二句:汉相:指汉成帝时的丞相王商。《汉书·王商传》载:王商容貌过人,匈奴单于来朝,大畏之。天子曰:"此真汉相矣!"本诗以王商比李训。据《旧唐书·李训传》载:李训"形貌魁梧,神情洒落……(唐文宗)以其言论纵横,谓其必能成事"。 辨胡雏:据《晋书·石勒载记》载:前赵的君主匈奴人石勒,十四岁时到洛阳贩货,倚啸上东门。时王衍见而异之,顾谓左右曰:"向者胡

雏,吾观其声视有奇志,恐将为天下之患。"遣使收之,会勒已去。诗中以石勒比郑注。《旧唐书》载郑注"诡辨阴狡"、"挟邪市权",未免以成败论之。郑注出身寒微,他与李训建议诛灭宦官、收复被吐蕃占据的河湟地区、清除河北的藩镇势力,支持文宗杀宦官王守澄。义山对郑注如此痛恶,恐亦有偏见。《通鉴》云:"李训、郑注为上画太平之策,以为当先除宦官,次复河、湟,次清河北,开陈方略,如指诸掌。""李训……取天下重望以顺人心……由是士大夫亦有望其真能致太平者"。可见李、郑等人并非一无是处的。

⑦"鬼箓"二句:鬼箓:登记死者的花名录。曹丕《与吴质书》:"亲故姓名,多为鬼箓。" 朝部:朝班。百官上朝时,要按部就班,排列整齐。 上都:唐肃宗至德元载号西京曰上都。即京城长安。

⑧"敢云"二句:堪恸哭:西汉青年政论家贾谊曾写《陈政事疏》,谓天下事有可堪痛哭者。义山写此诗时年方二十四岁,隐以贾生自况。 洪炉:大炉,指天地。《庄子·大宗师》:"今一以天地为大炉。"贾谊《鹏鸟赋》云:"天地为炉兮,造化为工;阴阳为炭兮,万物为铜。" 末两句谓在当时一片恐怖的气氛下,自己不能如贾生之恸哭,只好怨苍天不分好恶,万物销铄。痛惜在事变中的被害者,实际含有更强烈的悲愤之情。

丹陛犹敷奏,彤庭欻战争。①

临危对卢植,始悔用庞萌。②

御仗收前殿,凶徒剧背城。③

苍黄五色棒,掩遏一阳生。④

古有清君侧,今非乏老成。⑤

素心虽未易,此举太无名。⑥

谁瞑衔冤目？宁吞欲绝声？⑦

近闻开寿宴，不废用咸英。⑧

【今译】

在殿前的丹陛上，群臣还在向皇帝陈奏，

突然，在宫廷中发生了流血的纷争。

到了事态危急，召对了像卢植这般忠贞的

　人物，

这时才后悔错用了庞萌那样的奸臣。

太监们把皇帝带离前殿之后，

就率领禁兵进行了激烈的战斗。

李训等仓促之间，想要像曹操那样以五色棒

　压抑宦官，

结果却遭失败，使冬至时初生的阳气都被遏

　止了。

古时有所谓"清君侧"的事，

现在朝廷中也不是没有老成持重的人。

李、郑起事的动机虽未可厚非，

但这次举动却太不像话了。

那些衔冤负屈而死的大臣，谁能甘心瞑目？

而悲愤欲绝的未死者,怎能就此忍辱吞声?

近日听说皇帝又开宴庆祝寿诞,

席间仍然没有废止《咸英》之乐。

【注释】

①"丹陛"二句:丹陛(bì 币):宫殿前涂朱红的台阶。 敷奏:犹言"陈奏",敷陈奏述。彤(tóng 同)庭:即朝廷。彤,朱红色,宫殿饰色。 欻(xū 虚):忽然。 两句写甘露之变发生时的情景,事起仓促,出人意料。

②"临危"二句:卢植:东汉末年人。《后汉书·卢植传》载:何进谋诛宦官失败后,宦官劫少帝行,卢植手持武器面斥宦官,使之慑惧。宦官复挟持少帝外逃,卢植追杀宦官,夺回少帝。后董卓入京,议欲废立之事,群臣无敢言,植独抗议不同。诗中以卢植比令狐楚,原注云:"是晚独召故相彭阳公。"令狐楚曾在宪宗元和十四年(819)为同平章事,因称"故相"。甘露事变前一个月,令狐楚守尚书左仆射,进封彭阳郡开国公。《旧唐书》载:训乱之夜,文宗召右仆射郑覃与令狐楚宿禁中,商量制敕。 庞萌:东汉初人,《后汉书·刘永传》载其为人逊顺,(光武)帝信爱之,后反叛。帝大怒,自将讨之,与诸将书曰:"吾尝以萌为社稷臣,将军得无笑其言乎?"诗中以庞萌比郑注、李训,亦未免抨击过度。

③"御仗"二句:御仗:指皇帝的警卫、仪仗。诗中指宦官及禁军。 前殿:指含元殿。史载文宗乘软舆出紫宸门升含元殿。后事泄,宦官决殿后罘罳,举舆疾趋,入宣政门。 背城:《左传·成二年》:"请收合余烬,背城借一。"杜预注:"欲于城下,复借一战。"诗意指宦官在殿上与李训等部下作殊死之斗。

④"苍黄"二句:苍黄:同"苍皇",慌张,匆忙。杜甫《新婚别》:

"形势反苍黄。" 五色棒：《三国志·魏志》载：曹操任洛阳尉，造五色棒各十余枚，悬门左右，对犯禁者，不避豪强，皆棒杀之。曾杀死宦官蹇硕的叔父。 掩遏(è厄)：阻止，禁绝。 一阳生：冬至日，阳气来复，故谓冬至一阳生。甘露之变于十一月二十一日，正当冬至时节。

⑤"古有"二句：清君侧：除去君主身边的奸臣。《公羊传·定十三年》："此逐君侧之恶人。"《新唐书·仇士良传》："如奸臣难制，誓以死清君侧。" 老成：指阅历多而练达世事之人。《诗·大雅·荡》："虽无老成人，尚有典刑。"本诗以指令狐楚等稳健老练的大臣。义山对令狐楚颇有偏袒之词，甘露事变后，王涯被迫招供谋反，文宗以王涯反状问令狐，令狐唯恐得罪宦官，竟以首肯。

⑥"素心"二句：素心：本心，平素的心意。 未易：未可轻视，意指李、郑为了清君侧，不惜杀身，用心本亦有可取之处。 此举：指甘露事。 无名：没有名目。所谓名不正则言不顺。李、郑举事不慎，以致弄出大祸，损国殒身，太不值得。

⑦"谁瞑"二句：瞑(míng明)：闭上眼睛。《后汉书·马援传》："今获所愿，甘心瞑目。"诗意谓被害者遗恨无穷。 宁：岂。吞声：压抑自己的感情，不敢出声。杜甫《哀江头》诗："少陵野老吞声哭。"

⑧"近闻"二句：咸英：相传黄帝有《咸池》之乐，帝喾有《六英》之乐。冯浩谓此用以指宰相王涯生前所定的《云韶乐》。王涯负屈而死，弃尸于渭水，文宗亦无可如何，不能为之昭雪。何焯谓："结深刺当时不恤群臣之怨，亦伤宰之制于群凶，不得行其本志也。"张采田亦谓："盖深幸帝位之未移耳。"细审诗意，对文宗亦有微讽焉。经过如此惨酷的变故，而朝廷依然重开寿宴，歌舞升平，仿佛没有那么一回事。这正是已死者不能瞑目，幸存者只有吞声的原因。

张采田评曰："二诗悲愤交集，直以议论出之，笔笔沉郁顿挫，波澜倍极深厚，属对又复精整，虽少陵无以远过，岂晚唐纤琐一派所能望其项背哉？"

即 日

　　义山年轻时爱好六朝的宫体诗,对徐陵、庾信的文辞也曾着意模仿,集中有不少浮华柔靡之作,即受这种诗风的影响。本诗在语言艺术风格上,清词丽句,颇近齐梁宫体,而内容却有较大的突破。诗人在外族侵扰的时候,对着良辰美景也无心欣赏,眷念在前方的战士,对政局的动荡感到不安。张采田定为会昌二年(842)春间作。时回鹘掠灵朔、北川一带,朝廷尚未及发兵征讨。

小苑试春衣,高楼倚暮晖。①

夭桃唯是笑,舞蝶不空飞。②

赤岭久无耗,鸿门犹合围。③

几家缘锦字? 含泪坐鸳机。④

【今译】

我在小园里试穿起春装,

登上高楼,凭倚着夕阳斜照,观赏美好的春景。

丰艳的桃花,只是嫣然含笑,

轻盈的舞蝶,也是双止双飞。

在赤岭地区的征人，久无消息；

鸿门一带，仍被回鹘军队包围。

现在不知有多少人家妇女，因无法与前方丈
　　夫通讯，

只好含泪坐在鸳机旁边思念。

【注释】

①"小苑"二句：诗中用一"倚"字，很生动。可参看作者《青陵台》之句："青陵台畔日光斜，万古贞魂倚暮霞。"前人评："'倚暮霞'三字，练得极新极稳，神味倍觉深远，此诗家格外烘染法也。"或谓首两句写贵家好春日出游，疑非作者本意。

②"夭桃"二句：写小园中所见景物。　夭桃：《诗·周南·桃夭》："桃之夭夭，灼灼其华。"夭夭，形容茂盛而艳丽。以喻女子盛年时的风姿。　不空飞：意谓不孤飞。此以夭桃、舞蝶暗喻贵家女子，年少得意，夫妻欢乐地游春赏景。

③"赤岭"二句：赤岭：在今青海省西宁市西南，故鄯州石堡城西二十里。唐玄宗开元二十二年(734)，与吐蕃立界碑于此。赤岭以西为吐蕃管辖。　耗：消息。　鸿门：《汉书·地理志》载：武帝元朔四年(前125)，置西河郡，鸿门为其属县，地与雁门、马邑相邻接。会昌二年(842)春，回鹘乌介可汗曾派兵侵扰天德振武军与云朔地区，至八月朝廷始征发许、蔡、汴、济等六镇之师以讨之。

④"几家"二句：锦字：指锦书。前秦时苏蕙曾织锦为回文诗，以寄其夫窦滔。这首诗绣在一方锦帛上，回环诵读，都可成诗。内容是对其夫的思念。　鸳机：指织布机。　下句意谓既然无法寄书，故懒挑锦字，索性停机不织，独自寻思。

晚　晴

　　大中元年(847),桂管观察使郑亚辟义山入幕。诗人初到南
方,桂林明媚的山光水色和初夏时生机勃勃的自然景象,使诗人
感到非常欣悦,对前途充满着新的希望。诗歌描写景物细腻优
美。"天意怜幽草,人间重晚晴"两句,更于写景中寓有理趣,为
后世所传诵。

　　　深居俯夹城,春去夏犹清。①
　　　天意怜幽草,人间重晚晴。②
　　　并添高阁迥,微注小窗明。③
　　　越鸟巢干后,归飞体更轻。④

【今译】

　　　我在深僻的住所楼上,
　　　俯瞰夹城外的美景。
　　　春天过去了,
　　　夏日的天气仍是清和。
　　　天意特别地爱怜这生在幽处的芳草,
　　　人们也更珍惜傍晚的新晴。

雨过后,天地仿佛更加宽广,

在高阁上就能望得更远。

夕阳的余晖淡淡地流注在小窗上,

使整个房间都明亮了。

越地的小鸟儿在巢干之后,

暮归时飞翔得更加轻快。

【注释】

① "深居"二句:深居:指诗人在桂林时的寓所。 夹城:即瓮城,在大城门外的月城,用以增强城池的防御力量。或谓指两层的城墙。 上句写居处幽僻,地势较高。下句点出时节,初夏气候冷暖适宜。

② "天意"二句:上句谓久雨,则使幽草腐萎,故天意怜之而为放晴。隐有作者自喻之意。下句写盼望美好的晴天,表现诗人对生活的乐观态度。

③ "并添"二句:并:合。 迥(jiǒng 炯):远。 两句写雨后新晴,视野开阔,心情舒畅。何焯云:"但露微明,已觉心开目舒,五六是倒装语,酷写望晴之极也。"呼应首句,"高阁"应"俯夹城","小窗"应"深居"。

④ "越鸟"二句:越:指今广东、广西一带地区。古代为百越之地。《古诗十九首》有"胡马依北风,越鸟巢南枝"之句。 巢干,点出"晴"字。鸟归,点出"晚"字。两句写出诗人得意欢悦的心情。照应诗题,结构严整。

淮　阳　路

　　陈州淮阳郡,唐朝时属河南道,与蔡州相邻。吴元济割据蔡州,蹂躏四境,淮阳一带,千村荆棘。诗人在会昌二年(842)赴王茂元幕,经过陈州,投宿荒村,所见到的无非是故垒废营,哀鸿遍野,感触很深。在诗中着力写荒凉冷落的环境,揭露了藩镇割据对农村破坏的情况。

　　　　荒村倚废营,投宿旅魂惊。①
　　　　断雁高仍急,寒溪晓更清。②
　　　　昔年尝聚盗,此日颇分兵。③
　　　　猜贰谁先致? 三朝事始平。④

【今译】

　　　　我投宿的荒村,邻近那废弃了的军营,
　　　　使客子的魂梦,一夜频惊。
　　　　失群的孤雁,在高空飞得很急,
　　　　寒冷的溪水,在清晨时更觉清澈。
　　　　当年在这里曾集结着盗贼,
　　　　今天还要分兵驻守。

　　使的？

　经历三朝皇帝，才把这祸患讨平。

【注释】

　　①"荒村"二句：朱彝尊云："因投宿而感时,此工部（指杜甫）家法。"杜甫有不少写旅宿感怀、哀生念乱的诗作,如"空山独夜旅魂惊"等。

　　②"断雁"二句：两句写一早出发。　断雁：断行之雁。诗中常以喻征人。

　　③"昔年"二句：盗：指淮西藩镇。自代宗大历十四年(779),李希烈逐李忠臣割据叛乱,历陈仙奇、吴少诚、吴少阳,至吴元济,割据近四十年。淮西百姓受深重的压迫,无复生民之乐。　颇：很,相当地。　分兵：《玉溪生年谱会笺》云："少诚为节度,治蔡州;陈、许本自有节度,治许州;蔡平,始析郾城为溵州,属陈、许。其后又省彰义归忠武军,故曰分兵也。"时王茂元为忠武军节度,陈、许观察使。或谓"分兵"指讨回鹘,非。

　　④"猜贰"二句：猜贰：猜疑,互不信任。"三朝"句：吴少诚据蔡州,传至吴元济,历德宗、顺宗、宪宗三朝,始由裴度、李愬等率兵讨平之。

　　本诗前四句写投宿荒村,所见兵燹后满目疮痍的景象。后四句抒发作者的感慨。笔力沉着,逼近杜甫中年丧乱之作。

哭刘司户蕡

《旧唐书·刘蕡传》载刘蕡在大和二年(828)试贤良的对策云:"宜罢黜左右之纤佞,进股肱之大臣……陛下宜先忧者,宫闱将变,社稷将危,天下将倾,海内将乱……"刘蕡痛斥宦官"外专陛下之命,内窃陛下之权,威慑朝廷,势倾海内,群臣莫敢指其状,天子不得制其心。祸稔萧墙,奸生帷幄。"真是快人快语,骇俗忤时。中尉仇士良大怒,对刘蕡的座师杨嗣复说:"奈何以国家科第,放此风汉耶?"终于刘蕡遭到残酷的迫害,身心交瘁,含恨而死。义山四哭之诗,字字血泪,至情感天动地,真是佳作。

> 路有论冤谪,言皆在中兴。①
> 空闻迁贾谊,不待相孙弘。②
> 江阔惟回首,天高但抚膺。③
> 去年相送地,春雪满黄陵。④

【今译】

> 行路的人们都在议论着刘蕡被贬谪的冤情,
> 他在对策中的言论都是有关唐王朝中兴的
> 大事。
> 徒然地听到他像贾谊那样将被升迁之事,

但始终等不到像公孙弘那样拜相封侯。

遥隔宽阔的大江,只能屡屡回头南望,以寄
　　悲思;

仰视高远的苍天,也知沉冤难诉,唯有抚胸
　　痛哭。

去年我跟您相别之地——飘扬的春雪,正洒
　　满了黄陵。

【注释】

①"路有"二句:论:讨论,评议。　中(zhòng 众)兴:指王朝
中路复兴。刘蕡在对策中提出多条建议,希望皇帝"祖宗之鸿业可
绍,三五之遐轨可追"。

②"空闻"二句:迁:指升迁。贾谊曾被汉文帝任为大中大
夫。　贾谊:汉文帝时的青年政论家。可参看《贾生》诗注。　孙弘:
即公孙弘,汉武帝时被征为博士,后又征为贤良文学,对策第一,累
官至丞相,封为平津侯。　上句指刘蕡曾被令狐楚等人推荐,但遭
到宦官的阻挠,终至远谪。空闻,指不能成事。一说"迁贾谊",指
贾谊被疏,迁为长沙王太傅之事,以喻刘蕡被贬为柳州司户参军亦
可通。下句惋惜刘蕡不被重新征用而含冤死去。

③"江阔"二句:两句写遥哭刘蕡时的悲痛情状。

④"去年"二句:去年:会昌元年。　黄陵:山名,在湖南湘阴
县。参看《哭刘蕡》诗:"黄陵别后春涛隔,湓浦书来秋雨翻。"　两
句回忆最后一面的时间、地点。更增悼念之情。

细　雨

　　义山的咏物诗,描写得很细致。普通的自然景物,在诗人的笔下,变得优美和生动。咏物,难在不黏不脱。黏,是指见物不见人,图形绘状,纯客观的描写;脱,是指单写个人的主观感受,与所咏之物不切。而义山此诗,句句咏物,句句有情,情寓物中,物因情见。前人云:"刻意描题,不松一句,虽无奇思,自见笔力。"所谓笔力,就是善于把物我融为一体,把握住所咏之物的"神",不见有斗凑的痕迹。这是西昆诸人所不能及的。

　　萧洒傍回汀,依微过短亭。①
　　气凉先动竹,点细未开萍。②
　　稍促高高燕,微疏的的萤。③
　　故园烟草色,仍近五门青。④

【今译】

　　飘洒的细雨,吹到回曲的河边,
　　迷濛地飘过城外的短亭。
　　绿竹,被微风吹动时,最先感到它的凉意,
　　细细的雨点,落到水面,甚至滴不开密聚的

浮萍。

它促使高高的燕子飞得更快些,

却使那闪闪的萤火虫稍为疏落了。

我想象到故园中,烟草迷离,一片青苍之色,

伸展向长安城的五门之外。

【注释】

①"萧洒"二句:汀(tīng 厅):水中或水边的平地。 两句概写
细雨的情状。从远望着笔,意境迷茫。

②"气凉"二句:写植物在细雨中的状况。上句借竹衬出细雨
的凉意,下句极写雨点之细,所谓"体物入微"。

③"稍促"二句:写动物在细雨中的动态。

④"故园"二句:五门:《礼记·天官·阍人》:"阍人掌王宫之
中门之禁。"郑玄注:"王有五门,外曰皋门,二曰雉门,三曰库门,四
曰应门,五曰路门。" 两句写雨中思乡之情。"近"字,亦可解作故
园草色与京城的相近。

夜　饮

　　义山的五律,前人往往不重视之。其实作者五律的成就不在七律之下。此诗风格清新老健,词语明净,音节铿锵,在晚唐诗中亦不多见。五六两句,为王安石所深赏,南宋初的诗人陈与义就专学这一体。

　　　　卜夜容衰鬓,开筵属异方。①
　　　　烛分歌扇泪,雨送酒船香。②
　　　　江海三年客,乾坤百战场。③
　　　　谁能辞酩酊,淹卧剧清漳?④

【今译】

　　　在夜间的酒会上,还容得下我这个头发衰白
　　　　的人,
　　　开筵设席,恰在这远离家乡的地方。
　　　流溢的烛泪,滴到了歌女持着的歌扇上,
　　　微雨吹送来酒船上的芳香。
　　　我漂泊江湖作客他乡已经三年了,
　　　这个世界成了人们纷争百战的场所。

在这情况下，谁能推辞酩酊一醉？

久久地卧着，有甚于刘桢清漳河畔卧病之时。

【注释】

①"卜夜"二句：卜夜：《左传·庄二十二年》载：齐桓公到工正敬仲家，饮宴甚欢。至夜，公曰："以火继之。"辞曰："臣卜其昼，未卜其夜，不敢。"后因称昼夜相继地宴乐为"卜昼卜夜"。 属（zhǔ主）：适值。 异方：殊方，他乡。此诗或谓是大中七年（854）在东川所作。

②"烛分"二句：歌扇：古时歌者演出时用的扇子，常以掩口而歌。上句暗用白居易《谕妓》诗意："烛泪夜沾桃叶袖。" 酒船：据《大业拾遗记》载：饮宴时以船行酒，饮者在岸上取杯而饮。或谓酒船是大酒杯。庾信《北园新斋成应赵王教》诗："金船代酒巵。"此以后者为宜。两句写夜宴中听歌饮酒的情况。

③"江海"二句：三年：或云义山大中五年（852）赴梓，至大中七年（854）恰是三年。 百战场：谓多年来国家对外族和藩镇的战争。 何焯云："言党人更相倾轧也，乾坤以内，剧于战争。"亦通。

④"谁能"二句：酩酊（mǐng dǐng 溟顶）：大醉貌。 淹（yān烟）：滞留，迟。诗中有长久之意。 剧：尤甚。 清漳：漳水。在河北、河南两省边境。义山《崇让宅东亭醉后沔然有作》末二句亦云："如何此幽胜，淹卧剧清漳？"刘桢《赠五官中郎将》诗云："余婴沈痼疾，窜身清漳滨。"诗中以刘桢自比，忧国忧时，自伤身世，只好痛饮以遣愁。

中华聚珍文学丛书——李商隐诗今译

凉　思

前人常称赏义山"江阔惟回首,天高但抚膺"、"江海三年客,乾坤百战场"之句,以为"神似老杜",而此诗知者甚少。老杜晚年的五律,皮毛落尽,在平淡中见骨格精神。义山此诗深得杜诗的神髓,开头四句,"一气涌出,气格殊高",迫近老杜夔州以后之作,这是需要用心去领会的。《年谱会笺》编是诗于大中元年(847),谓是在宣城别李处士之作。

客去波平槛,蝉休露满枝。①
永怀当此节,倚立自移时。②
北斗兼春远,南陵寓使迟。③
天涯占梦数,疑误有新知。④

【今译】

客人,就这么走了,我怅望着浩渺的江波
　　——那已经涨到水榭的栏边。
寒蝉不再歌唱,树枝上,也洒满了深秋的
　　凉露。
我悠长的怀思啊,正当这个时节!

倚栏久久地独立，也不知道时间的消逝。

眺望那北斗七星——它跟春天一样遥远，

我猜想那寄寓在南陵的使者也许会迟归了。

这使得在天涯的友人，频频占梦，

恐怕他有了新的知交而留滞不返。

【注释】

①"客去"二句：以对偶句起，景中寓情，点出"凉"意。　槛：(jiàn 舰)：栏杆。

②"永怀"二句：极写出"思"字。"自移时"三字语妙入神。宋人每学此种。

③"北斗"二句："北斗"句紧承"自移时"意，写入夜的情景。何焯谓"五句在可解不可解者，然其妙可思"。把空间的距离与时间的距离并到一起写，更突出怀人之意。　南陵：属宣州(今安徽南陵县)。《会笺》谓："'南陵寓使迟'者，义山在南郡，或俟处士使毕同归。"

④"天涯"二句：占梦：古人迷信，常根据梦境来预测吉凶。　数(shuò 朔)：屡次，频频。　末两句是设想之辞。暗写自己今夜，也包括以后的许多夜，必然会梦见离去的朋友。疑有新知，跌深一层，更衬出"思"意。

中华聚珍文学丛书—李商隐诗今译

幽 居 冬 暮

　　这是作者晚年老健质厚、火候精到的作品。诗境苍凉悲慨而终觉颓唐,读之令人郁郁。义山在大中十二年(858)罢盐铁推官后,还郑州闲居,细想平生,百感交集。匡国无路,夙愿难期。诗中表现了强烈的悲愤之情,这也许是诗人绝笔之作吧!

　　羽翼摧残日,郊园寂寞时。①
　　晓鸡惊树雪,寒鹜守冰池。②
　　急景倏云暮,颓年浸已衰。③
　　如何匡国分,不与夙心期?④

【今译】

　　我的羽翼已受尽摧残,无法奋飞,
　　在市郊的家园中寂寞地度日。
　　清晨时,雄鸡因树上积雪之光而惊起,
　　严寒中,鸭子仍守在冰冻的池畔。
　　冬季昼短,很快又是日暮时候了。
　　晚年时渐觉自己日益衰老。
　　我本有匡救国家的职分,

为什么却不与我的夙愿相符呢?

【注释】

①"羽翼"二句:羽翼摧残:喻作者在政治生活上饱受打击迫害。 郊园:指诗人在郑州郊外的居处。

②"晓鸡"二句:骛(wù):鸭子。 两句前人谓"工于比兴"。冬日的早晨,气寒天暗,雄鸡还是按时鸣叫。黄庭坚《再次韵寄子由》诗:"风雨极知鸡自晓。"意与之相似。鸭子恋恋于冰池畔,也可喻诗人政治上的操守。

③"急景"二句:急景:即短景。景,日光。 倏(shū 叔):倏忽,迅速地。 云:语气助词。 颓年:衰暮之年。 浸:渐。 两句意较颓唐,有迟暮之感。

④"如何"二句:匡:帮助,挽救。 分(fèn 份):职分。 夙(sù肃):素有的,平素。 两句感叹自己虽有抱负,而无法实现。这是诗人晚年时发出的怆痛的呼声,可惜他再也不能实现自己长期来的理想了,数月后,我们的诗人就在家中溘然长逝,享年四十六岁。

霜　月

　　迷离的夜,雁啼,高楼上的明月,万里清霜。这一幅澄澈空明的美景,引动了诗人的遐想。

初闻征雁已无蝉,百尺楼高水接天。①
青女素娥俱耐冷,月中霜里斗婵娟。②

【今译】

　　我听到南飞的雁啼声,

　　寒蝉也不再歌唱,已是深秋时分了。

　　在高高的百尺楼上,凭栏遥望,

　　如水般的霜华月色,遍布明净的夜空。

　　青女和嫦娥这两位女神,都能耐受寒冷,

　　在月亮中,在清霜里争妍斗丽。

【注释】

　　①“百尺”句:写景极美,先虚写霜月的清光,意境颇近张若虚《春江花月夜》的名句:“月照花林皆似霰。空里流霜不觉飞。”

　　②“青女”二句:青女:司霜雪的女神。《淮南子·天文训》:

"至秋三月……青女乃出,以降霜雪。" 素娥:即嫦娥。传说她窃药奔月。月色白,故称素娥。 "斗婵娟"三字把清静的夜景写得很生动,让读者去追随诗人活跃的想象,在自己的脑海中去构思这一全息摄影的画图。 斗:指赌赛。 婵娟:容态美好。在不胜清寒的高处,而能保持乐观奔放的精神,这也许是诗人对当时严峻的政治环境的态度吧!

北 齐 二 首

　　北齐后主高纬,是一个有名的暴君,狂昏淫乱,弄到国事日
非,行将败亡的时候,他还终日沉湎在酒色之中。这两首七绝,
写他的宫廷生活,从对面着笔,语气更加冷峻,并不是作者要把
北齐亡国的责任推到什么"女祸"上去。

　　一笑相倾国便亡,何劳荆棘始堪伤。^①
　　小怜玉体横陈夜,已报周师入晋阳。^②

【今译】

　　美丽的宫妃,嫣然一笑,便能使君王倾倒,
　　　国家跟着覆亡,
　　哪里要等到宫殿上生满荆棘时才觉得悲哀呢!
　　冯小怜洁白如玉的身体在床上横躺着的夜晚,
　　就接到周朝的军队攻入晋阳的消息了。

【注释】

　　①"一笑"二句:首句出《汉书·孝武李夫人传》引李延年的
歌:"北方有佳人,绝世而独立。一顾倾人城,再顾倾人国。"后世因

用"倾国"形容极其美丽的女子,诗中指高纬的宠妃冯小怜。 次句朱鹤龄注引《吴越春秋》:"夫差听谗,子胥垂涕曰:'以曲作直,舍谗攻忠,将灭吴国。城郭丘墟,殿生荆棘。'"前人评"言其一为所惑,必将祸至"。这实在是封建士大夫的偏见。

②"小怜"二句:朱彝尊说:"故用极亵昵字,末句接下方有力。"这里讽刺入骨,用强烈的对比,把高纬的荒淫愚蠢,不恤国事突现出来了。 小怜:北齐后主高纬的淑妃冯小怜,能弹琵琶,工歌舞。后主曾发誓"愿得生死一处"。 横陈:出宋玉《讽赋》:"主人之女又为臣歌曰:'内怵惕兮徂玉床,横自陈兮君之傍。'" 周师:周武帝的军队。《北齐书·后主纪》载:武平七年十二月,周武帝来救晋州,齐师大败。帝弃军先还。留安德王延宗等守晋阳。帝走入邺。辛酉,延宗与周师战,大败,为周师所虏。

巧笑知堪敌万几,倾城最在着戎衣。①
晋阳已陷休回顾,更请君王猎一围。②

【今译】

女子巧笑的价值,我知道,真的能跟皇帝繁忙
　　的政务相比;
她特别动人的是在穿起军装的时候。
晋阳城既已陷落就别管它啦,淑妃说,
还要请求君王,让我们好好地再打一围猎吧!

【注释】

①"巧笑"二句：巧笑：美好的笑。《诗·卫风·硕人》："巧笑倩兮，美目盼兮。" 万几：指日常处理的繁忙事务。《书·皋陶谟》："兢兢业业，一日二日万几。"孔安国传："几，微也。言当戒惧万事之微。" 这里特别点出"着戎衣"三字，这个女子为什么穿上军装？是去抗击敌人吧？引起读者的悬念。

②"晋阳"二句：诗人像一个严正的审判官，他不怀偏见，没有表态，只是把证据——摆出来，让大家去评议。这个昏君是怎样糊涂地听信狐媚的女子的话，只贪图个人眼前的享乐，把国家大事全然丢在脑后，甚至至死不悟。《北齐书·后妃下·冯淑妃传》云："周师之取平阳，帝猎于三堆。晋州亟告急，帝将还。淑妃请更杀一围，帝从其言。""猎一围"回应"着戎衣"，原来这"戎衣"不是军装是猎装！ 清人施补华《岘佣说诗》云："义山七绝以议论驱驾书卷，而神韵不乏，卓然有以自立，此体于咏史最宜。"这两诗可为例证。

浑 河 中

　　浑瑊(jiān 缄),是唐代中叶著名的将领,建中四年(783)朱泚叛乱。唐德宗逃奔到奉天(今陕西乾县),浑瑊率领家人亲兵追随,坚守孤城。次年,与李晟等收复京师,平定朱泚之乱。官邠、宁、庆副元帅,检校司徒,兼中书令。曾治河中十六年,故称浑河中。本诗歌颂浑瑊在维护祖国统一的战争中的功业,并突出写浑瑊的部下英勇奋战,为国捐躯的精神,寄寓了诗人对当时国无良将的深刻感慨。

　　九庙无尘八马回,奉天城垒长春苔。①
　　咸阳原上英雄骨,半向君家养马来!②

【今译】

　　唐王朝的宗庙已平安无事,皇帝的乘舆也返回
　　　长安了。
　　奉天城中的战垒,也都长满了春天碧绿的
　　　苔藓。
　　在咸阳一带的原野上牺牲的英雄们,
　　一半是曾经在浑瑊家服役过的人。

中华聚珍文学丛书——李商隐诗今译

【注释】

①"九庙"二句：九庙：古时帝王立庙祭祀祖先，立太祖及三昭三穆诸庙，共七庙。王莽时增为祖庙五、亲庙四，共九庙。 无尘：指讨平叛乱，九庙不再蒙尘。 八马：亦称"八骏"，传说周穆王的八匹名马。穆王曾乘之出游访西王母。这里指皇帝的车驾。 两句对照，突出浑瑊在奉天保卫战中的功绩。

②"咸阳"二句：这里正面写埋骨沙场的战士，是为了突出浑瑊。仆役徒隶都成了英雄，那主人就可想而知了。 程梦星《李义山诗集注》："德宗避乱奉天，浑瑊有童奴曰黄苓者，力战有功，即封渤海郡王。可见当时浑公部下不知几许立功者，此明证也。" 养马：据《汉书·金日磾（dī 低）传》载：金日磾本匈奴休屠王太子，武帝时归汉，在黄门养马，汉武帝看中了他的笃慎忠心，提拔他为侍中。后以讨莽何罗功封秺侯。 浑瑊也是少数民族人，先世属铁勒族浑部。《旧唐书》称他"忠勤谨慎，功高不伐，时论方之金日磾"。在本诗中却以浑瑊的部下比金日磾，这是作者活用典故的例子。

这里要注意"英雄骨"三字。英雄们委骨原野，浑瑊也早已去世（浑瑊卒于唐德宗贞元十五年，即公元 799 年），现在哪里找到像他们那样的良将勇士呢？诗人含蓄地表示了心里的隐忧。

夜 雨 寄 北

　　这是一首脍炙人口的名作,语淡而情深,是我国古典诗歌特色之一。表面上淡淡说来,意思含蓄不露,留有回味的余地。本诗在形式上也很别致,把"巴山"、"夜雨"、"期"等字重复使用。一如"水精如意玉连环",缠绵往复,用以表现一往深情,令人低徊不已。宋人好仿效这种体裁,如王安石的《封舒国公》诗:"桐乡山远复川长,紫翠连城碧满隍。今日桐乡谁爱我,当时我自爱桐乡。"冯浩、张采田均认为义山此诗于大中二年(848)西游巴蜀时作。岑仲勉先生《玉溪生年谱会笺平质》引陈寅恪先生语,谓"巴蜀游踪之说,实则别无典据"。岑认为此诗"当梓幕时作,未见必留滞巴阆"。《万首唐人绝句》题作《夜雨寄内》,义山在梓幕时,王氏已去世,故今仍从各本作《夜雨寄北》。

　　君问归期未有期,巴山夜雨涨秋池。①
　　何当共剪西窗烛,却话巴山夜雨时?②

【今译】

　　您要是问我,什么时候才能回来? 我只能说,
　　　　还没有定期。
　　如今我在巴山听着新秋淅沥的夜雨——

中华聚珍文学丛书——李商隐诗今译

也该涨满屋前的池塘了吧！

几时才能够跟您一起，在西窗下剪烛谈心——

诉说今夜我在巴山听雨的情怀呢？

【注释】

①"君问"二句：这里先设想朋友和自己的问答，描绘出秋时夜雨的环境气氛，烘托了诗人孤寂的心情。人，总是害怕孤寂的，此时此地，对亲人，对朋友的思念就更加深切悠长。 "涨秋池"三字甚妙，这是想象之辞，并不是诗人冒雨去观看。这里实是写了秋雨的缠绵，以暗示自己"剪不断，理还乱"的思绪。 巴：古国名，在今四川省东部。 巴山，泛指川东的山岭。

②"何当"二句：情长意真，把意境推深一层。抓住"夜雨"作为线索，展开思路，想象到他日与亲友重逢的情景。剪烛，这一个小动作，表现与友人感情的亲切。在窗下娓娓不倦的夜谈，别离时的一切，包括最琐碎的生活小事，都可以成为谈话的内容。 有人认为末两句使全诗带有明朗轻快的情调，不至陷于消沉颓丧。从字面上看来，似乎是这样，但我们要知道，本诗骨子里还是非常悲凉的，作者故意不从正面直接写客居的孤寂，正由于这孤寂无法排遣，只好想象未来欢愉的相聚。他日的遐思越是美好，则今夜的痛苦越是深刻。即使愿望不久即将实现，已是难熬的了，何况是"归期未有期"呢？浅浅读过，未免有负作者的苦心了。 何当：何时能够。冀望之词。 剪烛：从前点蜡烛，灯蕊上结灯花，须不时剪去。此以暗示作长时间的谈话。《岘佣说诗》谓此诗"曲折清转"、"用意沉至"，乃是的评。

初　起

　　本诗写于大中七年(853)。义山来到四川已整整三年了,生活异常单调无聊,庸庸碌碌地混日子。诗人的才情和豪气都快要消磨净尽了,怎么办? 漫漫的长夜,几时才能看到光明啊——

> 想象咸池日欲光,五更钟后更回肠。^①
> 三年苦雾巴江水,不为离人照屋梁!^②

【今译】

　　夜,孤寂的夜,想象到那遥远的日出之地——
　　　　咸池中,朝阳光辉灿烂,即将升起;
　　但五更钟响过后还不见晨光,就更令人回肠
　　　　百折了。
　　三年来,愁云苦雾,笼罩着巴江之水;
　　即使太阳升起了,也不照到离人的屋梁上。

【注释】

　　① "想象"二句:诗人渴望着光明,向往着那东方神仙之地。一夜无眠,他等待着准备迎接朝阳。起床后,却听到钟刚打过五

更,天还是黑沉沉的,要多久才能天亮!仕途上的失意,生活中的悲剧,敏感的诗人精神上受到严重的创伤,特别是所爱的妻子的去世,怎能不使他"更回肠"啊!　咸池:古代神话中的地名。《淮南子·天文训》:"日出于旸谷,浴于咸池,拂于扶桑,是谓晨明。"《离骚》:"饮余马于咸池兮。"

　　②"三年"二句:清晨到来了,真的见到灿烂的阳光吗?不!昏沉沉的白天,比黑夜更令人难受。因为在黑夜中,还可以有希望。希望,支持着人们度过那寂寞的长夜。但,等待得到的却是"三年苦雾"!诗人在东川梓州幕中,无所作为,求进不得,求退不能,过着烦闷乏味的日子,故以"苦雾"喻之。　苦雾:指连日累月久而不散的阴雾。前人云:"养物为甘,害物为苦。"　照屋梁:宋玉《神女赋》:"耀乎如白日初出照屋梁。"太阳初出,在地平线附近,阳光从门窗射入,故能照着屋梁。

　　末两句是川东一带的实景,特别是暮春时候,阴雨苦雾,连月不开,实在令人沉闷。雾雨蔽日,古人常赋予"邪臣蔽君"的意义,在本诗中亦可能有此意。

宿骆氏亭寄怀崔雍崔衮

　　唐代多写景的好诗。好诗,不一定要写雄壮的山川,辽阔的大海,荒凉的广漠,这些崇高伟大的景物。在诗中把"昆仑"、"泰岱"、"龙沙"之类的词语用滥了,往往会给读者一种"大而空"的感觉,再也激不起他们对具体形象的想象力了。明代的复古派诗人就制造了不少仿唐的假古董,听说现在有人尝试用电子计算机"创作"旧体诗词,纵使成功,所得的恐怕也不外是这些货色。李义山这首小诗,所写的只是眼前的东西,他自己身旁的小天地,狭小的园亭、池塘、枯荷。这些非常普通的景物,经诗人的巧手一组织起来,就构成了清幽绝尘的意境。作者把自己个人的寂寥之感,深深地打入读者的心中,引起我们对这孤独而高傲的灵魂深切的同情。骆氏亭,或谓是长庆年间济源骆山人的池馆,或谓是骆浚在长安春明门外所筑的台榭。屈复《玉溪生诗意》云:"诗有隔重城,则春明门外之骆亭为是。盖崔二方官于朝,义山闲游宿此,故怀之也。" 崔雍字顺中,崔衮字炳章,是华州刺史崔戎之子,义山的从表兄弟。

　　竹坞无尘水槛清,相思迢递隔重城。①
　　秋阴不散霜飞晚,留得枯荷听雨声。②

【今译】

　　在长满竹子的山坞中,深静无尘,

临水的亭子分外清幽。

我相思之情啊，要飞向遥远的地方去，

可是却阻隔着重重的城墙。

秋空上的阴云终日不散，

飞霜的时节也迟了。

留得枯萎凋残的荷叶，

好让人们在夜里去听那仿佛雨打枯荷的
　　秋声。

【注释】

　　①"竹坞"二句：这里先点出骆氏亭。环境幽静，诗人就更感到孤单，因而便深挚地想念起亲友来了。纪昀说："相思二字微露端倪，寄怀之意，全在言外"。所谓露端倪，就是把诗人寂寞之情、身世之感微微透露出来。而主要的是寓情于景中，以最后两句寄意。　坞(wù 物)：指四面高而中间凹下的山地。　水槛(jiàn 舰)：槛，栏杆。水槛指水边有栏杆的亭榭。此指骆氏亭。　迢递：遥远。　重(chóng 虫)城：一重又一重的城。长安在唐时有内城、外城。相思犹嫌隔，则其希望相见之情可想而知。
　　②"秋阴"二句：上句写秋日的天气，下句写一夜的秋声。字面上似乎很浅近，含意却深折有味。秋日温暖的阴天，霜降肃杀之期推迟了，草木晚凋，留得残荷。当晚留宿骆氏亭，只听到荷塘中飒飒的风吹残叶之声，有如萧瑟的风雨。前人把"听雨声"当作实写秋夜闻雨，是误解了诗意。作者并没有直接向我们诉说相思之苦，"留得枯荷听雨声"七字，已足千古。那是彻夜不眠的人，咬

噬着自己心灵的痛苦啊。它给读者的是一种令人心酸的美的感受。这是中国古典诗歌中的"恶之花"，怪不得《红楼梦》中饱受封建势力压抑的林黛玉会欣赏义山这首诗了。（见《红楼梦》第四十回）

梦　泽

　　大中二年(848),作者从南郡到桂州,代理昭平郡(今广西平乐县)守。春夏之间离桂北归,五月至湖南潭州,在湖南观察使李回幕中作短期逗留。秋初继续出发,途经梦泽,写了此诗。云梦泽,是中国古代有名的大湖泽,在今湖南湖北之间,方圆千里。其遗迹为现在的洞庭湖和长江北的湖泊群。长江以北的湖泽称为云泽,长江以南的湖泽称为梦泽。这是一首辛辣的讽刺诗,一方面是缅怀古迹,另一方面是抒写对现实生活的感慨。诗意非常含蓄,引起读者宽广的联想。

　　梦泽悲风动白茅,楚王葬尽满城娇。①

　　未知歌舞能多少? 虚减宫厨为细腰。②

【今译】

　　望不到边的梦泽中,悲风萧瑟,

　　吹动着衰枯了的白茅草。

　　想到当年楚王的宫城中,

　　埋葬了多少娇美的宫女。

　　真的不知道,她们还能禁得多少回歌舞?

　　空自减省了宫中的膳食,去造就纤细的腰肢!

【注释】

①"梦泽"二句：诗人在梦泽中看到白茅萧萧，满目凄凉，很有感触，借此以起兴。 白茅：在沼泽地区生长的一种茅草。古代祭祀时，用裹束着的茅草置于柙中，以滤去酒中的糟粕。周朝时楚国每年要向周天子贡这种"包茅"，因以联想起楚宫旧事。 楚王：指楚灵王，是个荒淫昏暴的君主。《韩非子·二柄》："楚灵王好细腰，而国中多饿人。"又《后汉书·马援传》附马廖："楚王好细腰，宫中多饿死。" 葬尽：表示饿死者之多。句末的一个"娇"字，有无限感怆，满城的娇娥，只余得累累荒冢。

②"未知"二句：深讽。作者为宫女的愚昧和不幸而惋惜。这些节食束腰的女子们，为了取得君王的宠爱而送掉自己的生命。她们不认识到自己的奴隶的地位，不认识到自己向君王献媚的可悲的实质。但，如果光只有这一点，这首诗也就没有较高的价值。纪昀想挖掘本诗的意义："繁华易尽，从争宠者一边着笔，便不落吊古窠臼。"难道仅仅如此？屈复说："制艺取士，何以异此，可叹！"他从自己的切身遭遇联想到封建社会中的科举制度。人们白首一经，终生断送。我们认为，饱经世故，受尽挫折的诗人，他所想到的可能会更深刻些。楚国宫女这个艺术形象，带有更丰富的典型意义。在现实生活中，不是也有许多这样的人吗？他们为了邀欢争宠，出卖灵魂，丧尽名节，到头来也难逃避历史严正的裁判，落得个身败名裂的下场。处在牛李两党残酷斗争的漩涡里，作者是有非常深切的感受的。

寄令狐郎中

　　义山青年时受知于令狐楚,十七岁时即在天平军幕中作巡官。令狐楚亲自指导义山写文章,并令与其子令狐绹同学。义山后多次应举,未被取录。至开成二年(837),经令狐绹推荐,才登进士第。是年冬,令狐楚卒,先嘱其代草遗表。次年,义山就婚于王茂元。令狐绹遂与之交恶,但表面上还保持往来。这首诗是会昌五年(845),在河南洛阳作。时令狐绹任右司郎中。作者在诗中眷念旧友,恳切陈情。"一唱三叹,格韵俱高"。

　　嵩云秦树久离居,双鲤迢迢一纸书。①
　　休问梁园旧宾客,茂陵秋雨病相如。②

【今译】

　　　　我怅望着嵩山上的白云,
　　　　想念着那秦川的林树。
　　　　几年来,我们离居两地,
　　　　现在,收到您千里迢迢寄来的一纸书信。
　　　　不要再问讯那梁园中旧日的宾客——
　　　　如今在茂陵家居卧病、凄凉地听着秋雨的司

马相如了。

【注释】

① "嵩云"二句：嵩（sōng 松）：中岳嵩山，在河南省登封市北。诗中指作者所在的河南洛阳。　秦：古地名，在今陕西甘肃一带。诗中指令狐绹所在的京城长安。古人常以"云"、"树"表现两地相思之情。如杜甫《春日怀李白》诗："渭北春天树，江东日暮云。"双鲤：古乐府《饮马长城窟行》："客从远方来，遗我双鲤鱼。呼童烹鲤鱼，中有尺素书。"古时传送的公文、信件，常用雕成鱼形的木匣子夹着。后用"双鲤"作书信的代称。令狐绹知义山患瘵恙，先寄书信问候。

② "休问"二句：写出与朋友离居后孤寂的生活。　梁园：汉景帝时梁孝王的宫苑。《史记·司马相如传》载：司马相如"事孝景帝为武骑常侍，非其好也。是时梁孝王来朝，从游说之士齐人邹阳、淮阴枚乘、吴庄忌夫子之徒，相如见而悦之，因病免，客游梁，梁孝王令与诸生同舍。"这里以梁孝王喻令狐楚。作者曾在令狐楚幕中数年，故以"旧宾客"自称。　茂陵：汉武帝的陵墓。《司马相如传》载：相如尝称病闲居，不慕官爵，拜为孝文园令，"既病免，家居茂陵"。这里茂陵指作者病居之地，令狐绹的来信中问到他的情况，义山就更有感慨了。　病相如：义山自比。时闲居多病，卜居东洛。有《上李舍人状二》云："某自还京洛，常抱忧煎。骨肉之间，病恙相继。"这首诗风格较高，以情韵动人。没有义山某些诗中的委曲告哀，乞求援手的庸俗气味。

杜 司 勋

　　义山是个爱才、重才的文人。他对同时代的杜牧，就很有好感，并极力推重。杜牧是晚唐时与李商隐齐名的诗人，后世把两人合称"小李杜"，以比盛唐的李白和杜甫。杜牧早年时就很有理想抱负，希望国家能重见贞观开元之治。他特意注释《孙子兵法》，以作为反对藩镇割据的军事理论指导，努力探研历代盛衰之迹，以寻求救国救民的办法。他的诗歌风格清新峻拔，能独树一帜。尤其是写景抒情的七绝，情深韵远，艺术性很高。杜牧在宣宗大中二年(848)初，曾任司勋员外郎兼史馆修撰。义山在大中三年(849)春在京兆府代理法曹参军，作此诗。

　　　高楼风雨感斯文，^①短翼差池不及群。^②
　　　刻意伤春复伤别，人间惟有杜司勋。^③

【今译】

　　　在高楼上，风雨如晦，四顾茫茫，
　　　因而对杜牧的诗文就有更深刻的感受。
　　　他像翅膀短小、力量微弱的鸟儿，
　　　不能高翥远飞，赶不上同群的伙伴。
　　　能够着意去写那些伤春伤别的诗歌，并赋予

深意的，

在人世间就只有杜司勋一人而已。

【注释】

①"高楼"句：风雨：《诗·郑风·风雨》："风雨如晦，鸡鸣不已。"原为怀人之意。本诗中用以指怀杜牧。风雨，象征时局的昏暗和不稳定。 斯文：这些文章。王羲之《兰亭序》："后之览者，亦将有感于斯文。" 这句写杜牧"伤春"之意。伤春，实际是哀时念乱。《楚辞·招魂》："目极千里兮伤春心，魂兮归来哀江南。"

②"短翼"句：这句出《诗·邶风·燕燕》："燕燕于飞，差池其羽。之子于归，远送于野。瞻望弗及，泣涕如雨。"原诗是送别之词。 差（cī疵）池：形容燕飞时尾羽参差不齐的样子。 这句写杜牧"伤别"之意。亦以指他失意的遭遇和落落寡合的性格。

③"刻意"二句：杜牧多伤春怨别之作，人们每每不理解这些诗歌内在的意义，以至产生误解，认为是表现封建文人庸俗的生活情趣。何焯说："高楼风雨，短翼参差，玉溪方自伤春伤别，乃弥有感于司勋之文也。"说得很中肯。两位大诗人有着共同的忧国忧民的思想感情，也喜欢借伤春伤别的形式表现出来。这些作品继承了杜甫诗的优良传统，工于比兴，言近旨远，绝不是空虚无聊的无病呻吟，而是有着深刻的现实意义的。 刻意：极意，用尽心思。义山是杜牧的知己，在这里点出"刻意"两字，以强调杜牧作品的真实价值。

汉 宫 词

　　道士们的金丹,杀了不少皇帝。如英明的唐太宗,也不免服长生药而死。唐武宗力辟佛教,却是个昏头昏脑的道教狂,他笃信神仙之说,会昌五年(845)春,在京城修筑望仙台,以冀仙人降临。望了一年,仙人未到,自己却已"升遐"了。本诗借汉武帝筑集灵台求仙不成,以讽刺唐武宗的执迷不悟。

青雀西飞竟未回,君王长在集灵台。①
侍臣最有相如渴,不赐金茎露一杯。②

【今译】

　　西王母的信使青雀向西飞去,至今犹未回来,
　　只累得君王久久地在集灵台中等待。
　　君王的侍臣,最是有司马相如那样的消渴病,
　　为什么君王不赐给他一杯金茎仙露来医
　　　治呢!

【注释】

　　①"青雀"二句:青雀:据《汉武故事》载:"七月七日,上于承

华殿斋。日正中,忽见青鸟从西来,上问东方朔,朔曰:'西王母暮必降尊像'。" 集灵台:在华阴县界,汉武帝时建造。集灵,即集仙。唐时在长安华清宫长生殿侧亦建有集灵台。此用以指唐武宗在长安南郊新建的望仙台。两句借写青雀不回,以喻求仙无成。深婉不露,用笔曲折。

②"侍臣"二句:相如:司马相如,汉武帝时著名的辞赋家。曾与卓文君在成都卖酒,患有消渴疾(即糖尿病)。 金茎:指汉武帝建造的金铜仙人承露盘。张衡《西京赋》:"立脩茎之仙掌,承云表之清露。"李善注引《三辅故事》载:"武帝作铜露盘,承天露,和玉屑饮之,欲以求仙也。"这里用意深曲,侍臣眼前之渴不得治疗,而皇帝却终日作长生的妄想。作者以相如自比,渴望能干一番事业,而君王不察。诗中以深婉之笔出之,神味最厚。后二句诸家解说不同,何焯云:"讽求仙之无稽而贤才不得志也。"朱彝尊云:"言好渺茫而恩不下逮,非专讽刺学仙也。"纪昀云:"果医得消渴病愈,犹有可以长生之望,何不赐一杯以试之也。"以何氏之说较切本意。

隋　宫

　　隋炀帝在兵戈渐起、感到京都洛阳已不是安全之地时,第三次南游江都,依然穷奢极侈,纵欲拒谏,杀害忠良。他自己也感到日子不长了,时常对着镜子叹息:"好头颅谁当斫之?"越是面临灭亡,则越是疯狂,他耗费了国家大量的人力、物力,给全国人民带来了深重的灾难。到最后,覆亡的命运也不免落到这个荒淫残暴的皇帝头上。义山此诗,只从南游一事着笔,概括了丰富而深刻的内容。

乘兴南游不戒严,九重谁省谏书函?^①
春风举国裁宫锦,半作障泥半作帆。^②

【今译】

　　隋炀帝,乘着一时之兴南游江都,路上也不
　　　实行戒严。
　　他在九重深宫中,哪里管臣下奏上的谏书呢!
　　为了在春风轻拂的时节出游,竭尽了全国的
　　　人力、物力,裁制宫锦,
　　一半用来作骑马用的马鞯,一半用来作龙舟

上的船帆。

【注释】

① "乘兴"二句：戒严：警戒。指在特殊情况下所采取的严格的警戒措施。以前皇帝出巡时要戒严。　九重：指帝王所居之处。《楚辞·九辩》："君之门以九重。"　省（xǐng 醒）：省视。　谏书函：用信袋子封起的谏书。《隋书·炀帝纪》：大业十二年幸江都，奉信郎崔民象上表，谏不宜巡幸，炀帝大怒，先解其颐，乃斩之。后又杀王爱仁等。　首句写炀帝的轻忽。次句写炀帝的顽恶。

② "春风"二句：宫锦：按照宫中规定的式样来制作的锦缎。障泥：马鞯。垫在马鞍底，两旁下垂用来挡蔽尘土。这里点出"举国"二字，十分深刻。倾全国之力，人民的疾苦可想而知了。何焯说："借锦帆事点化，得水陆绎骚、民不堪命之状，如在目前。"诗人追述隋亡的历史，希望唐王朝的统治者能吸取教训，爱惜民力，以免重蹈亡隋的覆辙。

柳

这是义山自伤迟暮之作。张采田《李义山诗辨正》云:"冯氏谓:初承梓辟,假府主姓(指柳仲郢)以寄慨,意兼悼亡失意言之。迟暮之伤,沉沦之痛,触物皆悲,故措辞沉着如许,有神无迹,任人领味,真高唱也。"这一段分析极其精辟,的是义山知己。

曾逐东风拂舞筵,乐游春苑断肠天。①
如何肯到清秋日,已带斜阳又带蝉?②

【今译】

轻盈的杨柳枝,曾被东风袅袅吹起,飘拂着
　　轻歌曼舞的欢筵,
那正是乐游苑中令人柔肠百转的芳春时节啊!
为什么居然会到了清秋的日子,
疏疏的枝叶便映带着斜阳,更加上凄切的
　　寒蝉!

【注释】

①"曾逐"二句:乐游苑:见《乐游原》诗注。　断肠:犹言"断

魂"、"销魂"。谓使人回肠荡气,不能自持。　两句写杨柳生意荣茂的当春时节,用以暗示诗人自己少年时朝气蓬勃,充满幻想和信心的日子。

　　②"如何"二句:肯:张相《诗词曲语辞汇释》:"肯,犹会也;亦犹至于也。……如何肯,犹云如何会也,意言春日如许风流,奈何会到秋天,便斜阳暮蝉,如许萧条也。"这两句用"如何"、"肯到"、"已带"、"又带"几组虚词,"转折唱叹,弦外有音"。张采田谓其"含思宛转,笔力藏锋不露",良有以也。

端　居

　　义山中年游宦，久别妻子，郁郁寡欢，无以遣怀。此诗当是作客他乡思家之作。前人激赏诗中"只有空床敌素秋"的"敌"字，谓"险而稳"。然此诗实以整体意境见胜，非徒以炼字为工者。

　　　远书归梦两悠悠，只有空床敌素秋。①
　　　阶下青苔与红树，雨中寥落月中愁。②

【今译】

　　　亲人从远方寄来的书信，和我夜来的归梦
　　　　同样地杳远难凭，
　　　只有这空空的床席匹敌秋夜的清寒。
　　　屋外石阶下的青苔和红了叶子的树木，
　　　在风雨中显得凄凉冷落，在月色里又令人悲愁。

【注释】

　　①"远书"二句：指与家人别后多时，终日怀想，唯有中宵独起，徘徊室内。"空床敌素秋"句意极佳，描画出一幅清冷的意境，

更加深了怀人之意。　素秋：秋天。《初学记》卷三引梁元帝《纂要》："秋曰白藏,亦曰收成,亦曰三秋、九秋、素秋、素商、高商。"按：古代"五行"的说法,秋季色尚白,故称"素秋"。

　　②"阶下"二句：青苔和红树,是不眠时所见室外的景物。青苔,由于少人来往而滋生。红树,象征衰飒的秋暮。这里用"雨中"和"月中"两词,表现怀思已非一夕,把空间和时间都延伸了。　红树：指秋天叶子变红的树。如枫树、槭树、柿树等。

咏 史

　　这是金陵怀古之作。三百年间，吴、东晋、宋、齐、梁、陈六个朝代皆建都在金陵。尽管这里山川形势险要，浩瀚的长江横在城的北面，钟山龙盘，石城虎踞；但这些腐朽的政权，始终无法逃脱灭亡的命运。诗中抒写了作者对陈朝败亡后的感想。

　　北湖南埭水漫漫，一片降旗百尺竿。①
　　三百年间同晓梦，钟山何处有龙盘？②

【今译】

　　金陵城外的北湖和南埭唯见湖水漫漫，
　　当年这里遍地降旗飘扬在高高的旗杆上。
　　三百年间六朝更迭，如同晓梦一样的短促，
　　钟山哪里有龙盘那样的险要形势呢！

【注释】

　　①“北湖”二句：北湖，指金陵城北的玄武湖。是南朝训练水军的地方，也是南朝诸帝宴游之所。　南埭(dài 待)：一说即鸡鸣埭，在玄武湖北，据说齐武帝常携宫女游乐于此。一说是玄武湖上的水闸。　上句以“水漫漫”三字，一笔抹去南朝的历史，当年列舰

满湖,宴歌盈野的景象,如今安在? 唯有碧水茫茫而已。意谓六朝之君,早已国亡身灭,徒留昔日繁华之地以为历史的见证。下句用刘禹锡《西塞山怀古》诗意"一片降旛出石头",刘诗本咏东吴孙皓向晋军投降之事,本诗用以指陈朝末代皇帝向隋军投降。玄武湖在金陵城北,敌军北来,必先至此。

　　②"三百"二句:三百年:从孙吴建国(222 年),历东晋、宋、齐、梁,至陈灭亡(589 年)共三百六十七年,除去中间西晋建都洛阳的五十二年外,约三百年。 钟山:又名蒋山。即今南京市东的紫金山。宋人的《李白诗注》引《金陵图经》云:"石头城在建康府上元县西五里。诸葛亮谓吴大帝曰:'秣陵地形,钟山龙盘,石城虎踞,真帝王之都也。'"所谓石头城、建康、秣陵,皆南京的别名或古名。龙盘:指山脉形势,如巨龙盘旋。

齐　宫　词

　　大中十一年（857），诗人任盐铁推官，宦游江东一带（今南京、扬州等地区），那是所谓六代繁华的金粉之地。一个又一个短命的封建王朝走马灯般更迭，那些末代皇帝们更是荒唐得可以，试翻开南朝史的本纪，就可见到连正统的史书都载满他们的劣迹秽行。下面抄录几则《南齐书·东昏侯本纪》所载，看看这个萧宝卷是怎样做皇帝的："帝在东宫便好弄……尝夜捕鼠达旦，以为笑乐。"即位后"唯亲信阉人及左右御刀应敕等……日夜于后堂戏马，与亲近阉人倡伎鼓叫……置射雉场二百九十六处，……郊郭四民皆废业，樵苏路断，……又于苑中立市，太官每旦进酒肉杂肴，使宫人屠酤，潘氏为市令，帝为市魁、执罚，争者就潘氏决判。"齐废帝（死后被追封为东昏侯）萧宝卷因荒淫昏乱而亡国，而梁代的统治者依然重蹈故辙，到头来也不免得到同样的下场。诗人借写齐梁盛衰之迹，以警告唐代后期的统治集团，希望他们能吸取历史教训。

　　永寿兵来夜不扃，金莲无复印中庭。①
　　梁台歌管三更罢，犹自风摇九子铃。②

【今译】

　　永寿殿的宫门，夜深不闭，

连梁兵到来也不知道。

潘妃的金莲细步，

再也不印在宫殿上了。

梁朝的宫城中，夜夜笙歌宴乐到三更停歇，

还仿佛听到风吹九子铃的声音。

【注释】

①"永寿"二句：永寿：齐宫名。齐废帝为宠妃潘氏起神仙、玉寿、永寿三殿，"刻画雕彩……麝香涂壁，锦幔珠帘，穷极绮丽"。 兵来：指梁兵到来。永元三年(501)雍州刺史萧衍率兵攻建康。后登位，是为梁武帝。 夜不扃(jiōng 坰)：扃，关闭。齐叛臣王珍国、张稷等率兵入宫中。是夜，帝在含德殿吹笙歌作《女儿子》，毫无防备，兵至被杀。诗中就潘妃所居而言，故只提"永寿"。 金莲：萧宝卷凿金为莲花帖地面，叫潘妃在上面歌舞，说："此步步生莲花也。" 次句指齐亡后，宫殿荒凉，再也不见潘妃妙曼的舞姿了。

②"梁台"二句：梁台：即梁宫。晋宋以后，称禁省为台，称禁城为台城。 九子铃：用金玉制的铃子，用以装饰宫观的风檐。《南史·东昏侯本纪》："庄严寺，有玉九子铃，外国寺佛面有光相，禅灵寺塔诸宝珥，皆剥取以施潘妃殿饰。"诗中借九子铃这样细小的事物来寄寓一代兴亡的盛概，小中见大，意味深长。诗人没有直接站出来发议论，只是用对比的方法，前后映衬，来含蓄地表现主题，这种手法是很高明的。九子铃声依旧，说明梁王朝的命运跟齐王朝的命运也应没有什么不同。用意深刻警策，倍觉唱叹有情。姚培谦云："荆棘铜驼，妙从热闹中写出。"

中华聚珍文学丛书——李商隐诗今译

宫　妓

　　我国典籍中很早就有关于类似机器人的记载。《列子·汤问篇》云：周穆王西游归来，途中遇到有位名叫偃师的工匠，带着一个自制的机器人，"巧夫鎮其颐则歌合律，捧其手则舞应节，千变万化，唯意所适。"看来其智能水平可与美国影片《未来世界》中的七〇〇型机器人媲美。穆王与爱姬一起观看它的表演，歌舞快结束时，机器人"瞬其目而招王之左右侍妾"，王大怒，欲杀偃师，偃师马上把机器人拆开，穆王才高兴地说："人之巧乃可与造化者同功乎？"义山此诗运用这个故事，揭露唐宫廷的秘密，所谓"中篝之言，不可道也；所可道也，言之丑也"。诗人巧妙地从侧面轻点，故意把事情弄得扑朔迷离，引起读者的深思。　宫妓，指掖庭教坊中的女乐。

　　珠箔轻明拂玉墀，披香新殿斗腰支。①
　　不须看尽鱼龙戏，终遣君王怒偃师。②

【今译】

　　殿上轻巧透明的珠帘垂拂着白石的台阶，
　　宫妓们在新建的披香殿里，各自竞赛着身段
　　　　舞姿。

不须由头到尾看完鱼龙之戏，

终归会使到君王迁怒于偃师的。

【注释】

① "珠箔"二句：披香殿：《三辅黄图》谓是未央宫中的殿名。唐沿汉制，庆善宫中亦建披香殿。 两句写宫廷中的歌舞场面。

② "不须"二句：鱼龙戏：《汉书·西域传赞》："漫衍鱼龙角抵之戏。"颜师古注："鱼龙者，为舍利之兽，先戏于庭极，毕，乃入殿前激水，化成比目鱼，跳跃漱水，作雾障日，毕，化成黄龙八丈，出水敖戏于庭，炫耀日光。" 两句意一转，为什么在这个欢乐的场面中，不能再看下去呢？下句借偃师的典故从旁点出。我们想到屈原《九歌·少司命》中的两句："满堂兮美人，忽独与余兮目成。"在热闹的歌舞表演中，正是传送爱情的最好机会啊，怒偃师虽是误会，而宫闱之事也是难言的，这就引起读者的会心微笑。

中华聚珍文学丛书——李商隐诗今译

宫　词

　　古代诗人多有宫词之作。王昌龄是以写宫词名世的，王建诗集中有上百首宫词。为什么这一群被压抑与被损害的妇女，会引起诗人那么强烈的同情？从这里可窥见封建时代文人的绝大悲剧！"君恩"、"得宠"、"失宠"，这一些词语，不是宫女和文人们所共用的吗？文人和他们的文学作品，在君王的眼中，甚至比不上宫女和她们的笑靥！诗人们即使"怨诽之极"，也不要"失优柔唱叹之致"，在封建君王一人股掌之下，人们还有什么独立的人格可言？何焯谓此诗"用意最深，人人可解，故妙"。看来，他的确是能领会义山的本意的。

　　君恩如水向东流，得宠忧移失宠愁。①
　　莫向樽前奏花落，凉风只在殿西头。②

【今译】

　　君王的恩宠像水一样浩荡东流，
　　得宠时担忧君王移情，失宠时更是愁苦。
　　请不要在酒筵前演奏一曲《梅花落》，
　　啊，凉风正在宫殿的西边吹呢！

【注释】

①"君恩"二句：描写宫女患得患失的矛盾痛苦的心情曲尽无余。"君恩如水"，四字很耐人寻味。在这主奴的关系中，哪里有什么真正的爱情可言！

②"莫向"二句：花落：指《梅花落》，笛曲名。唐代的《大角曲》中也有《大梅花》《小梅花》等曲。 两句无理至极，把曲中的"花"和殿上的凉风联系起来，一虚一实，非独是修辞手法上的巧妙，而且意味也很深长。把第二句的意思用形象表现出来，如怨如慕，如泣如诉，虽然没有正面指斥君王的薄幸，但这更能激起读者深切的同情。诗人把忧谗畏讥、惶惶不可终日的心情，都寄托在这位薄命的宫人身上了。

代 赠 二 首

义山的抒情七绝,缠绵往复,自成一格,非后人刻意模拟者所能及。代赠二首,虽是无关宏旨之作,然情致深新,非寻常艳体可比。诗中所言的情事,日久失考,亦不必勉强指实是何人何事,直以字面释之足矣。

楼上黄昏欲望休,玉梯横绝月中钩。①
芭蕉不展丁香结,同向春风各自愁。②

【今译】

阁楼上暮色苍茫,刚萌生远望的念想旋即
　消停了。
横放的楼梯将楼的上下隔绝,无由相会,眼前
　看到的是新月如钩的景象。
我们的心像芭蕉的叶子,无法舒展,像丁香的
　果实,缄结成团,
只有一起对着春风,各自生愁了。

【注释】

①"楼上"二句:代女方设言。女子在楼上盼望情人的到来。

欲望还休,表现出失望之情。玉梯横绝,表示两人被阻隔,不能相会。如《诗·郑风·东门之墠》的"其室则迩,其人甚远"。"月中钩",一本作"月如钩",意同。张先《一丛花》词"梯横画阁黄昏后,又还是斜月朦胧",暗用此诗意。

②"芭蕉"二句:这里分别以"芭蕉"、"丁香"喻双方。

东南日出照高楼,楼上离人唱石州。^①
总把春山扫眉黛,不知供得几多愁。^②

【今译】

太阳从东南升起,光芒照射在高高的楼上,
楼上即将与情人离别的女子,禁不住唱起了
　《石州词》那样的离歌。
她总是把黛眉画作春山的模样,
真的不知道那春山,还能供得多少愁给人
　们啊!

【注释】

①"东南"二句:用古乐府的诗意:"日出东南隅,照我秦氏楼。"远行的人快别去了,唱一曲《石州词》以寄离情吧!　石州:古乐府曲名,是戍妇思夫之作。

②"总把"二句:妙语双关,婉曲有味,把眉黛和自然界的春山

故意混在一起写。"供得几多愁",表示离愁之多。自情人别后,少妇黛眉长蹙,默默含愁。 金代元遗山《鹧鸪天·妾薄命辞》云:"天也老,水空流,春山供得几多愁?桃花一簇开无主,尽着风吹雨打休。"当自义山此诗引申而成。

瑶　　池

　　皇帝们总想把自己的生命永远延续下去,好享千秋万岁的洪福。唐帝自称是老子的后代,老子又变成了妖道式的"太上老君",于是,道教便成了国教,道士们成了"国师",一个又一个的皇帝都吃道士们炼成的"金丹"而肉身成仙了。唐穆宗、唐文宗、唐武宗、唐宣宗,都是糊涂透顶的狂信者。李义山早年受过道教的影响,曾经入道,后来也接触过一些道士,他对求仙的把戏也逐渐看清楚了,集中就有不少讽刺神仙迷信的诗歌,尤以这首《瑶池》最为著名。本诗没有正面写皇帝们愚蠢的吃丹药自杀行为,而借古代传说西王母和周穆王相遇的故事,从侧面写出求长生的不可能,含意更深长有味。

瑶池阿母绮窗开,黄竹歌声动地哀。①
八骏日行三万里,穆王何事不重来?②

【今译】

西王母在瑶池上,推开彩绘的窗户,向东方
　　眺望,
听到了穆王留传下来的"黄竹之歌",悲哀的
　　歌声撼动着大地。

穆王的八匹骏马,本来跑得很快,一天可行
三万里,

为什么还不见他再来呢?

【注释】

①"瑶池"二句:瑶池:古代神话中西方的仙境,是西王母所居之地。 阿母:西王母,汉代有人称之为玄都阿母。据《穆天子传》载:周穆王曾从镐京出发,西游至昆仑山上的仙人西王母之邦。西王母宴穆王于瑶池之上。临别,西王母作歌以赠之曰:"白云在天,山陵自出。道里悠远,山川间之。将(希望)子毋死,尚能复来。"穆王答歌曰:"比及三年,将复(返)而野(您的国土)。" 黄竹歌:《穆天子传》载,周穆王的队伍在到黄竹的路上"遇北风雨雪,有冻人",穆王作《黄竹歌》三章以哀其民。 两句指周穆王离去后,西王母盼他回来,但穆王始终不见,徒闻黄竹哀歌。

②"八骏"二句:八骏:传说中穆王所乘的八匹骏马,名赤骥、盗骊、白义、逾轮、山子、渠黄、华骝、绿耳。 两句有言外之意,即使如穆王,能亲到昆仑,会见群仙的领袖西王母,也不免一死。连思忆他的西王母也无法使他延寿,何况是别的凡夫俗子呢。这无疑是对执迷不悟的求仙者当头棒喝。诗中以诘问句作收,语更尖刻辛辣。

南　朝

　　咏梁朝之事,也就是咏南朝。梁元帝萧绎,初封湘东王,镇守江陵,后侯景叛乱时,他派王僧辩、陈霸先等讨灭侯景,即位称帝。两年后,萧詧与西魏合兵攻破江陵,元帝焚毁图籍十四万卷,后被俘杀。南朝各代均建都金陵(建康),唯元帝时定都江陵。本诗以元帝的徐妃半面妆之事,与"分天下"联系起来,妙语相关,可悟用事的活法。

　　　　地险悠悠天险长,金陵王气应瑶光。①
　　　　休夸此地分天下,只见徐妃半面妆。②

【今译】

　　　　地势险要,山岭绵延,天堑长江,横亘西北,
　　　　自古金陵就有王气,上应祥瑞的瑶光星象。
　　　　别夸耀这个地方中分天下,
　　　　只是见到徐妃的半面妆而已。

【注释】

　　①"地险"二句:地险:指金陵所谓"钟阜龙盘,石城虎踞"的地理形势。　王气:《太平寰宇记》引《金陵图经》云:"昔楚威王见此

有王气,因埋金以镇之,故曰金陵。秦并天下,望气者言江东有天子气,乃凿地脉,断连冈,因改金陵为秣陵。" 瑶光:北斗七星中斗柄最末一颗。古代将天空的星宿分为十二次,配属诸国,以占候吉凶,称为"分野"。吴地属斗宿分野,故云"应瑶光"。 两句写南朝有山川之险,上应天象,以反衬下文。

② "休夸"二句:分天下:过去认为长江天险,界限南北,中分天下。 徐妃半面妆:徐妃,梁元帝的妃子徐昭佩。《南史·后妃下》载:徐妃"无容质,不见礼。帝二三年一入房。妃以帝眇一目,每知帝将至,必为半面妆以俟,帝见则大怒而出。"这里以半面妆比喻半壁山河。诗人主张祖国的统一,对偏安一隅,自恃天险,不图进取的小朝廷予以尖锐的讽刺。

韩冬郎即席为诗相送,一座尽惊。他日余方追吟"连宵侍坐徘徊久"之句,有老成之风。因成二绝寄酬,兼呈畏之员外

　　义山对后学晚辈,总是热诚地奖掖和帮助,一点儿也没有摆老资格,更没有所谓"文人相轻"的陋习,这种虚己怜才的态度,在古往今来的文人中实在是极难能可贵的。　韩冬郎,名偓,是义山的连襟韩瞻(字畏之)之子。他年少有捷才,诗歌的风格清新老健,度越流辈。义山对他极力推许,比之为南朝时著名的诗人何逊,而自己却谦虚地自比为沈约。(何逊在诗歌上的成就比沈约高,历史上已有定评。)在我们生活中,还有这样的人,见到文学上的幼苗、新花,则偏要拼命压抑,唯恐它成长后胜过自己,若读到义山此诗,岂不愧死? 此诗是义山在大中十年(856)初,由梓州返长安时所作。时年四十四岁。

　　十岁裁诗走马成,冷灰残烛动离情。①
　　桐花万里丹山路,雏凤清于老凤声。②

【今译】

　　冬郎十岁时就能写诗,才思敏捷异常,走马

中华聚珍文学丛书——李商隐诗今译

可成。

他在夜深时，对着冷灰残烛，触动离情，写诗
　　赠我。

在万里迢迢的丹山路上，桐花烂漫，

　　那雏凤的鸣声，比老凤的更为清亮。

【注释】

①"十岁"二句：裁诗：犹言做诗。 冷灰：指炉中烧后的残
灰。或谓指烛芯的灰烬，误。 两句追忆前事，大中五年秋，义山赴
梓幕时，冬郎曾为诗相送。冷灰残烛，暗示当时心境。时义山妻王
氏新逝，旋即游蜀，故触绪凄凉。

②"桐花"二句：桐花：传说中，凤凰只栖息在梧桐树上，以桐
实为食。"桐花"常与"凤"连文。薛道衡诗："集凤桐花散。" 丹
山：传说中凤凰来集之地。 雏凤：幼凤。晋朝文学家陆云年幼
时，闵鸿称赞他说："此儿若非龙驹，当是凤雏。"此借指韩偓。 清：
指鸣声清越。此以喻诗歌的风格清新。 老凤：指韩瞻。 诗意谓
韩偓像丹山的幼凤，正在良好的环境中成长，他比父亲更有才华，
前途远大。题中"连宵侍坐徘徊久"，是韩偓赠义山之诗。今《翰林
集》《香奁集》中无此句，当已佚。

剑栈风樯各苦辛，别时冬雪到时春。①

为凭何逊休联句，瘦尽东阳姓沈人。②

【今译】

我行走在剑阁的栈道上，

您乘坐江上的帆船远去，

我们分手后各自劳碌苦辛。

别离时是飞雪的严冬，

如今重见已是春天时候了。

我想请年轻的何逊不要再作诗联句，

恐怕会叫沈约苦思冥想，变得更瘦更瘦。

【注释】

① "剑栈"二句：剑栈：指四川剑阁的栈道。在峭岩陡壁上凿孔，架木铺板而成的架空的通道，自陕西入四川必经此地。此写义山赴蜀。　风樯：犹言"风帆"。此指韩瞻出任果州刺史，从水路前往。　冬雪：指大中五年冬相别时。　春：指大中十年春返长安时。

② "为凭"二句：凭：请。　何逊：南朝诗人，八岁能赋诗，深为沈约称赏。《南史·何逊传》载：沈约尝谓逊曰："吾每读卿诗，一日三复，犹不能已。"义山亦有"沈约怜何逊"之句。　联句：根据同一诗题和韵部，由两人以上轮流赋句，连缀成篇。何逊集中有《范广州宅联句》："洛阳城东西，却作经年别。昔去雪如花，今来花似雪。"意与本诗"别时冬雪到时春"相近，故有"休联句"之语。　东阳：南朝诗人沈约，曾为东阳太守，尝言己老病，"百日数句，革带常应移孔"。义山以韩偓比何逊，以自己比沈约，并以为自己作诗不是韩偓的对手，对晚辈的推挽可谓不遗余力了。韩偓后来能成为

唐末的一大诗家,这与义山的教导和帮助是分不开的。义山称道的"清"与"老成之风",诗句清新流丽而又沉郁顿挫,正是冬郎诗的特色。前人往往不重视韩偓诗的思想艺术成就,甚至谓其多"绮靡"之作,这是很不公允的。

西南行却寄相送者

　　开成二年(837)冬,年轻的诗人赴兴元(今陕西省汉中市)令狐楚幕。本诗是途中寄给为自己送行的朋友之作。诗歌风格清新可喜,以情致见胜。

　　　　百里阴云覆雪泥,行人只在雪云西。①
　　　　明朝惊破还乡梦,定是陈仓碧野鸡。②

【今译】

　　　　百里秦川上阴云低压,笼罩着广阔的雪原,
　　　　我这远行的人,就在这雪原和阴云的西面。
　　　　明朝把我的还乡之梦惊醒,
　　　　一定是陈仓这地方的碧野鸡了。

【注释】

　　①“百里”二句:写别后的环境气氛,衬托出朋友间的互相思念。白茫茫的原野,把我们分隔开来了。
　　②“明朝”二句:陈仓:古地名,在今河南省宝鸡市东。据《汉书·郊祀志》载:“(秦)文公获若石云,于陈仓北阪城祀之。其神或岁不至,或岁数。来也常以夜,光辉若流星,从东方来,集于祠城,

若雄雉,其声殷殷云,野鸡夜鸣。" 碧野鸡:汉宣帝登基时曾遣使益州求金马碧鸡之神。诗中合用之,以"碧野鸡"称陈仓之鸡,语意巧妙。意谓今晚到达陈仓歇宿,梦到故乡亲友,但明朝定被鸡声惊醒。马茂元先生云:"末句糅合传说与真实,表现梦魂惺忪迷离,和对陈仓的新奇印象。"甚是。

有　感

　　这是义山的一首"论诗绝句"。诗中论述宋玉的辞赋,借以喻自己的诗作。前人谓"乃为似有寓托而实不然者作解",或谓"为《无题》作解"。自此说一出,义山诗的评论家便神经过敏起来,特别是碰到一些比较隐晦的诗作,都想方设法,解释成有寄托的了。冯浩甚至说:"穿凿之讥,吾所不辞耳。""实有寄托者多,直作艳情者少。"张采田的《李义山诗辨正》更走到极端,几乎把半部义山诗都看成是为令狐绹一人而作的了。义山此诗云"楚天云雨尽堪疑",一"尽"字,不过是诗人夸张之辞。我们对义山诗选是要具体分析,还它本来面目。

　　非关宋玉有微辞,却是襄王梦觉迟。①
　　一自高唐赋成后,楚天云雨尽堪疑。②

【今译】

　　并不是宋玉特别喜欢以微辞寄讽,
　　而是因为楚襄王沉迷艳梦,终日难醒!
　　自从《高唐赋》写成之后,
　　那些有关男女情爱的作品便都被怀疑是有寄
　　　托的了。

中华聚珍文学丛书—李商隐诗今译

【注释】

①"非关"二句：宋玉：战国时楚国的辞赋家,相传为屈原的弟子。 微辞：有两意,一是指婉转而巧妙的话。宋玉《登徒子好色赋序》："玉为人体貌闲丽,口多微辞。"一是指隐含贬义的言辞。本诗中合用二意,指宋玉善于用婉妙的言辞以托讽。 襄王：楚襄王。据说他曾与宋玉同游云梦泽,宋玉告诉他怀王曾游高唐、梦巫山神女之事,王命玉作《高唐赋》。是夜,襄王寝后,果梦与神女遇。次日复命玉作《神女赋》。古来认为这两篇赋都是托讽襄王荒淫的。杜甫《咏怀古迹》云："云雨荒台岂梦思?" 觉(jiào 教)：醒来。

②"一自"二句：楚天云雨：指文学作品中的性爱描写。宋玉《高唐赋序》言楚王梦与神女相会高唐,神女自谓居于"巫山之阳,高丘之阻,且为朝云,暮为行雨,朝朝暮暮,阳台之下"。后常以指男女合欢之事。

乱　石

　　义山诗中颇多写穷途失意之痛。大中二年(848)二月,郑亚贬循州刺史,作者亦罢幕,索居无聊,想投靠湖南观察使李回,而李却不敢为之奏辟,遇合无缘,精神更是痛苦。这时所赋的诗篇"幽忧怨断,恍惚迷离,其言有文焉,其声有哀焉"。如这首"乱石"诗,更是悲愤抑郁。诗中以纵横的乱石以喻当途的政客,对当时压抑人才的黑暗的政治局面表示强烈的不满。

　　虎踞龙蹲纵复横,星光渐减雨痕生。①
　　不须并碍东西路,哭杀厨头阮步兵。②

【今译】

　　像伏着的老虎,蹲着的神龙,一堆一堆的乱石
　　　　纵横满地,
　　这些陨星的光辉渐减而生了雨蚀的痕迹。
　　不须把东西两边的道路都一起挡住呀,
　　那就会叫厨头的阮步兵恸哭死了。

【注释】

　　①"虎踞"二句:星光渐减:意谓星陨而为石,其光渐减。古

人常有"落星石"的传说。 雨痕生：暗喻这些乱石盘踞要路已经很久了。 前人谓两句"喻牛、李二党，彼此倾轧"、"一党渐衰，而一党又代起"，意亦近之，可参考。

②"哭杀"句：阮步兵：指东晋诗人阮籍。《晋书·阮籍传》："籍闻步兵厨营人善酿，有贮酒三百斛，乃求为步兵校尉。"阮籍是个愤世嫉俗的诗人，他能为"青白眼"，鄙视政治野心家司马氏等一伙人，又担心遭到吕安、嵇康等人被杀的命运，故用纵酒佯狂的方式来避免司马氏对他的猜忌。 哭杀：《晋书·阮籍传》载：阮籍"时率意独驾，不由径路，车迹所穷，辄恸哭而反"。 诗意谓乱石把所有的通路都堵住，那就不由不穷途恸哭了。这里以阮籍自命，表现了诗人找不到出路时，极度痛苦的心情。

过 楚 宫

　　义山对妻子王氏的感情是十分真挚的,王氏去世后,他写了不少悼亡诗。《上河东公启》云:"某悼伤以来,光阴未几,梧桐半死,方有述哀。"诗人情之所钟,不能自已。《玉溪生年谱会笺》编此诗于大中二年(848),谓是巴阆归途作,疑非。今姑定为大中五年(851)王氏卒后,义山赴东川柳幕,途经巫峡时作。

　　巫峡迢迢旧楚宫,至今云雨暗丹枫。①
　　微生尽恋人间乐,只有襄王忆梦中。②

【今译】

　　绵长高峻的巫峡,靠近旧日楚国的宫城,
　　到今天,巫山上的云雨,还遮暗那红了叶子的
　　　枫树林。
　　一般的人,都贪恋着人世间眼前的欢乐,
　　只有那楚襄王还在忆念着梦中的情景。

【注释】

　　①"巫峡"二句:巫峡:在今四川省巫山县东,两岸连山壁立,

绵延达一百六十里。 楚宫：楚国建都于郢，即今湖北省江陵县西。 云雨：参看《有感》(非关宋玉)诗注。 丹枫：巫峡两岸多枫树，秋后枫叶变红。

②"微生"二句：诗中以"微生"与"襄王"对照，暗示自己现在已无复人间之乐，旧日的欢愉，已如一梦，却令自己终生思忆。 两句感喟无穷。文集补编有《献相国京兆公启》云："矧以游丁鳏子，不忍羁孤。期既迫于从公，力遂乖于携幼。安仁挥涕，奉倩伤神。"其沉哀见诸楮墨，可想作者此时的心境。

龙　池

　　白居易作《长恨歌》,写了流传已久的唐玄宗和杨贵妃的恋爱故事,对这帝妃的悲剧表示了一定的同情,也对唐玄宗沉湎女色,荒废政事,以至国家大乱有所讽刺和批判。但在揭露唐玄宗霸占儿媳妇的中篝之丑时,还是遮遮掩掩的,只说到"杨家有女初长成,养在深闺人未识。天生丽质难自弃,一朝选在君王侧"。不像义山此诗来得大胆、干脆。杨贵妃小名玉环,是蜀州司户杨玄琰之女,从小寄养在叔父杨玄珪家。开元二十三年(735),册封为玄宗子寿王的王妃。她被玄宗看上了,在二十八年度为女道士,居太真宫,改名太真。天宝四年(745),正式册封为唐玄宗的贵妃。义山诗对宫闱秽史的揭露,实质上就是对虚伪的封建伦理道德进行批判,把矛头直指最高统治者。因此不免也激怒了一些卫道士们,纪昀谓此诗"病与《骊山有感》诗同","既少含蓄,亦乖大体,此宜悬之戒律者"。冯浩攻击它"大伤诗教"。这可以从反面证明义山这诗的力量了。

　　龙池赐酒敞云屏,羯鼓声高众乐停。①
　　夜半宴归宫漏永,薛王沉醉寿王醒。②

【今译】

　　玄宗在龙池畔设宴赐酒,

张开云母屏风，

只听到羯鼓的声音高亢急骤，

其他的乐声都停息了。

夜半后，宴罢归来，

更感到宫中的铜壶滴漏水声绵长不绝。

薛王痛饮后早已沉醉，

而寿王却终夜醒着。

【注释】

①"龙池"二句：龙池：据《雍录》载：玄宗为诸王时，故宅在京城东南角隆庆坊，宅中有井，井溢成池，号曰"龙池"。开元二年七月，以宅为宫，是为兴庆宫（今已辟为兴庆公园）。 羯（jié 竭）鼓：羯，我国古代民族名，源于小月氏，后散居上党郡（今山西潞城附近）。羯鼓，是由羯族传来的一种乐器。据南卓《羯鼓录》载："羯鼓，其声促急，破空透远，特异众乐。明皇（即唐玄宗李隆基）极爱之，尝听琴未终，遽止之曰：'速令花奴持羯鼓来，为我解秽。'"花奴，玄宗子汝阳王李琎的小名。 两句写玄宗在宫中开热闹的家宴，兴高采烈。以反衬后两句。

②"夜半"二句：宫漏：即铜壶滴漏。古代宫中的计时器。薛王：唐玄宗之弟李业，封为薛王，与岐王等常侍奉玄宗饮宴。于开元二十二年卒。《容斋续笔》谓杨贵妃于天宝二年方入宫，义山此诗与史实不符。这未免过于胶柱鼓瑟，诗人微词寄讽，不必狃于事实。且李业之子李琄已嗣位为薛王，故薛王亦可指李琄。 寿王：玄宗子李瑁。先娶杨玉环为妃，后来玄宗另为他娶韦昭训女为妃。 此诗宋人称为佳作，后两句尤佳。"宫漏永"，觉得夜长难度，

已从无眠者着笔。末句更以薛王与寿王对比,薛王于此事毫无干系,故饮得醉醺醺的,而寿王却彻夜不眠。一"醒"字非常警策,可想象宫宴时寿王的痛苦心情。比《骊山有感》诗"平明每幸长生殿,不从金舆惟寿王"讽刺得更深刻有力。 清人吴骞《拜经楼诗话》称赞此诗末二句"用巧而见工","得言外不传之妙"。罗大经《鹤林玉露》亦称此诗"词微而显,得风人之旨"。可谓有识。

常　娥

　　这首名作没有很僻的典故,在字面上本不难寻绎,但却引起了注家们种种的猜测,或谓"此悼亡之诗,非咏常娥",或谓"自比有才调,翻致流落不遇也",或认为这是对自己"依违党局,放利偷合"的追悔,或认为是在嘲讽思凡的女道士,甚至干脆自认不解,说:"是何言欤?"诗中写出了孤独的主人公,终宵无寐,对着深远而又神秘的夜空,触起的怅惘悲凉的情绪。诗人感怀身世,表面上似乎是替常娥设想,而实际是抒写自伤之情。从对面写来,诗意更显得深厚曲折。　常娥:即嫦娥,姮娥,神话中的月亮女神,传说她是夏代东夷族的首领后羿的妻子。

云母屏风烛影深,① 长河渐落晓星沉。②
常娥应悔偷灵药,碧海青天夜夜心。③

【今译】

独坐在云母屏风中,
蜡烛的昏暗光影,使卧室内显得更静寂幽深。
长长的银河,逐渐西斜到天底,
清晨时的星星,在曙色中也悄然隐没了。
常娥啊,您也许会后悔当年偷走了灵药吧,

如今夜夜空对着碧海似的青天,您凄凉孤独的心情该怎样排遣呀!

【注释】

①"云母"句:云母:矿物名,主要的成分是硅酸盐,有黑、白两色,带有深浅不同的褐色或绿色,能分剖成半透明的柔韧的薄片。古代常用作窗户、屏风等的装饰。云母屏风,是贵重的陈设品。 首句写诗中的抒情主人公深宵独坐,孤寂地与残烛相对。句中的"深"字,点出了由云屏、烛影所构成的室内环境的幽寂。暗示了那位无眠的人,正深深地陷在追忆之中。

②"长河"句:长河渐落:秋天的夜晚,从地球上看来,银河由天中向西移动,到清晨时,有一部分沉落在地平线下。 晓星沉:指晨星的光辉渐淡,终于看不见了。 次句写愁人的终夜无眠。窗外的景色变化,暗示时间的流逝,这难挨的一夜又过去了。

③"常娥"二句:偷灵药:故事见于《淮南子·览冥训》:"羿请不死之药于西王母,姮娥窃以奔月。"高诱注:"姮娥,羿妻。羿请不死之药于西王母,未及服之,姮娥盗食之;得仙,奔入月中,为月精。"这两句是诗人在一宵痛苦的思忆之后产生的感想。他所想念的是谁,今已无法查考,也许是他逝去的妻子王氏,也许是他旧日的恋人宋华阳姊妹,但诗中却没有直接写自己怎样地追念,却从对方着笔:爱人啊,你去了,你终于忍心地抛下我而去了。夜复夜,年复年,在漫长的日子里,天上人间,遥遥相望,但又重聚无期,你想必跟我一样,感到永生永世无法填补的空虚和孤寂吧!纪昀说:"意思藏在上二句,却从常娥对面写来,十分蕴藉。"颇能体会作者之意。

中华聚珍文学丛书——李商隐诗今译

初食笋呈座中

　　年轻的诗人,满腔热血,壮志凌云,他要努力向上,他要发展自己,哪里会想到世路的风波,前程的险恶呢? 大和七年(833),义山二十一岁,座主令狐楚很赏识他,给以资装赴京师应试。知举贾𫗧不取,作者遂东游郑州、华州一带,华州刺史崔戎送他到南山读书。八年三月,崔戎调任兖海(今山东兖州西)观察使,义山随至兖州幕中,掌章奏之事。本诗当是此时之作。诗以初出林的新笋寓意,表现了诗人昂扬的意气。

　　嫩箨香苞初出林,於陵论价重如金。^①
　　皇都陆海应无数,忍剪凌云一寸心?^②

【今译】

　　幼嫩的箨叶,香甜的笋心——新笋刚刚从
　　　　竹林中采得,
　　在於陵之地议价时比黄金还要贵重。
　　大城市中应有很多水陆的美味食品,
　　人们怎能忍心剪伐那有凌云气概的笋芽呢?

【注释】

①"嫩箨"二句：箨（tuò 拓）：竹箨。主秆上的叶，与普通竹叶有明显区别，箨叶缩小而无明显的主脉，包裹着竹秆和笋。 苞：指裹着的嫩笋。 於（wū 乌）陵：古地名。汉代有於陵县，唐时为长山县（今山东邹平县东南），邻近兖州。冯浩《玉溪生诗详注》载："《竹谱》云：'般肠实中，为笋殊味。'注曰：'般肠竹生东郡缘海诸山中，有笋最美。'正兖海地也。"竹子主要分布在长江流域以南。兖州地在黄河流域，竹子稀少，仅产刚竹等少数品种，故笋价昂贵。

②"皇都"二句：皇都：京城长安。诗中泛指大都邑。 陆海：陆地上盛产植物的丰饶之地。《汉书·地理志》："（秦地）有鄠、杜竹林，南山檀柘，号称'陆海'，为九州膏腴。"诗中指陆地和海中的物产。 两句抒写感想，以伐笋喻自己初试落第，受到挫伤。"凌云一寸心"，语意双关。心，指笋心，它有可能长成高耸入云的绿竹，亦指诗人自己向上的志气。诗意与李贺《昌谷北园新笋》诗"更容一夜抽千尺，别却池园数寸泥"相近。 钱咏《履园谭诗》云："咏物诗最难工，太切题则黏皮带骨，不切题则捕风捉影，须在不即不离之间。"如义山此诗，可谓得之矣！

白云夫旧居

　　义山深于师友之谊,集中每多怀旧之作。当时攻击义山的人,往往说他"诡薄无行",背令狐楚之恩。我们在这首七绝中,可看到作者对旧时师友的一片真情。白云夫,指令狐楚。《新唐书·艺文志》载:"令狐楚表奏十卷。"注曰:"自称《白云孺子表奏集》。"夫,是对男子的尊称。

　　　平生误识白云夫,再到仙檐忆酒垆。①
　　　墙外万株人绝迹,夕阳惟照欲栖乌。②

【今译】

　　　我生平误识了白云夫,
　　　如今再到他的旧居檐下,便想起黄公的酒
　　　　　垆了。
　　　墙外万株杨柳,行人绝迹,
　　　惨淡的夕阳,只照着要归巢的乌鸦。

【注释】

　　①"平生"二句:误识:《会笺》引徐氏云:"误识,即'早知今日

系人心，悔不当初不相识'。深感之词也。" 仙：令狐楚已去世，故称。 酒垆：指"黄公酒垆"。垆，安放酒甏的土台。《世说新语·伤逝》载：王濬冲"乘轺车经黄公酒垆下过，顾谓后车客：'吾昔与嵇叔夜、阮嗣宗共酣饮于此垆……自嵇生夭、阮公亡以来，便为时所羁绁。今日视此虽近，邈若山河。'"后世因用"黄公酒垆"作悼念亡友之辞。冯氏云："忆酒垆，当与《九日》《野菊》同看。"《九日》诗有"曾共山公把酒卮"句，意谓指义山曾从令狐楚宴饮，亦可通。 两句写重过令狐楚旧居。

　　②"墙外"二句：写旧居的冷落景象，以寄作者伤悼之情。屈复云："当时如不识（白）云夫，则今日之树绝人迹，残照栖鸟，景虽荒凉，何至伤心，故曰'误识'。"甚得诗人深旨。

到　秋

　　这是一首怀人的小诗,情致深美,含蓄有味,艺术性很高,是义山七绝中的佳作。冯氏系诸开成五年(840)江乡之游。张氏谓亦大中二年(848)巴阆遇合无成之慨。俱证据不足。

　　扇风淅沥簟流离,万里南云滞所思。①
　　守到清秋还寂寞,叶丹苔碧闭门时。②

【今译】

　　像扇子般的凉风飒飒地吹过,
　　像长簟般的细雨闪着银光。
　　南望层云万里,
　　我所思念的人留滞未来。
　　我守候到秋天来时,
　　心情更加寂寞。
　　叶子红了,苔藓还是翠绿的,
　　这正是我闭门独处的时候。

【注释】

　　① "扇风"二句:淅沥:象声词。常以形容风、雨、雪、落叶等

声音。　流离：光彩闪耀貌。《汉书·扬雄传上》："曳红采之流离兮。"　诗中以扇和席子比风雨，是义山惯用的修辞法。如"珠箔飘灯独自归"、"簟卷碧牙床"之"箔"与"簟"，皆指雨。　两句写新秋风雨，怀思故人。

　　②"守到"二句：一"守"字，加深怀人之意。春天过去了，夏天也过去了，又是一个新秋，我还在等待着她的到来。末句"叶丹苔碧"四字，画出一幅闭门寂寞之景。如前人所云："不言愁而愁自见。"收得含蓄有味。与《华师》诗"院门昼锁回廊静，秋日当阶柿叶阴"有异曲同工之妙。

乐 游 原

　　楚国的逐臣屈原,在江畔徘徊瞻眺,对着西斜的红日,发出深沉的喟叹:"欲少留此灵琐兮,日忽忽其将暮。吾令羲和弭节兮,望崦嵫而勿迫。路曼曼其修远兮,吾将上下而求索。"日月不淹,时不我待;草木凋零,美人迟暮。千百年来多少有至情至性的诗人,都为此而黯然神伤,叹息下泪。义山登乐游原,秋风日暮,影只形单,抚今追昔,无限感慨。

万树鸣蝉隔断虹,乐游原上有西风。

羲和自趁虞泉宿,不放斜阳更向东!

【今译】

雨后千万树寒蝉凄咽,

林外辉映着一道断虹。

啊,西风,终于吹来了,

吹到乐游原上!

太阳神羲和,只管自己在虞渊歇宿,

不肯让斜阳再回到东边。

【注释】

①"万树"句：写鸣蝉与暮虹，是眼前景物，在热闹中更寓悲凉之意。纪氏谓"首句太凑"，实不解此。"断"字，影宋本作"岸"，今从冯本。

②"羲和"二句：羲和：神话传说中之日神，给太阳驾车子。《初学记》引《淮南子》许慎注："日乘车，驾以六龙，羲和御之。" 虞泉：即"虞渊"，避唐高祖李渊名讳而改。神话传说中日落的地方。《淮南子·天文训》："日至于虞渊，是谓黄昏。"向秀《思旧赋》："于时日薄虞渊，寒冰凄然。" 两句深慨时光的流逝，与作者《谒山》诗"从来系日乏长绳，水去云回恨不胜"意同。

暮秋独游曲江

　　这首短诗,很像南朝的乐府,也像宋代的小词,"不深不浅,妙有余味",是义山集中仿效民间歌谣成功之作。而廉衣竟诋之曰:"渐近泼调。"不知"泼"字何指。

> 荷叶生时春恨生,荷叶枯时秋恨成。①
> 深知身在情长在,怅望江头江水声。②

【今译】

> 荷叶初生时春恨已生,
> 荷叶枯萎时秋恨又成。
> 我深深地知道,只要此身还在,则情长在、
> 　　恨难平!
> 惆怅地眺望着江边——那永不歇止的江水啊,
> 涛声永远在撼人心弦。

【注释】

　　①"荷叶"二句:起处极似民歌,重点在一"恨"字。"荷叶生"与"荷叶枯",表示时间的流逝,而人之"恨",始终不消。

②"深知"二句：无限深情。"深知"句可谓惊心动魄，一字千金，比诸"春蚕到死丝方尽，蜡炬成灰泪始干"亦未必逊色。 有时脱口而出，直道胸臆的诗句要比经锤炼而成的更能感人。前人多以江水喻愁，渐成俗调，而此诗末句只轻轻一点，则味美于回了。

贾 生

　　贾谊,这位有才华而得不到发挥的青年政论家,千多年来,一直被无数的诗人歌咏着。这个所谓"怀才不遇"的题材是很不容易写好的。许多旧文人只是着眼于贾生的穷达命运,或是指斥皇帝的昏庸,或是惋叹贾谊的早逝,千篇一律,毫无新意,而义山却能别出机杼。诗中写了个素称贤明的汉文帝,他欣赏贾生的才调,亲自召见并虚心地向贾生求教,倾听这位青年的议论,直到夜深时分还谈兴未已。看来这位英主是多么汲汲求贤啊!究竟是怎样呢? 我们认真地读读这首七绝吧——

　　宣室求贤访逐臣,贾生才调更无伦。①
　　可怜夜半虚前席,不问苍生问鬼神。②

【今译】

　　汉文帝在宣室中访求贤士,征询逐臣;
　　这时,贾生的才气纵横,无与伦比。
　　最令人惋惜的是:汉文帝跟他谈到夜半时分,
　　　枉自留神倾听,坐位前移,
　　却不问苍生的大事,而问起鬼神的本原来。

【注释】

①"宣室"二句：宣室：西汉未央宫前殿的正室,此借指汉朝朝廷。《史记·贾生列传》载："贾生征见。孝文帝方受釐,坐宣室。" 釐(xī 希)：胙肉,祭过神的福食。 遂臣：被贬谪的臣子。贾谊在汉文帝时曾任太中大夫,后遭谗毁,被贬作长沙王太傅。此时文帝把他召回长安,在宣室接见。 贾生：指贾谊。 才调(diào掉)：才情,才气。 无伦：无比。

②"可怜"二句：可怜：义同"可惜"。 夜半虚前席：《史记·贾生列传》："至夜半,文帝前席。既罢,曰:'吾久不见贾生,自以为过之,今不及也'。" 虚：徒然,空自。 前席：古人席地而坐,谈话投机时,身体不自觉地前倾挪动,靠近对方。 苍生：百姓。 不问苍生：不询求有关国计民生的大计。 问鬼神：《史记·贾生列传》："孝文帝方受釐,坐宣室。上因感鬼神事而问鬼神之本,贾生因具道所以然之状。"时文帝刚举行过祭祀,故问及鬼神的本原。这两句深刻地揭露了汉文帝对贾生"知遇"的实质。在封建统治者的眼中看来,有才之士充其量只不过是一部活辞典,以备随时翻检之用,文帝在这次召见中,只问这些无关宏旨的问题,丝毫也没谈到改革政治,更说不上采纳臣下进步的政见了。贾谊的《治安策》《过秦论》中许多卓越的政论,如削弱诸侯王的势力,巩固中央集权,加强对匈奴的抗御,发展农业生产等,都没有受到真正的重视。皇帝的求贤爱才,只不过是个幌子罢了。诗歌虽是讽咏史事,其中实有作者本人怀才不遇的感慨。晚唐的皇帝服药求神仙,荒废政事,不问民间疾苦,比诸汉文帝有过之而无不及。本诗末句,亦有深讽在焉,故更觉韵味深长,耐人寻味。

旧　将　军

　　唐武宗会昌年间,李德裕为相,采取了一系列维护国家统一,打击藩镇割据势力的措施。会昌三年(843)二月,李德裕举荐的将领石雄在黑山大破回鹘,乌介可汗受伤逃遁。四年二月,石雄复率兵入潞州,执昭义军叛将郭谊等送京师。唐宣宗大中初年,全部抹杀了会昌将相的功勋。李德裕被贬崖州,石雄亦饮恨而死。义山此诗借咏两汉史事,揭露封建统治者对功臣良将的贬抑和迫害,对李德裕、石雄等表示了深切的同情。

　　云台高议正纷纷,^①谁定当时荡寇勋?^②
　　日暮灞陵原上猎,李将军是旧将军!^③

【今译】

　　汉宫的云台上,人们正纷纷在高谈阔论,
　　谁人评定当年的将士抗击敌人的功勋?
　　黄昏日暮,李广在灞陵的原野上打猎,
　　谁管这位李将军是旧将军呢?

【注释】

　　① "云台"句:云台:据《后汉书·马武传》载:汉明帝永平三

年(60)，"图画二十八将于南宫云台"。　高议：指在朝者对画像人选问题的评议。江淹的信中有"高议云台之上"的句子。　诗中以云台画像暗指大中二年七月朝廷续画功臣像于凌烟阁之事。唐太宗曾画功臣二十四人于凌烟阁。宣宗以"中兴"之主自命，续画三十七人图像。当时朝议纷纷，竟无一人为李德裕、石雄等会昌将相说句公道话。故《旧唐书·李德裕传赞》云："呜呼烟阁，谁上丹青？""高议"、"纷纷"四字，表现了诗人的嘲讽和愤慨。

②"谁定"句：定：确定；判定。接上句"高议"，指功臣的名单由某些人一手包办确定下来，而真正有功勋的人却不入选。　荡寇勋：指汉朝名将飞将军李广抗御匈奴的功绩。诗中用以喻李德裕、石雄等人平叛之事。

③"日暮"二句：灞陵：汉文帝的陵墓，在长安东南。　两句出《汉书·李将军列传》：李广在战争中屡建奇勋，但始终未得封侯，屏居蓝田南山中，日以射猎自遣。尝夜从田间饮，还至亭中，被灞陵醉尉呵止，李广的从人说："故李将军。"尉说："今将军尚不得夜行，何'故'也！"两句借李广的遭遇，写出会昌将相被摈斥的情事，为李德裕等人深抱不平。

李　卫　公

　　这首诗表现了义山对李德裕的深切的同情,诗意感慨万千,而以含蓄的笔法写来,更觉情真意厚。特别是末句以景语、丽语作结,反衬了被贬者的悲凉的心境,更令人低回不已。李卫公,即李德裕(787—849),字大饶,赵郡(治所在今河北赵县)人。李吉甫之子。武宗会昌年间居相位,力主削弱藩镇割据势力,曾佐武宗讨平擅自袭任泽潞节度使的刘稹,进封卫国公,后遭牛僧孺集团中人的打击,贬崖州(今广东海南琼山区东南)司户。义山在为郑亚代拟的《会昌一品集序》中,曾大力称颂李德裕的功勋,谓为"万古之良相"。在李德裕罢官失势后,仍在诗中惓怀不已,不以当时的"成败"论人,这也可见义山的政治品质。

　　绛纱弟子音尘绝,鸾镜佳人旧会稀。①
　　今日致身歌舞地,木棉花暖鹧鸪飞。②

【今译】

　　李卫公当年绛纱帐中的门下之士,早已音尘
　　　　断绝,
　　而旧日的鸾镜佳人,也会面稀少了。
　　在今日,置身于岭南歌舞之地,

却见到木棉花暖、鹧鸪乱飞的景象。

【注释】

①"绛纱"二句：绛纱：即绛纱帐。红色的帐帷。《后汉书·马融传》载：马融"常坐高堂，施绛纱帐，前授生徒，后列女乐"。后因以"绛纱"、"绛帐"为师长或讲座的代称。含有尊敬称美之意。义山《过故崔兖海宅》诗云："绛帐恩如昨，乌衣事莫寻。"弟子：生徒。此指李德裕的追随者。 鸾镜：妆镜。 佳人：指李德裕的侍妾。近人谓史载李德裕"后房无声色娱"。陈寅恪先生《李德裕贬死年月及归葬传说考辨》亦谓李德裕南迁，家属百口随行。故谓佳人指李党中志同道合的朋友，可备一说。然作诗不同于考据，容有想象余地。

②"今日"二句：歌舞地：指广州。南越王赵佗曾在此建国。木棉：树名。春末开花，花大，红色。 鹧鸪：鸟名。古人常将木棉、鹧鸪作为岭南风物的代表。 结句写岭南美丽的景物，颇有"虽信美而非吾土"之慨。屈复《玉溪生诗笺》谓本诗结句用李德裕的"不堪肠断思乡处，红槿花中越鸟啼"之意。

漫 成 五 首

　　这是义山"一生吃紧之篇章"。杨致轩云:"此五首乃玉溪生自叙其一生踪迹。"诗歌继承了杜甫《戏为六绝句》的传统,用咏史的方法来抒发感慨和议论。五章中有起有结,有分有合,一二两章叙述自己和令狐楚的关系,感叹自己政治上的失意。第三章咏娶王茂元女事,代妻致不平之意。第四五章热情地赞美会昌将相,对李德裕表示深切的怀念。前两章和结两章相互对应,中一章承上启下,结构严谨,深得联章之法。这组诗在语言艺术上也较成功,用词准确,音节浏亮,特别重视虚字的使用,使诗意开合跌宕,"有唱叹神韵"。诗题"漫成",犹云随手而成,如散文中的"随笔"。

　　　沈宋裁辞矜变律,王杨落笔得良朋。①
　　　当时自谓宗师妙,今日惟观对属能。②

【今译】

　　沈佺期和宋之问遣辞造句而为诗,矜夸自己
　　　创制的"变律";
　　王勃和杨炯下笔作文,彼此切磋,喜得好友。
　　当时他们也自认为有文坛宗师之高妙,

但如今看来只不过是善用对仗罢了。

【注释】

　　① "沈宋"二句：沈宋：指初唐诗人沈佺期和宋之问，他们都是宫廷文人，继承和发展了六朝时诗歌艺术的创作经验和方法，对律诗和绝句的规范化作出了一些贡献。他们的诗属对精切，音调谐畅，有较高的文字技巧。时人称之为"沈宋体"。　矜(jīn今)：自尊自大，自夸。　变律：变革了的诗律。指沈宋在诗歌的平仄、对仗方面的创作实践。　王杨：初唐诗人王勃和杨炯，他们与卢照邻、骆宾王号称"四杰"。王、杨正处于新旧诗体的过渡时候，他们的创作既有齐梁绮靡的余风，又有盛唐诗的清新、高朗的格调。　诗中的沈、宋、王、杨比令狐楚，隐有贬义。令狐楚为文章，工于"今体"，对偶精切，音律流美。如沈、宋等人之"变律"。

　　② "当时"二句：宗师：受人尊崇，被奉为师表的人。《后汉书·朱浮传》："寻博士之官，为天下宗师。"义山曾随令狐楚受章奏之学。《樊南甲集序》云：樊南生(义山自指)"以古文出诸公间。后联为郓相国(令狐楚)、华太守(崔戎)所怜，居门下时，敕定奏记，始通今体"。　对属(zhǔ嘱)：诗文中撰成对偶句。骈体文(今体)多用四言六言的句子对偶排比。如柳宗元《乞巧文》中所谓"骈四俪六，锦心绣口"。《樊南甲集序》云"有请作文，或时得好对切事"。两句是对令狐楚徒工于章奏文字技巧的不满，对自己的从学颇为追悔。或谓全首乃义山自指，或谓指令狐绹，细审"宗师"二字，则可悟其非。

李杜操持事略齐，三才万象共端倪。①

集仙殿与金銮殿，可是苍蝇惑曙鸡！②

【今译】

李白和杜甫持笔作诗,才具约略相等,

天、地、人"三才"和世间万物都在他们的作品
　　中呈露出来。

杜甫在集仙殿上、李白在金銮殿上,虽然有过
　　际遇,

但到头来却由于像苍蝇声扰乱晨鸡声那样,
　　被小人排挤,终不被皇帝重用。

【注释】

①"李杜"二句:操持:指操持笔墨。犹杜甫《戏为六绝句》之
"纵使王杨操翰墨"意。 三才:"才"亦作"材"。《易·系辞》:"有天
道焉,有人道焉,有地道焉,兼三材而有之。" 端倪:头绪。 两句
歌颂李杜的才华和创作。隐以李杜自比。

②"集仙"二句:集仙殿:后改名集贤殿。《旧唐书·杜甫
传》载:天宝十三年,杜甫进《三大礼赋》,受到玄宗赏识,命待制集
贤院,召试文章。 金銮殿:《唐书·李白传》载:天宝初年,贺知章
向玄宗举荐李白。召见于金銮殿。论当世事,奏颂一篇,帝赐食,
亲为调羹。 上句以两殿名,概括李杜之受知于皇帝。 可是:却
是。 苍蝇惑曙鸡:《诗·齐风·鸡鸣》:"鸡既鸣矣,朝既盈矣。匪
鸡则鸣,苍蝇之声。"本诗以苍蝇喻阿谀谗谄之徒,以曙鸡喻李杜。
《会笺》云:"二章言李杜当日齐名四海,而皆不能翱翔华省,岂亦有
如我之遭毁沦落耶?'苍蝇惑鸡',比党心排笮也。"

生儿古有孙征虏,嫁女今无王右军。①

借问琴书终一世,何如旗盖仰三分?②

【今译】

男儿生世,古时曾有像孙征虏那样的英雄
　　人物;

但如今嫁女,已难找到像王右军那样的风流
　　佳婿了。

我想请问一下:好像王羲之那样,以琴书自
　　乐,终其一生,

能不能比得上孙权那样黄旗紫盖,建功立业,
　　三分天下呢?

【注释】

① "生儿"二句:孙征虏:指孙权。《三国志·孙权传》载:"曹公(曹操)表权为讨虏将军,领会稽太守,屯吴。" 裴松之注引《吴历》云:"曹公出濡须,作油船,夜渡洲上。权以水军围取,得三千余人。……公见舟船器仗、军伍整肃,喟然叹曰:'生子当如孙仲谋!'" 王右军:王羲之,曾为晋右军将军。《晋书·王羲之传》载:"太尉郗鉴使门生求女婿于导(王导),导令就东厢遍观子弟。

门生归,谓鉴曰:'王氏诸少并佳。然闻信至,咸自矜持;惟一人在东床坦腹食,独若不闻。'鉴曰:'正此佳婿邪!'访之,乃羲之也。遂以女妻之。" 今无,含意是"今有"。诗人就婚于王茂元。此以王羲之自比,隐有自负才情之意。

②"借问"二句:琴书:代"文艺"。王羲之是我国著名的书法家,后世称为"书圣"。在政治上并无建树。 旗盖:《三国志·孙权传》注引《吴书》云:"紫盖黄旗,运在东南。"意谓东南方出现了黄旗紫盖状的云彩,就是帝王的象征。 仰:瞻仰;仰望。诗中此字承上启下,既指仰观旗盖,亦指钦仰三分天下之功业。 三分:魏、吴、蜀鼎足三分天下。 此首感激王茂元的知己。"两世节钺,不取将种,竟赘穷酸。"王氏是将门之女,嫁了书生。丈夫仕途蹭蹬,她也甘于食贫。义山《与同年李定言曲水闲话戏作》诗云:"海燕参差沟水流,同君身世属离忧。相携花下非秦赘,对泣风前类楚囚。"可见义山对就婚王氏带来的后果是感到非常苦恼的,但他并没有后悔,对妻子的感情也越来越深厚。何焯云:"当时盖以其委身武人为耻,下二句自为分辨也。"未免把义山的人格看得太低了。

代北偏师衔使节,关东裨将建行台。①

不妨常日饶轻薄,且喜临戎用草莱。②

【今译】

石雄率领偏师在代州之北抗敌有功,领了

  使节的头衔,

他这位当年关东的裨将终于建立了行台。

不妨他平日受尽别人的风言冷语，

最令人高兴的是能在战场上提拔出身草野的
英雄。

【注释】

①"代北"二句：代：代州。在今山西北部代县。 偏师：指全军的一部分，以别于主力。 衔：领衔。这里作动词用。 使节：石雄因功被提拔为丰州都防御使。 关东：指函谷关以东的地区。神将：副将。裨，副，辅助也。石雄是徐州人，少时投军，曾为下级将佐。 行台：在外地的最高军事机构。石雄后任晋绛行营节度使、河中节度使等职。 两句歌颂石雄的功绩。据《旧唐书·石雄传》载：会昌初年，回鹘入寇。三年正月，天德行营副使石雄自选劲骑，在月黑之夜，潜师袭回鹘首领乌介可汗的牙帐，斩首万级，生擒五千。

②"不妨"二句：饶：任，尽。张相《诗词曲语辞汇释》："饶，犹任也；尽也。假定之辞。凡文笔作开阖之势者，往往用饶字为曲笔以垫起之。" 轻薄：菲薄。石雄出身微贱，在重门第的朝中，自然被人看不起。 临戎：临兵，临战。 草莱：犹"草茅"，在野的，未出仕的。《汉书·蔡义传》："臣山东草莱之人。"诗中指石雄。据《旧唐书·石雄传》：会昌三年四月，昭义镇节度使刘从谏死，其侄刘稹自任兵马留后，自主泽潞军务，抗拒朝命。李德裕举荐石雄，代李彦佐为晋绛行营节度使。石雄引兵度乌岭，攻破五寨，斩获千计。

两句赞美李德裕为相时，能不拘一格，任用贤才，以成大功。 张采田云："代北使节，谓破乌介；关东行台，谓平泽潞，皆指石雄。雄本系寒，又为卫公所特赏，及卫公罢相，仅除龙武统军，怏怏而卒，始终不负恩知，故特表之。"

郭令素心非黩武,韩公本意在和戎。①
两都耆旧皆垂泪,临老中原见朔风。②

【今译】

郭令公的素心并不是要穷兵黩武,

韩国公的本意是要跟异族和好。

西都和东都的父老们都流下泪来——

唉！想不到等到晚年,在中原方能看到北方

　　的恢复。

【注释】

　　①"郭令"二句:郭令:指郭子仪(697—781)。郭子仪在安禄山叛乱时,任朔方节度使,在河北击败史思明。肃宗时,任关内河东副元帅,率兵收复长安、洛阳,使唐王朝政权得到稳定。肃宗乾元元年进中书令。　素心:平素之心,本心。　黩(dú读)武:滥用武力,好战。据《旧唐书·郭子仪传》载:代宗时仆固怀恩叛变,纠合回鹘、吐蕃攻唐,郭子仪亲自说服回鹘统治者,与唐联兵以拒吐蕃。德宗时,遣韦伦为使至吐蕃,郭子仪作盟誓之书,谈判成功,双方又一度和好。故义山称美其"不黩武"。　韩公:指张仁愿。《旧唐书·张仁愿》传谓:神龙中张仁愿为朔方总管,筑三受降城于河北,使突厥不敢南侵。景龙二年封韩国公。　和戎:古代谓与别族维持和平的关系为"和戎"。《左传·襄公四年》:"无终子嘉父,使孟乐如晋,因魏庄子纳虎豹之皮,以请和诸戎。"　诗中以郭子仪、

张仁愿比李德裕。据《旧唐书·李德裕》传载：文宗大和五年九月，"吐蕃维州守将悉怛谋请以城降……尽率郡人归成都。德裕乃发兵镇守，因陈出攻之利害。时牛僧孺沮议……乃诏德裕却送悉怛谋一部之人还维州，(吐蕃)赞普得之，皆加虐刑。"此事后来被政敌作为攻击李德裕的借口。大中元年正月，大赦，制文也针对李德裕。谓："国家与吐蕃舅甥之好，自今后边上不得受纳投降人。"故义山特标举出"非黩武"、"和戎"来为李德裕力辨。

②"两都"二句：两都：东西两都。指长安和洛阳。 耆(qí 其)旧：指年高而有声望的人。 朔风：北风。诗中指北方的民族风习。 两句指大中三年吐蕃衰弱，自动把秦、原、安乐三州及石门等七关归还唐朝之事。诗意谓：如果当初用李德裕的远谋宏略，那么河湟地区早就恢复了，哪里要等到如今临老才见到呢？这就是父老们"垂泪"之故。一结用意很深。李德裕是个有远见的政治家，当时接纳维州，目的是"欲经略河湟，须以此城为始""可减八处镇兵，坐收千里旧地。臣见莫大之利，乃为恢复之基"(李德裕《奏论》中语)。

中华聚珍文学丛书—李商隐诗今译

花 下 醉

　　这是别有深情的佳作。诗人爱惜年华,对自然之美有特别强烈的感受。诗中所表现的并不是那种慨叹"浮生若梦,为欢几何"(李白《春夜宴从弟桃花园序》)的消极之情。诗歌"含思宛转,措语沉着",有较强的艺术感染力。

　　寻芳不觉醉流霞,倚树沉眠日已斜。①
　　客散酒醒深夜后,更持红烛赏残花。②

【今译】

　　我在寻觅美丽的春花,不知不觉地喝醉了,
　　倚着花树,沉沉睡去,日已西斜。
　　客人散尽酒也醒了,已是深夜之后,
　　又手持红烛照看观赏残剩的花朵。

【注释】

　　①"寻芳"二句:流霞:神仙中传说的仙酒名。《抱朴子·祛惑》:"仙人但以流霞一杯与我,饮之辄不饥渴。"义山《武夷山》诗亦

云："只得流霞酒一杯,空中箫鼓几时回?" 两句写游春赏花,欢饮至醉。"不觉"二字极妙,暗示景色之美。"倚树"二字,写出眷恋之情。"醉"字,含意相关,亦因酒而醉,亦为花所陶醉。

　　②"客散"二句:诗人持烛赏花,是为了追回在醉眠中耽误了的时间,更是为了独个儿清静地享受生活之美,这是那些喧嚣的酒客们所不了解的。苏轼《海棠》诗有句云:"只恐夜深花睡去,高烧银烛照红妆。"当从此化出。马位《秋窗随笔》谓义山之句"有雅人深致",东坡之句"有富贵气象","二子爱花兴复不浅"。

悼伤后赴东蜀辟至
散关遇雪

　　大中五年(851)夏秋间,义山妻王氏卒。不久,作者即被柳仲郢辟为节度书记。本诗是赴东川途中遇雪,怀念亡妻之作。短短二十字,把个人身世的飘零、景况的孤独和对亡妻深切的忆念都写出来了。　散关:即大散关,在今陕西宝鸡市陈仓区西南。

　　剑外从军远,无家与寄衣。①
　　散关三尺雪,回梦旧鸳机。②

【今译】

　　我远道从军,要到剑阁之外,

　　这时,已没有家人为我寄寒衣了。

　　来到散关,大雪三尺,

　　夜里却梦到妻子在织机前为我赶制寒衣。

【注释】

　　①"剑外"二句:剑外:剑,指剑阁,是自陕西入四川的一条栈道。李白《蜀道难》:"剑阁峥嵘而崔嵬。一夫当关,万夫莫开。"剑

外,泛指东川地区。　从军：指赴节度使幕。　与(yù预)：给。

　　②"回梦"句：鸳机：织机。纪昀说："回梦旧鸳机,犹作有家想也。"无家人作有家想,其怆痛可知。犹陈陶《陇西行》"可怜无定河边骨,犹是春闺梦里人"之意。

乐 游 原

　　这一首小诗,历来评论家多认为是哀时之作。何焯云:"迟暮之感,沉沦之痛,触绪纷来,悲凉无限。叹时无宣帝可致中兴,唐祚将沦也。"但我们细味诗意,似无这样复杂的感情,诗中只不过是记一次登览的情况,抒发诗人留连光景的感喟而已。 乐游原在长安东南,据《两京新记》载:汉宣帝乐游庙,一名乐游苑,亦名乐游原,基地最高,四望宽敞。汉唐以来,是长安士女节日游乐的好去处。作者尚有《乐游原》七绝云:"万树鸣蝉隔断虹,乐游原上有西风。羲和自趁虞泉宿,不放斜阳更向东。"与本诗大旨相同。

　　　向晚意不适,驱车登古原。①
　　　夕阳无限好,只是近黄昏。②

【今译】

　　　傍晚时的情绪有些不愉快,
　　　驾车来到了乐游原口散散心。
　　　落日时景象有说不尽的美好,
　　　只可惜的是已临近黄昏。

【注释】

①"向晚"二句：先点出登览的原因。纪昀说"第一句,倒装而入",显然是曲解了。"驱"与"登"两字,用两个表示速度和趋向动词,笔力很劲,也有气势。 古原:指乐游原,从宣帝建乐游庙,至此已有九百年了。

②"夕阳"二句：极力赞叹晚景之美。无限好,并不光是写夕阳,而是写在夕阳余辉照耀下,涂抹上一层金色的世界。诗人在乐游原上,纵目平川,俯瞰长安,祖国壮丽的山河,引起了强烈的美的感受。所以,他才发出这深沉的慨叹——只是近黄昏! 可惜啊,多美的景色,太阳,您慢一点儿沉下去,让我多欣赏一会儿吧! 诗人站在乐游原的高处,无限低回留恋。 这两句诗,在美学上的价值更大于强加给它的思想价值。一切奋发向上的人,绝不会读了它而产生空虚之感,相反,会更激励自己,更爱惜时光,不辜负这无比壮美的黄昏好景。"天意怜幽草,人间重晚晴"。这儿哪有一点衰飒没落的情调!

听　鼓

　　五言绝句,篇幅短小,是最难成功的诗体。什么"功力"、"学问",在这二十个字中实在摆弄不出,许多"资书为诗"的诗人,洋洋洒洒,动辄百韵,但往往翻遍他们的诗集,都找不出一首像样的五绝来。写五绝,要单行直下,贯穿一个中心,切忌破碎。我们看看这首《听鼓》:

　　城头叠鼓声,城下暮江清。^①
　　欲问渔阳掺,时无祢正平!^②

【今译】

　　城墙上鼓声阵阵,
　　城墙下江水清冷。
　　您想要学《渔阳掺》吗?
　　啊,此时再也没有像祢正平这样的人了!

【注释】

　　① "城头"二句:诗人听到了城墙上不停的鼓声,这是谁敲击的? 为什么? 没有正面作出回答。第二句,写城下的景色。"暮江清"三字,使我们展开想象:悲壮苍凉的鼓声,飞越过萧瑟的江水,

回荡在空旷无边的原野上。下句紧连着首句,烘染气氛。 叠鼓:
《李卫公兵法》:"鼓三百三十三槌为一通。鼓止角动,吹十二声为
一叠。"

　　②"欲问"二句:语出《后汉书·祢衡传》:祢衡,字正平,善击
鼓。曹操召为鼓吏,着岑牟单绞之衣,为渔阳掺挝,容态有异,音节
悲壮。 渔阳掺(càn 灿):鼓曲调。曹操想折辱祢衡,故意叫他做
鼓吏,而祢衡却泰然自若地击鼓。结果弄得曹操也有点尴尬,懂得
侮人者必自侮的道理。 祢正平:祢衡,东汉末年人。有文才,放纵
不羁,不肯巴结权贵。后被江夏太守黄祖所杀。 诗人慨叹无祢正
平,正是以祢正平自况。表示自己有满腔的积愤,希望能像祢正平
那样,能借击鼓来发泄一下。这种"孤愤"之情,在义山不少作品中
都有体现。

忆　梅

写五言绝句,宜有劲直之气,四句一意贯串,不枝不蔓,这是唐人的正格。但义山此诗,意思极曲折,而又不流于散漫破碎,小诗中可见大手笔。作者大中五年(851)到梓州,在柳仲郢幕中,一住几年,心情很不好。大中七年(853)编定《樊南乙集》,自序云:"三年已来,丧失家道,平居忽忽不乐。"这时期写的诗都充满着惘然失意之感。

定定住天涯,依依向物华。①
寒梅最堪恨,常作去年花!②

【今译】

我流落天涯,想不到要定居下来,

如今,无限深情地向慕着早春时候美好的
　风物。

寒梅呀,最惹起我无穷的怅恨,

为什么老是在去年开花呢?

【注释】

①"定定"二句:写作者到东川之后的感受。"住天涯"是无

可奈何之事,但总是希望能看到光明的前途。诗人把自己的心事寄托在"物华"之中,充满着柔情,去欣赏那芳春的景物。

　　②"寒梅"二句:这里"常作去年花"五字,包含着深深的怨愤。寒梅在隆冬开花,春天万花开放的时候,它早已花尽叶成荫了。谁知道,这"物华"并不是属于自己的。诗人看着欣欣向荣的春景,益觉自己的失意无聊,这也不是刘禹锡"病树前头万木春"之意吗?所以就不由得不怀念起逝去的岁月来了。

漫成三首（选一）

曹丕《与吴质书》云"文人相轻，自古已然"，真是令人触目伤心之语。难道当了"文人"就一定要"相轻"吗？事实往往如是，尤其是封建时代的文人和那些自命为"文人"的人。义山是吃尽了这文人相轻的苦头的，所以感受就更深切。他渴望能有知己朋友同情他、关怀他，在学问上互相切磋，共同进步。愿前辈的文人，对后学更多的鼓励和扶持。义山在开成三年(838)应博学宏词科考试，先为考官周墀、李回所取，复审时被人诬陷，"有中书长者曰：'此人不堪。'抹去之"(见义山《与陶进士书》)。有感而作是诗。

雾夕咏芙蕖，何郎得意初。①
此时谁最赏？沈范两尚书。②

【今译】

在轻雾迷离的良夜，写了咏荷花的好诗，
这是年轻的何逊最得意的时候。
这个时候，谁人最赏识他呢？
就是沈约和范云这两位尚书了。

【注释】

①"雾夕"二句：首句用何逊的佳作《看伏郎新婚诗》："雾夕莲出水，霞朝日照梁。何如花烛夜，轻扇掩红妆?"这一年，义山赴泾原(泾州故治在今甘肃泾县北)节度使王茂元幕，茂元爱其才，以女嫁之。王是李党中人，义山因此而招致牛党令狐绹等人的忌恨，说他背恩，千方百计排斥他。 "雾夕"句，当是指就婚王氏之事。才子新婚，其得意可想而知。 何郎：何逊，字仲言。六朝时著名的诗人。

②"此时"二句：沈：沈约。据《南史》载："沈约亦爱其文，尝谓逊曰：'吾每读卿诗，一日三复，犹不能已。'"可见其倾倒之至。范：范云。《南史》：何逊，字仲言，八岁能赋诗，弱冠举秀才。范云见其对策，大相称赏，结为忘年交。 尚书：官名。是协助皇帝处理政务的高级官员。沈约曾领中书令迁尚书令，范云曾领太子中庶子迁尚书右仆射。 诗中以沈约、范云指周墀、李回。当时周墀为集贤学士，李回以库部郎中知制诰。周于是年权判西诠，李充宏词考官。义山为所考取，注拟上闻，故有知己之感。其《与陶进士书》云："周、李二学士以大法加我。"即指此。

天　涯

　　多愁善感的诗人啊,为什么您如此的哀伤? 芳春丽日,莺语花开,一切美好的景物,都勾起了您的愁绪。您能有几多泪水,洒遍这个充满着不幸和痛苦的世界啊! 在这首诗中,流露出诗人对生活极度失望之情。希望读者在欣赏艺术作品时,不要被"恶之花"式的颓废美俘虏了。

　　　　春日在天涯,天涯日又斜。①
　　　　莺啼如有泪,为湿最高花。②

【今译】

　　　　在这美好的春日里,我流落在天涯。
　　　　远望天边的红日——它早已西斜了!
　　　　声声啼唤着的黄莺儿呀,如果您有泪水的话,
　　　　请为我滴在枝头上最高的花朵上吧!

【注释】

　　①"春日"二句:这里重复了"日""天涯"三字,但含义却有不同。上句的"日"指日子,下句的"日",指太阳;上句的"天涯",泛指遥远的地方;下句的"天涯",指具体的天边。这里回环重叠,以取

得视觉上和听觉上的效果。诗人此时流寓在桂州。

②"莺啼"二句：谁人在旧体诗词中读过这样美的句子？杜甫《春望》诗："感时花溅泪，恨别鸟惊心。"泪溅到花上，也只是直写。我们的诗人蜡炬成灰，泪已流干，只有托啼莺寄恨了。"最高花"三字，无理至极。正如屈复所云："不必有所指，不必无可指，言外只觉有一种深情。"这种韵外之致，荡气回肠，往往会令人不能自持，溺而不返。　最高花：树梢顶上的花，也就是开到最后的花。表示春天已过尽，美好的事物即将消逝，莺儿的啼声也倍觉哀切了。

早　起

　　这首小诗与《天涯》(春日在天涯)诗意境相类,但没有那种怆痛欲绝之情。诗中隐含着不平和愤激,失意的诗人害怕孤独,企羡美好的事物,渴望着能分享春之欢乐。但,美好的芳春是属于他的吗?

　　风露澹清晨,帘间独起人。①
　　莺花啼又笑,毕竟是谁春?②

【今译】

　　细风轻露,使春日的清晨显得更加恬静,
　　在帘间有个刚起床的孤独的人。
　　黄莺儿在鸣啭,花儿也开放了,
　　这个美丽的春天,究竟是属于谁人的呢?

【注释】

　　①“风露”二句:澹(dàn 淡):安静。这里作使动词用。　独起人:诗人自指。　两句先描绘出寂寥的环境气氛。
　　②“莺花”二句:以反诘句作收,有味外之旨。黄庭坚《送贾使君》诗“春入莺花空自笑”,正从此化出。本来,莺花不是属于任何

人的，取之无禁、用之不竭的自然景物，在诗人的移情作用之下，都涂上了主观的色彩，成为那些春风得意的人的私产了。屈复云："言如此莺花非我之春，其困厄可不言而喻。"

细　雨

　　古来咏雨的诗很多,都不外从雨的形状,雨中的景物和作者
的感受去着笔。像杜甫的"雾交才洒地,风逆旋随云"、"入空才
漠漠,洒迥已纷纷",刘复的"如烟飞漠漠,似露湿萋萋",韦应物
的"漠漠帆来重,冥冥鸟去迟"等,虽是名句,但我们读起来总感
到欠缺了些什么,大概就是这些诗句忽视了形象思维的运用,诗
人的主观感情没有很好地融进艺术形象之中,因而诗歌显得感
情冷漠。义山此诗,想象奇特,构思新颖,短短的二十个字,就构
成一幅绝美的画图。

　　帷飘白玉堂,簟卷碧牙床。①
　　楚女当时意,萧萧发彩凉。②

【今译】

　　细雨,被微风吹动,像一幅垂下的帘帷飘拂在
　　　　白玉堂前;
　　像一张巨大的珍簟,从碧天中横卷下来。
　　这恰像楚地女神当时的情事——纷披的
　　　　长发,
　　润泽而清凉——正在她新沐之后。

【注释】

　　①"帷飘"二句：簟（diàn 店）：竹席子。　牙床：用象牙雕刻为装饰的卧床。　两句描绘得非常形象生动。诗人把细雨比喻作巨大的帷幕和席子，一是从平面观，一是从侧面观，构成了三维空间。正所谓的"席天幕地"，表现了细雨空蒙无际之状。白玉堂和碧牙床，指神仙之境，并不是诗人居处的地方。

　　②"楚女"二句：楚女：楚国的神女。屈原尝描写神女的濯发，《离骚》："夕归次于穷石兮，朝濯发乎洧盘。"《九歌·少司命》："与女沐兮咸池，晞女发兮阳之阿。望美人兮未来，临风恍兮浩歌。"诗人以神女刚洗过的光润的长发比喻细雨。想象她在神仙之府中寂寞的情怀，颇有点自况之意。　末二句使人"探之茫茫，索之渺渺，虽极雕肝镂肾，亦惝恍而无凭"。虚中有实，这正是诗人匠心独运之处。

滞　雨

这首小诗,含意曲折,而诗人却平顺自然地写来,可见大手笔。思乡之作,古来无数,但很少有像此诗结句那样的深曲浑厚。

　　滞雨长安夜,残灯独客愁。①
　　故乡云水地,归梦不宜秋!②

【今译】

　　长安之夜,听着那连绵不断的雨声,
　　残灯独对,留滞异乡的客子,怎能不触绪
　　　　生愁?
　　啊,我的故乡,那美丽的云水之地,
　　今夜的归乡之梦,大概是不大适宜于这个
　　　　秋天吧!

【注释】

　　①"滞雨"二句:点出时间、地点、环境,烘托出抒情主人公的心情,句子精炼。

②"故乡"二句：故乡：作者原籍在怀州河内(今湖南省沁阳市)，后迁居郑州荥阳。荥阳北接黄河，南有少陉、浮戏、嵩高等山，风景优美，故称"云水地"。 全诗的重点在"不宜秋"三字，秋夜怀乡，不宜归梦，作者以此表达一夜思乡不眠之意。另外"不宜秋"亦与"云水"之意相连。萧瑟的秋日，暮云迢递，流水鸣咽，更增独客之愁。诗意深长，调高韵胜。

柳 枝 五 首

柳枝,这个聪明美丽而又有艺术气质的少女,是义山的第一知己。义山诗素称难解,而柳枝能欣赏它,这使我们寂寞的诗人感到异常的惊喜。本诗的序,就像一首优美的散文诗:妙龄女子的怀春,青年男子的钟情,邂逅和爱慕,心灵上的交流,密约和幽会,机缘的错失,淡淡的、然而是永久的追思。这是义山最用意的作品。语言也很简练,可见义山的古文根底的深厚。五首古绝句,极力模拟六朝乐府的风格。多用"比兴"之法,在艺术效果上似隔一层,不及长序的真切动人了。

序

柳枝,洛中里娘也。父饶好贾,①风波死湖上。其母不念他儿子,独念柳枝。生十七年,涂妆绾髻,未尝竟,已复起去。吹叶嚼蕊,调丝擫管,②作天海风涛之曲,幽忆怨断之音。居其傍,与其家接,故往来者,闻十年尚相与。疑其醉眠梦断不娉。③余从昆让山,比柳枝居为近。他日春曾阴,让山下马柳枝南柳下,咏余《燕台》诗。柳枝惊问:"谁人有此? 谁人为是?"让山谓曰:"此吾里中少年叔耳。"柳枝手断长带,结让山为赠叔乞诗。④明日,余比马出其巷。柳枝丫鬟毕妆,⑤抱立扇下,风障一袖,指曰:"若叔是? 后三日,邻当去溅裙水上,以博山香待,⑥与郎俱过。"余诺之。会所友有偕当诣京师者,戏盗余卧装以先,不果留。雪中让山至,且曰:"为东诸侯取去矣。"明年,让山复东,相背于戏上,⑦因寓诗以墨其故处云。

【释文】

　　柳枝:是洛阳城里巷中的姑娘。父亲是位富有的商人,外出时因风波覆舟而溺死湖上。她的母亲不很挂念别的子女,独独宠爱柳枝。柳枝十七岁了,对涂妆、挽髻这些女孩子们的事儿,总不大耐烦,往往未打扮完就起来到室外,欣赏园子里美丽的花草,吹响叶儿,嚼碎花蕊,或是调弄琴弦、拿起箫管,奏出天风海涛般气象壮阔的曲子和哀怨欲绝的乐音。我居住在她附近,和她家互通音问,十年中一直有交往。人们对她终日如醉如痴地沉迷于艺术中很不理解,未有人聘娶她。我的堂兄让山,跟柳枝是紧邻,有一天,春阴浓密,让山系马在柳枝家南的柳树下,吟咏着我的《燕台》诗。柳枝听到了,吃惊地问:"是谁能有这样的诗情? 是谁写出这样的诗句?"让山对她说:"这是同里中我年轻的堂弟写的。"柳枝扯断自己长长的衣带,打了个结儿,请让山转赠堂弟乞诗。第二天,我和让山并马出到巷中。看到柳枝梳着双髻,妆扮得很整齐,交着手臂站在门扇下,春风吹拂她的衣袖。她指着我说:"这位就是吗? 三天后,我准备到洛水边湔裙,拿着博山香炉子等着,请您一起去吧。"我答应了。恰巧有位朋友要跟我一起到京城的,开玩笑地偷偷带走了我的行李,我就不能再逗留了,只好赶着同去。雪中,让山到来说:"柳枝被东诸侯娶去了。"明年,让山又到东边,跟我在戏上分别,因此作了诗,题写在旧日的地方。

【注释】

　　① 饶:丰足,富裕。　好贾(hào gǔ 耗古):贾,指设肆售货的

商人。好贾，即善于做买卖。《韩非子·五蠹》："长袖善舞，多钱善贾。"

② 吹叶嚼蕊：女孩子爱花草的小动作。傅玄《笳赋》："吹叶为声。"《旧唐书·音乐志》："衔叶而啸，其声清震，橘柚尤善。"现在的小孩子亦常卷橘柚叶而吹。擪（yè叶）：用手指按捺。

③ 相与：相交往。朱注谓"梦"字下一本有"物"字。　娉（pìn聘）：古代婚制六礼之一，即问名。娉则为妻。字本作"聘"。以上数句文字很艰涩，或疑有脱字。

④ 手断长带：古人好在衣带上题诗，故柳枝以为赠。　结：打结。表示"结爱"。

⑤ 丫鬟：朱注引陈启源曰："谓头上梳双髻，未适人之妆也。"

⑥ 邻：邻居。这里当是柳枝自称。　溅（jiān煎）裙：同"湔裙"。古代风俗，在正月底到水边洗裙子，以湔祓不祥。《玉烛宝典》载："元日至晦日并为酺食，士女湔裙度厄。"　博山：博山炉。其形如山状，中有孔，可透香气。南朝乐府《杨叛儿》曲："欢作沉水香，侬作博山炉。"文中博山炉当有暗示男女幽会之意。冯浩曰："盖约之私欢也。"

⑦ 相背：指分手。　戏（xī希）上：地名。《史记索隐》："戏上在新丰县东二十里戏亭北。"

　　　　花房与蜜脾，蜂雄蛱蝶雌。①
　　　　同时不同类，那复更相思？②

【今译】

　　雌的蛱蝶，栖息在花房中，

雄的蜜蜂,居住在蜜脾里。

它们虽同时相处,却不同种类,

哪能够再惹起相思呢?

【注释】

　　①"花房"二句:花房:指在花朵中的空处。　蜜脾:蜜蜂营造连片的窠房,酿蜜其中,其形如脾状,故称。义山《闺情》诗:"红露花房白蜜脾,黄蜂紫蝶两参差。"诗中以雄蜂自喻,以雌蝶喻柳枝。
　　②"同时"二句:谓自己与柳枝,现在已身份不同,地位不同,无法再相好了。元遗山《鹧鸪天》词:"雌蝶雄蜂枉断肠。"即此意。

　　本是丁香树,春条结始生。①
　　玉作弹棋局,中心亦不平。②

【今译】

　　她本来是棵丁香树,

　　春天抽条后,丁香结就生出来了。

　　用玉制成弹棋的棋盘,

　　它的中心也是不平的啊!

【注释】

　　①"本是"二句:丁香:一名"丁子香"。桃金娘科常绿乔木,

夏季开花,淡紫色。《本草》谓"其子出枝蕊上,如丁子"。义山亦有诗云:"芭蕉不展丁香结,同向春风各自愁。"此以丁香结喻情结。

②"玉作"二句:弹棋:古代的棋类游戏。相传西汉成帝时刘向仿蹴鞠之体而作。《后汉书·梁冀传》注引《艺经》:"弹棋,两人对局,白黑棋各六枚,先列棋相当,更先弹也。其局以石为之。"唐代增为二十四棋,今已失传。在古乐府诗中常以"棋"谐"期"之音,如《读曲歌》"明灯照空局,悠然未有棋"。 局:棋局,棋盘。近年考古发现得棋局实物,正方,中央隆起,如覆锅状。故云"中心亦不平"。诗中以棋局的不平喻自己心中不平。

嘉瓜引蔓长,碧玉冰寒浆。①
东陵虽五色,不忍值牙香。②

【今译】

好瓜拖着长长的瓜蔓,

像碧玉浸在冰凉的水中。

东陵侯的好瓜虽然五彩夺目,

但我却不忍去尝试它。

【注释】

①"嘉瓜"二句:蔓长:屈复云:"蔓长喻思长。" 碧玉:古乐府有《碧玉歌》云:"碧玉破瓜时,郎为情颠倒。芙蓉陵霜荣,秋容故尚好。"义山诗中的"碧玉"有双关意,既以形容嘉瓜之状,亦以暗喻

柳枝。古乐府《碧玉歌》："碧玉小家女，来嫁汝南王。"破瓜，俗以瓜字可分为二八字，故以十六为破瓜之年。"瓜"字亦有双关意。冰：朱注：去声。用镇物使之冷冻。古代习惯，夏天吃瓜果，常先用冰或井水冷之。故有"浮瓜沉李"之说。

②"东陵"二句：东陵：《史记》载：邵平，故秦东陵侯，秦破，为布衣，贫，种瓜于长安门东，瓜美，故时俗谓之"东陵瓜"。际籍《咏怀》之六："昔闻东陵瓜，近在青门外。连畛距阡陌，子母相钩带。五色曜朝日，嘉宾四面会。"东陵，本侯爵。诗中亦以借指娶柳枝的"东诸侯"。 值：逢着，遇到。 两句写诗人对所慕者的怜惜之情。

柳枝井上蟠，莲叶浦中干。^①
锦鳞与绣羽，水陆有伤残。^②

【今译】

柳树的枝条，蟠屈在井上，

莲叶在小浦边枯萎。

这时候，锦绣般美丽的鱼和鸟，

无论在水中、在陆上，都有受伤而致残。

【注释】

①"柳枝"二句：上句写柳枝。朱注："言种非其所。"意谓柳枝委身东诸侯，如在井中蟠屈，不得自由。下句写自己。

②"锦鳞"二句：锦鳞绣羽：指鱼、鸟。鲍照《芙蓉赋》："戏锦

鳞而夕映,曜绣羽以晨过。"两句意谓:栖息在柳枝上的鸟儿和游戏在莲叶上的鱼儿都受到恶劣环境的影响。

画屏绣步障,物物自成双。①
如何湖上望,只是见鸳鸯?②

【今译】

无论在画屏中,在锦绣的步障上,
所有的生物都成双成对的。
唉! 为什么向湖上眺望,
只见对对的鸳鸯在游翔?

【注释】

①"画屏"二句:画屏:彩绘的屏风。 步障:用以遮蔽风尘或视线的一种屏幕。
②"如何"二句:见湖上对对鸳鸯而伤自己形单影只。

韩　　碑

　　这是义山诗的名篇巨制。清劲的风格，深广的内容，都与题意相称。前人认为本诗刻意模拟韩愈的《石鼓歌》，这只是皮相之言。义山毕竟是个真正的诗人，他懂得每一个作家，都应有自己独特的艺术风格。清人屈复说：此诗"生硬中饶有古意，甚似昌黎（韩愈）而清新过之。"（《玉溪生诗意》）所谓清新，主要是指诗歌的语言风格而言，全诗一气贯串，笔墨淋漓。"直书其事，寓言写物。"纯用"赋"体，而不像《石鼓歌》那样多用"比"法。语言散文化的程度更过于韩诗，没有使用古字僻字，也没有佶屈聱牙的词句。这是本诗在艺术上的特色。韩碑，指韩愈的《平淮西碑》。唐代自睿宗始设河西节度使。玄宗时，于各军事重镇分设节度使，方镇势力渐强，地方官亦受其节制。安史乱后，中央集权更为削弱。河朔三镇已成割据之势，节度使职位成为世袭或由部将窃据。齐鲁、江淮一带的武将们也多仿效，形成"天下尽裂于方镇"的局面。藩镇间或互相攻战，或起兵抗唐，人民遭到兵祸连结和残酷剥削压迫之苦。唐宪宗元和十二年（817），宰相裴度任用大将李愬，率兵讨伐淮西吴元济的叛军。李愬善于观察形势，选择战机，抚养士卒，对降将李祐等推诚相待，在隆冬雪夜潜师以袭，攻克蔡州，生擒吴元济。韩愈作了《平淮西碑》，歌颂这一场反对藩镇割据，维护国家统一的战争。韩碑中突出赞美宰相裴度决策统率之功。后有人认为碑文不实，没有肯定李愬的功绩，向皇帝提出申诉。宪宗因命推倒此碑，磨去韩愈的碑文，由翰林学士段文昌重撰文勒石。义山此诗，极力推崇韩碑，认为韩愈强调裴度的首功,是合理的。裴度是宰相、统帅,国家安危系于一身。在一场战争中,主帅能正确地作出战略决策,是战争取得胜利的最重要的关键。淮西平后,河北藩镇非常恐慌,纷纷表态服从中央。唐王朝政权得到暂时的稳定。作者能从大原则上着眼,正见他对历史问题的卓识。义山的咏史诗,多有感而发。李德裕在武宗会昌年间居相位,力主削弱藩镇,曾亲自部署作战方案,讨平擅自袭任泽潞节度使的刘稹。作者曾在《会昌一品集序》中极称李德裕平藩镇的"第一功",对宣宗贬逐李德裕等功臣良将表示不满。本诗借韩碑之事以寄对当前政治局面的深慨。

元和天子神武姿,彼何人哉轩与羲。

誓将上雪列圣耻,坐法宫中朝四夷。①

淮西有贼五十载,封狼生貙貙生罴。

不据山河据平地,长戈利矛日可麾。②

帝得圣相相曰度,贼斫不死神扶持。

腰悬相印作都统,阴风惨澹天王旗。③

愬武古通作牙爪,仪曹外郎载笔随。

行军司马智且勇,十四万众犹虎貔。④

入蔡缚贼献太庙,功无与让恩不訾。⑤

帝曰汝度功第一,汝从事愈宜为辞。⑥

愈拜稽首蹈且舞,金石刻画臣能为。

古者世称大手笔,此事不系于职司,

当仁自古有不让。言讫屡颔天子颐。⑦
公退斋戒坐小阁，濡染大笔何淋漓。
点窜尧典舜典字，涂改清庙生民诗。⑧
文成破体书在纸，清晨再拜铺丹墀。
表曰臣愈昧死上，咏神圣功书之碑。⑨
碑高三丈字如斗，负以灵鳌蟠以螭。
句奇语重喻者少，谗之天子言其私。
长绳百尺拽碑倒，粗砂大石相磨治。⑩
公之斯文若元气，先时已入人肝脾。
汤盘孔鼎有述作，今无其器存其词。⑪
呜呼圣皇及圣相，相与烜赫流淳熙。
公之斯文不示后，曷与三五相攀追？⑫
愿书万本诵万遍，口角流沫右手胝。
传之七十有三代，以为封禅玉检明堂基。⑬

【今译】

元和的天子，有着神圣英武的姿质，
他是什么人呢？好比轩辕黄帝和伏羲氏。
发誓要洗雪以往历代皇帝所蒙受的耻辱，
端坐在法宫之中，使四夷来朝中国。

乱臣贼子，割据淮西已近五十年，

老狼生了�，貅又生了熊罴。

他们虽是盗贼，却不占据荒山野水，而占据
　　肥沃的平地；

蓄养士兵，长戈利矛，气焰熏天，仿佛要把
　　太阳都赶跑。

皇帝得到了贤明的宰相名叫裴度，

裴度被刺客砍伤，大难不死，全靠天神保佑。

他腰里悬挂着宰相的大印，兼做了都统，

出征时，阵阵阴风卷起皇帝的旌旗。

李愬、韩公武、李道古、李文通，作麾下战将，

仪曹的员外郎带了笔墨跟随。

行军司马韩愈机智勇敢，

十四万战士如老虎貔貅。

攻入蔡州城，生擒了吴元济，献俘到太庙中，

裴度的功勋无人可及，皇帝对他的恩遇也
　　无法估量。

皇帝说：你，裴度，功劳第一；

你，行军司马韩愈，应该写记功的文章。

韩愈下拜叩头，手舞足蹈之后说：

制作金石碑文,这件工作我能承担。

古来撰述被世人称为"大手笔"的文章之事,

往往不交给有关部门来进行。

遇到应做的事,从来的贤人是不会推让的。

说完后,皇帝频频地点头同意。

韩愈退朝后,斋戒沐浴,独处小室之中,

　　饱蘸大笔,纵横挥洒,笔墨淋漓。

变换《尧典》《舜典》上的字句,

删改《清庙》《生民》等诗篇,写成古雅的文辞。

碑文撰成后,用破体书法写在纸上,

清晨上朝时再三跪拜,把文卷铺在宫殿的

　　台阶上。

奏表说:"臣子韩愈昧死上言。"

这篇文章,歌颂朝廷神圣的功业,把它书写

　在石碑上。

石碑高三丈,字大如斗,

碑下有灵鳌背负着,碑上有螭龙蟠绕。

文句奇特,语意深刻,能理解它的人很少,

有人向皇帝进谗言,说韩愈撰碑有私心。

因而用百尺长绳把碑拉倒,

中华聚珍文学丛书—李商隐诗今译

用粗砂大石把刻字磨去。

韩公这篇碑文,像天地的元气,

在起初时已沁入了人们的肝脾,

正如汤盘,孔鼎上有古圣贤著述的文字,

现在器虽不存在,而铭文仍万古流传。

啊,圣明的皇帝和贤能的宰相,

显赫的声威,互相辉映,淳正光明的风气
   流布世上。

韩公这篇碑文如果不传示后世,

朝廷的功业怎能跟三皇五帝相媲美呢!

我希望能把它抄写一万本,吟诵一万次,

直到口角上流下涎沫,右手生了胼胝。

它好比是传下来的第七十三代的封禅书,

这块碑石可以作为封禅时的玉检和明堂的
   基石。

【注释】

① "元和"四句:赞美唐宪宗奋发有为,雪耻立极的精神。 元
和:唐宪宗李纯的年号。 彼何人哉:是古代汉语中惯用语句,表示
赞叹之意。 轩:轩辕氏,即黄帝。传说中中原各族的共同祖先。
羲(xī希):伏羲氏。神话中人类的始祖,教民渔猎畜牧。诗中用

"轩"与"羲"代表三皇五帝。 列圣耻：列圣，历代皇帝。"耻"，指玄宗、肃宗、代宗、德宗、顺宗等历朝皇帝受到藩镇的欺侮。如玄宗时的安史之乱，德宗时的朱泚之乱，皇帝都仓皇出逃。后来多次的平叛战争都遭到失败。强调一个"耻"字，以为下文平淮西张本。何焯说："笔笔挺拔，步步顿挫，不肯作一流易语。" 法宫：指宫中路寝正殿，是皇帝治理政务之地。 四夷：指中国东、南、西、北四境的外族。韩愈《平淮西碑》："既定淮蔡，四夷毕来，遂开明堂，坐以治之。"

　　②"淮西"四句：这里写吴元济割据淮西的猖獗情况。 淮西：今河南东南部地区。唐代置彰义军节度使，辖下申、光、蔡三州。五十载：从唐代宗大历年间，李希烈叛乱据淮西，历陈仙奇、吴少诚、吴少阳至吴元济，约四十年。本诗云"五十载"乃据韩碑序："蔡帅之不廷授，于今五十年。"包括大历初年李忠臣镇守蔡州的时间在内。 封狼：大狼。 貙(chū初)：兽名，似狸而大。 罴(pí皮)：即人熊。此以野兽喻藩镇的凶残跋扈。 日可麾(huī挥)：麾，通"挥"、"扬"。据《淮南子·览冥训》载："鲁阳公与韩构难，战酣日暮，援戈而扬之，日为之反三舍。"这里指吴元济气焰嚣张，自恃兵力强盛，胆敢对抗朝廷。把叛军写得越强，就越显出裴度平淮西的功绩。

　　以上八句写宪宗英明奋发，决心讨贼和藩镇长期割据的情况。

　　③"帝得"四句：这里写宪宗命令宰相裴度讨伐淮西叛军。度：裴度，唐朝著名的政治家，字中立，河东闻喜(今属山西)人。贞元进士，由监察御史累迁御史中丞，力主削平藩镇。晚年因宦官专权，愤而退居洛阳。 次句指元和十年六月，藩镇遣刺客暗杀了主战的宰相武元衡。时任御史中丞的裴度，"伤其首，堕沟中，度毡帽厚，得不死"。三天后，宪宗命裴度为中书侍郎，同平章事(即宰相)。 斫(zhuó酌)：砍。 都统：唐代中后期，设诸道行营都统，为各道出征兵的统帅，又在各道上设都统。元和十二年七月，裴度自请往淮西前线督战，宪宗命充淮西宣慰招讨处置使。当时，已有都统韩弘，故度辞招讨之名，仍行使统帅职权。故诗中谓"作都

统"，指裴度的实权。 阴风惨澹：写出征时森严、肃穆的气氛。十四万人马在行进时，唯听到风吹旗帜之声。 天王：指皇帝。宪宗亲往通化门检阅送行，并派三百骑卫从征。

④"愬武"四句：这里写裴度出征时的战将、士卒，并点出作碑人韩愈。 愬：李愬。在元和十一年被任为唐、随、邓节度使，率兵讨吴元济。 武：韩公武，淮西都统韩弘之子。以兵万三千会于蔡州外。 古：李道古。元和十一年，为鄂岳观察使。 通：李文通。元和十年二月，为寿州团练使。 牙爪：比喻武臣和辅佐的人。《诗·小雅·祈父》："祈父，予王之爪牙。"爪牙，古时并非贬义。据韩碑载：光颜、重胤、公武合攻其北，道古攻其东南，文通战其东，愬入其西。 仪曹：官名。魏晋以后，祠部所属有仪曹，掌吉凶礼制，后世因称礼部郎官为仪曹。《旧唐书·宪宗本纪》："以司勋员外郎李正封、都官员外郎冯宿、礼部员外郎李宗闵皆兼侍御，为判官书记：从度出征。" 行军司马：军府之官，参预军事计划。时韩愈兼御史中丞，充彰义军行军司马。他曾向裴度请求自提五千兵，从小路偷袭蔡州，裴度没有同意。 虎貔(pí 皮)：老虎和貔貅。比喻勇猛的将士。

⑤"入蔡"二句：元和十二年十月，李愬执吴元济，送到京师长安，宪宗亲临兴安门受俘。以元济献于太庙，号令于市斩之。 两句写裴度功劳之大，无与伦比。在平淮西之战中，裴度一力主持，运筹帷幄，作出决策，又亲临前线，整顿军容纪律，对战争胜利起决定性作用。元和十三年二月，以平淮西功，加金紫光禄大夫，弘文馆大学士，赐勋上柱国，封晋国公。 太庙：皇帝的祖庙。 不訾(zī 资)：同"不赀"，不可计量。

以上十句，叙述宪宗令裴度为宰相、兼任统帅，率兵讨平吴元济的功绩。

⑥"帝曰"二句：纪昀云："层层写下，至'帝曰'二句，群龙结穴，此一篇之主峰。"这很有见地。作者特别指出，裴度的"功第一"，完全是宪宗的意见。韩愈撰写碑文，并无私心，以说明后来推

碑之非。 从事：汉代三公及州郡长官皆自辟僚属，多以从事为称。韩愈在平淮西役中，任行军司马，职位相当于从事中郎。《旧唐书·韩愈传》载："淮、蔡平，十二月，随度还朝，以功授刑部侍郎，仍诏愈撰《平淮西碑》。"

⑦"愈拜"六句：诗句理直气壮，一泻无余，完全是散文的句法。 稽（qǐ启）首：古时的一种跪拜礼，叩头到地，是九拜中最恭敬的。《周礼·大祝》："九拜，一曰稽首。"贾公彦疏："其稽，稽留之字，头至地多时，则为稽首也。……臣拜君之拜。"蹈且舞：舞蹈，古代臣子朝见皇帝时，手舞足蹈的仪节。 金石刻画：指在铜器、碑碣上刻写歌功颂德的文章。 大手笔：皇皇巨制，大文章。指有关朝廷大事的文字。 职司：指朝廷中专门负责具体工作的部门。这里指唐代专司撰述的集贤院、弘文馆等。不系于职司，说明撰碑文事关紧要，故不作日常事务处理，不交给文学侍从之臣来做。韩愈是御史中丞，执法之官，不属文学之臣。 当仁不让：《论语·卫灵公》："子曰：'当仁不让于师。'"朱熹注："当仁，以仁为己任也；虽师亦无所逊。言当勇往而必为也。" 颔（hàn 憾）：下巴。这里作动词用，点头。 颐（yí 宜）：下巴。颔颐，即点头以示赞许。

以上八句，叙述韩愈奉宪宗之命撰写碑文。

⑧"公退"四句：这里写韩愈写碑文的经过。 斋戒：素食、沐浴。清心洁身，以示庄敬。 濡染：润湿。 淋漓：诗中指笔墨酣畅，挥洒自如，尽情尽致。 点窜：在文章中删字为点，添字为窜。《尧典》《舜典》：皆《尚书》的篇名。《清庙》《生民》：《诗经》的两篇颂诗。诗中指韩愈撰写的碑文模拟古代经籍的文体，力求高古典雅。亦指韩碑具有"史笔"，像司马迁写作《史记·五帝本纪》时，把《尧典》《舜典》上的文字，稍加修改，补缀成篇。

⑨"文成"四句：这里写文章写成，进上皇帝。 破体：唐张怀瓘《书断》："王献之变右军（王羲之）行书，号曰'破体书'。"是书法中的一种变体。 昧死上：即冒死上言，是秦汉时臣子向皇帝奏事时的惯用语。

⑩ "碑高"六句：这里写立碑和推碑的情况。 灵鳌(áo 敖)：神龟。指赑屃(bì xì 闭系)。古代习惯把碑下的石座雕作赑屃的形状，取其力大能负重之意。 螭(chī 痴)：古代传说中一种没有角的龙。喻：明白，理解。 谗：说别人坏话。《旧唐书·韩愈传》："诏愈撰《平淮西碑》，其辞多叙裴度事。时先入蔡州擒吴元济，李愬功第一，愬不平之。愬妻(唐安公主之女)出入禁中，因诉碑辞不实。诏令磨愈文。宪宗命翰林学士段文昌重撰文勒石。"诗言"谗之天子"，指此事。 治(chí 持)：整治。前人云：句奇语重，"四字评韩文，即自评其诗"，甚是。

⑪ "公之"四句：这里抒发感慨。 元气：指天地间的精神。汤盘：相传是商汤沐浴用的盘，上有三句非常有意义的铭文："苟日新，日日新，又日新。"成为千古传诵的警句。 孔鼎：指孔子先世正考父的鼎。上亦有铭文。

以上十八句叙述撰碑、树碑和推碑的经过，抒发了作者的感想。

⑫ "呜呼"四句：圣皇：指唐宪宗。 圣相：指裴度。 烜(xuān 宣)赫：形容声名或气势很盛。 淳熙：正大光明。 曷(hé 合)：何，怎么。 三五：指三皇五帝。攀追：赶上，追随。

⑬ "愿书"四句：胝(zhī 枝)：胼胝，手脚皮肤的老茧。 七十三代：《史记·封禅书》："古者封泰山，禅梁父者，七十二家。"这里把唐代算进去，作为七十三代。 封禅(shàn 善)：古代帝王到泰山筑坛祭天曰"封"，在山南梁父山上辟基祭地曰"禅"。 玉检：古人封禅，书于玉牒，覆以玉检。《封禅仪》云：玉检"其印齿如玺，缠以金绳五周"。 明堂：古代天子宣明政教的地方，凡朝会及祭祀、庆赏、选士、养老、教学等大典均在其中举行。

此诗声韵音节亦奇拗可喜，如"封狼生䝙䝙生罴"，七字全平声，"帝得圣相相曰度"，七字全仄声。宋代苏轼、黄庭坚诸家常用此法。

无题四首（选一）

　　诗中写了两种不同社会地位的女性的生活和命运：一是贵族少妇，在天朗气和的暮春时节，和丈夫出外游乐，笙歌宴饮，无忧无虑；一是贫家的老处女，无媒难嫁，憔悴自伤。诗人用传统的比兴手法，抒写了自己仕宦上欲进无门，失意迟暮的痛苦。

　　何处哀筝随急管？樱花永巷垂杨岸。①
　　东家老女嫁不售，白日当天三月半。②
　　溧阳公主年十四，清明暖后同墙看。③
　　归来展转到五更，梁间燕子闻长叹。④

【今译】

　　从哪儿传来阵阵清亮的筝声和急促的管乐？
　　——啊，那是在樱花怒放的深巷中，垂杨轻拂
　　　　的河岸上！
　　在东邻的贫家中有位姑娘，年纪大了还嫁不
　　　　出去。
　　这正是丽日当天的暮春时候啊！
　　溧阳公主才十四岁，

在清明回暖的日子,与丈夫家人一起在园墙里
　观赏春景。

这位贫家的姑娘回家后,整夜辗转无眠,直到
　天亮,

只有屋梁间的燕子听到她长长的叹息。

【注释】

①"何处"二句:哀:指声音的高亢清亮,而不是悲哀之意。如古乐府《子夜四时歌》:"春林花多媚,春鸟意多哀。春风复多情,吹我罗裳开。"　管:古代竹制的吹奏乐器。如箫、笙、笛等。　永巷:深长的街巷。　两句先写出春日美好的气氛。娇花媚柳,急管繁弦,以反衬三、四句,烘托五、六句。

②"东家"二句:东家:宋玉《登徒子好色赋》:"臣里之美者,莫若臣东家之子(指女子)。"　老女:古乐府《捉搦歌》:"老女不嫁,蹋地唤天。"两句写老处女的婚嫁失时,以抒发诗人自己的迟暮之感,这是传统的托喻手法。

③"溧阳"二句:溧(lì 栗)阳公主:梁简文帝的女儿。《南史》载:溧阳公主,简文帝女也。年十四,有美色。侯景纳而嬖之,大宝元年三月,"请简文禊宴于乐游苑"。在这里泛指当时的贵家妇女。两句回应一二句,用年轻的富贵人家女子与贫家老女对照。　同墙看:此指东家老女在清明暖后,随俗游春,也在园墙里看花。

④"归来"二句:写东家老女出外见到贵家少妇赏春的情景,触动身世之感,彻夜不寐,而自己的痛苦心情又无人可告,无人理解。

全诗对比鲜明。一边是年少得意,家世煊赫;一边是年长难嫁,寂寞穷愁;一边是全家游宴,听曲看花;一边是独居无聊,自伤

迟暮。如前人所云:"无题诸诗,大抵祖述美人香草之遗,以曲传不遇之感,故情真调苦,足以感人。"薛雪《一瓢诗话》亦云:"此是一副不遇血泪,双手掬出,何尝是艳作?"唯黄子云《野鸿诗的》痛诋义山云:"玉溪无题诗,千妖百媚"、"思无不邪……余恐惑于美人香草之说,亦为侈淫妖冶之词,而乖夫子思无邪之旨。"俨然以卫道者自居,血口喷人,何损于义山之一毫哉!

燕 台 四 首

　　这是义山艳体诗中的极笔,为柳枝所深赏。其佳处"首在哀感顽艳动人;其次炼字调句,奇诡波峭,故能独有千古"(《李义山诗辨正》)。前人每谓此诗"纯用长吉体",亦只皮相之言。李贺诗风格奇崛苦峭,意境凄惨幽冷,感情激愤悲郁,冥冥孤诣,呕心而出。至于抒写情爱,实非所长。义山的古体诗,吸取了李贺诗中的某些特点,再加以齐梁浓艳的风调,词语华丽典雅,蕴蓄着无限深情。可谓出于蓝而胜于蓝,决非长吉所能限囿的。唐代以来,不少自称学"长吉体"的,只晓得掇拾李贺诗的辞藻,勉强剪贴成篇,优孟衣冠,可厌可鄙。试读义山之作,就可知道应如何处理继承和创新的关系,义山之所以成为义山,能卓然自树于唐代文艺之林,其原因也在于此。

　　《燕台》诗,《会笺》定为开成五年(840)之作。谓"四章盖皆为杨嗣复而作","感兼家国,而以遭际离合之恨纬之"。并断言:"集中凡关于家国身世,隐词诡奇,无不类此。若判作艳情,则大谬矣!"把好端端的恋爱诗歪曲至此!我们现在必须把这些"索隐派"的阴魂驱散,让义山诗恢复其本来面目。

　　风光冉冉东西陌,几日娇魂寻不得。①
　　蜜房羽客类芳心,冶叶倡条遍相识。②
　　暖蔼辉迟桃树西,高鬟立共桃鬟齐。③
　　雄龙雌凤杳何许?絮乱丝繁天亦迷。④

醉起微阳若初曙，映帘梦断闻残语。⑤

愁将铁网罝珊瑚，海阔天翻迷处所。⑥

衣带无情有宽窄，春烟自碧秋霜白。⑦

研丹擘石天不知，愿得天牢锁冤魄。⑧

夹罗委箧单绡起，香肌冷衬琤琤珮。⑨

今日东风自不胜，化作幽光入西海。⑩

春

【今译】

美好的春光缓缓地流去，

它将消逝在东西的径路上——随着她渐行渐
　　远了。

这几天来，芳魂何在？

我千万遍追寻，也见不到她的踪影。

在花丛中那些翩翩飞舞的小仙子，

它们最能了解芳春的情意。

每一片鲜洁的叶子，

每一根柔美的枝条，

它们全都认识。

和煦的烟霭，笼罩着斜日的余辉，

就在桃树的西边——

她,挽着高高的鬟髻,含笑站着,

跟美丽的桃花齐并。

但是,雄龙和雌凤,

依然两相分隔,杳远难期,

使人心绪如柳絮般历乱、游丝般纷繁。

薄醉醒来后夕照像黎明曙色那样映着重帘,

梦觉后还听到自己依微的呓语。

我满腹愁绪,想要用铁网挂胃起珊瑚,

但大海是那么辽阔,

天空中乌云翻滚,

早已迷失方向和处所了。

无情的衣带,总随着人腰围变化而或宽或窄,

春烟空自晴碧,很快又见到遍地白茫茫的秋
　霜了。

丹砂可以研碎,石块可以劈开,

我的心依旧是鲜红坚定的,

但老天爷却不知道,

希望能有"天牢"把我的冤魄牢牢锁住。

昔日的夹罗衣服已委置在箱箧中,

只穿着单薄的轻绡独自起来，

芳香的肌肤衬着琤琤的玉佩有点微冷。

我的冤魄禁不起今日劲吹的东风，

化作一道幽光，相随着飘到西海。

【注释】

①"风光"二句：是全组诗的总冒。写春残人别，引起刻骨的相思。 冉冉（rǎn 染）：慢慢地，渐进貌。 陌（mò 墨）：田间的小路或城中的街道。 娇魂：指自己所恋的女子。

②"蜜房"二句：蜜房：蜂巢。 羽客：神话中的飞仙。诗中指蜂、蝶之类的有翅昆虫。 冶叶倡条：犹言"野草闲花"。 两句追忆当日寻春的情景。

③"暖霭"二句：霭：同"靄"，云雾之气。暖霭，春日晴暖时的轻烟薄雾。 桃鬟：指桃花繁密，如人的发鬟。何焯云："以桃胶约鬟髻也。"非是。 两句写初见时的情态。

④"雄龙"二句：雄龙雌凤：犹《柳枝》诗的"蜂雄蛱蝶雌，同时不同类"之意。"雄龙"自指，"雌凤"以喻所恋的人。 两句意谓相见后仍不能相亲，故心情惝恍迷乱。

⑤"醉起"二句：微阳：夕阳。马戴《楚江怀古》诗："微阳下楚丘。" 两句写无聊独卧，梦也难寻。

⑥"愁将"二句：铁网：《新唐书·拂菻国传》："海中有珊瑚洲，海人乘大舶堕铁网水底。珊瑚初生磐石上，白如菌，一岁而黄，三岁赤，枝格交错，高三四尺。铁发其根，系网舶上，绞而出之。"义山《碧城》诗云："玉轮顾兔初生魄，铁网珊瑚未有枝。"两句意谓想要像搜罗珍奇那样追求她，但终难成事。

⑦"衣带"二句：上句写因相思而瘦损。下句谓无心欣赏美好

的景物,一任春去秋来。前人评曰:"景自韶丽,心自悲凉。""春"、"秋"两字,点出自春至秋漫长的思念。

⑧"研丹"二句:研丹擘(bò柏)石:《吕氏春秋》:"石可破也,而不可夺坚;丹可磨也,而不可夺赤。"诗意谓心如丹赤石坚。 冤魄:朱鹤龄注引孟康曰:"情不得伸,故曰冤魄。" 上句写自己坚贞的爱情。天不知,颇有《离骚》"怨灵修之浩荡兮,终不察夫民心"之意。下句谓神思迷乱,如屈原之"魂魄散佚",故愿得天牢以锁之。这是"诚极而悲"之语。

⑨"夹罗"二句:谓罗衣已换,芳春将逝,而相思之情,无人可告。

⑩"今日"二句:写自己执着的追求,如《离骚》之"路漫漫其修远兮,吾将上下而求索"。此首写跟恋人别后的相思。《李义山诗辨正》:"通篇皆状苦思痴想,惆怅恍惚,真深于言情者,宜柳枝闻而惊叹欤?"

石城景物类黄泉,夜半行郎空柘弹。②

绫扇唤风阊阖天,轻帏翠幕波渊旋。③

蜀魂寂寞有伴末? 几夜瘴花开木棉。④

桂宫留影光难取,嫣薰兰破轻轻语。⑤

直教银汉堕怀中,未遣星妃镇来去。⑥

浊水清波何异源? 济河水清黄河浑。⑦

安得薄雾起缃裙? 手接云耕呼太君。⑧

夏

【今译】

前阁外苦雨如帘，终日不卷，令人愁闷欲绝；
却见到后堂的芳树，枝叶阴阴。
石头城的景物，仿佛像阴间似的凄黯，
行人在夜半弹柘，也是徒然的。
缭绫的扇子漾起清风，像从天门上吹至，
轻帷翠幕波浪般翻动旋卷。
她到了南方，在寂寞中有没有女伴呢？
这几夜在蛮烟瘴雾中木棉花怕又开了。
她的影子留在月宫中，清光难以收取。
她嫣然一笑芳香四溢，如兰花初放，轻轻
　　自语。
真的要叫银河堕入我的怀中，
不要使织女老是这样来了又去。
浊水和清波的源头是没有什么不同的，
但后来济河的水清，而黄河的水却变浑浊了。
怎能够见到薄雾升起在她的缃裙间，
我手接云车呼唤着她的名字！

【注释】

① "前阁"二句：两句写初夏的景色。雨帘：义山好用帘帷喻雨。咏雨诗如"帷飘白玉堂"、"珠箔飘灯独自归"皆是。 不卷：意谓久雨不晴。

② "石城"二句：石城：石头城，即金陵。今江苏南京市。当是诗人所往之地。 黄泉：指人死后埋葬的地穴。亦指阴间。《左传·隐公元年》："不及黄泉，无相见也。"宋玉《讽赋》："君不御兮妾谁怨？死日将至兮下黄泉。"诗中以衬托抒情主人公生离死别的悲怀。 行郎：行人。诗人自指。 柘弹（zhè dàn 蔗但）：朱注引《文选》注：《古史考》云："柘树枝长而劲，乌集之将飞，柘起弹乌，乌乃呼号。"《西京杂记》："长安五陵人以柘木为弹，真珠为丸，以弹鸟雀。"两句写触景生悲。夜半弹柘，表示无所获得。

③ "绫扇"二句：绫扇：点出"夏"字。 阊阖（chāng hé 昌盒）：传说中的天门。《离骚》："吾令帝阍开关兮，倚阊阖而望予。"两句写诗人夏夜独卧，风动帐帷。

④ "蜀魂"二句：蜀魂：指杜鹃鸟，参见《锦瑟》诗注。本诗以喻女子的漂泊无依。 瘴（zhàng 帐）：瘴气。南方山林间湿热蒸郁之气，能致人疾病。 瘴花：指南方的花，诗中谓木棉花。 两句想象女子已到南方，寂寞无伴。

⑤ "桂宫"二句：桂宫：传说月中有桂，故月宫亦称"桂宫"。嫣（yān 烟）：美好貌，常指笑容。宋玉《登徒子好色赋》："嫣然一笑。" 兰破：兰花绽开。诗中用以形容女子启唇细语。曹植《洛神赋》："含辞未吐，气若幽兰。" 两句想象恋人的所在，痴想和她共语。

⑥ "直教"二句：银汉：银河。 星妃：织女。诗中以喻所恋者。 镇：长，久。 两句希望恋人能到来相会。留下来，永不分离。冯浩云："使长在怀抱则可至秋矣。"

⑦ "浊水"二句：济（jǐ 挤）：水名，古四渎之一。《书经·禹

贡》："导沇水，东流为济，入于河。"两句谓二人本来出身一样，现在却界限分明，无法在一起了。

⑧"安得"二句：缃裙：浅黄色的裙子。 云軿（píng 平）：軿，古代妇女所乘坐的有帷幕的车。 云軿，指仙人所乘的云车。朱注引陶弘景《真诰》："驾风骋云軿。" 太君：太，至高至极；君，道教中的尊称。太君，泛称神仙。诗中指所恋者。 两句冀望爱人忽然从天而降，亲近相语。

全首是别后想象之辞，希望能相会诉情。

月浪冲天天宇湿，凉蟾落尽疏星入。①
云屏不动掩孤嚬，西楼一夜风筝急。②
欲织相思花寄远，终日相思却相怨。③
但闻北斗声回环，不见长河水清浅。④
金鱼锁断红桂春，古时尘满鸳鸯茵。⑤
堪悲小苑作长道，玉树未怜亡国人。⑥
瑶琴愔愔藏楚弄，越罗冷薄金泥重。⑦
帘钩鹦鹉夜惊霜，唤起南云绕云梦。⑧
双珰丁丁联尺素，内记湘川相识处。⑨
歌唇一世衔雨看，可惜馨香手中故。⑩

秋

【今译】

秋月的光华，像浩渺的波浪冲刷着天空，整个

天空都湿遍了，

直到凉月落尽，疏星才照进房中。

床前的云母屏风，静悄悄地遮蔽着我孤独的
　哀伤，

在西楼上，终夜听到檐底风筝急骤的响声。

我想织成相思的花样寄给远方的情人，

但终日的相思却生出深深的怨恨。

只是仿佛听到北斗星座回旋时的响声，

而看不到银河清浅的流水。

门上的铜鱼锁，隔绝了丹桂园中的春色，

久远的灰尘扑满了室中的鸳鸯茵褥。

最令人伤悲的是美丽的小苑变成了长路，

一曲《玉树后庭花》，谁去同情那亡国的人啊！

瑶琴安静和美的乐音中，蕴含着悲怨的楚声，

穿着薄薄的越罗衣已有些寒冷，衣上的泥金
　也觉沉重了。

在帘钩边的鹦鹉，夜晚因霜重而惊啼，

唤起我正绕着云梦泽的魂梦。

我用丁丁地鸣响的双玉珰附在书信中寄
　给她，

信里记着我们在湘江相识的情事。

她看我的信时，定然清泪如雨，流到她那惯于
　歌唱的唇边。

多么可惜啊，美好的馨香，就在她手中成为
　过去的了。

【注释】

①"月浪"二句：凉蟾：凉月。传说月中有蟾蜍，故称。　两句
写秋夜的景色，点出相思的环境。落尽，暗示不眠中时间的流逝。

②"云屏"二句：云屏：云母屏风。参见《常娥》诗注。　嚬：同
"颦"。颦眉，皱起眉头，表示不愉快、痛苦。　风筝：悬挂在屋檐下
的金属片，风起作声，故称"风筝"，也叫"铁马"。　两句写终夜无
眠，独自痛苦的情景。

③"欲织"二句：《李义山诗辨正》云："言我欲寄书问询，而无
如终日思怨，两情不能遥达。"

④"但闻"二句：回环：旋转。北斗星座围绕北极星旋转。诗
中亦以表示时间的流逝。　长河：银河。《古诗十九首》："河汉清且
浅，相隔复几许？盈盈一水间，脉脉不得语。"不见长河，意谓连隔
水遥遥相望也不可得。

⑤"金鱼"二句：金鱼：金鱼钥，即铜锁。其形如鱼，故称。
红桂：即丹桂。木樨中的一种，花红色。　古时：即"故时"、"旧
时"。　鸳鸯茵：绣有鸳鸯图案的茵褥。《西京杂记》："飞燕为皇后，
其女弟上遗（赠送）鸳鸯褥。"　上句写别后重门深锁的孤寂的环
境。　下句谓再也不能欢会了。

⑥"堪悲"二句：上句写当时欢愉之地，已沦为荒芜的道路。
下句写不堪回首之概。　玉树：即《玉树后庭花》。古曲名，参见《南

朝》诗注。　亡国人：指陈后主。诗中以自喻。

　　⑦"瑶琴"二句：瑶琴：饰以美玉的琴。　愔愔：安静和悦。
《左传·昭公十二年》："祈招之愔愔，式昭德音。"杜预注："愔愔，安
和貌。"嵇康《琴赋》：乱曰："愔愔琴德，不可测兮。"　楚弄：弄，乐
曲。嵇康《琴赋》："改韵易调，奇弄乃发。"楚弄，指楚国的乐音。
金泥：即"泥金"。颜料名，用金箔和胶水制成的金色颜料。朱注引
《锦裙记》："惆怅金泥簇蝶裙。"诗中指在罗衣上用泥金绘画的图
案。　两句写独坐无聊，弹琴自遣。

　　⑧"帘钩"二句：南云：陆机《思亲赋》："指南云以寄款。"义山
《到秋》诗："万里南云滞所思。"亦以南云表思念之意。　云梦：云梦
泽。参见《梦泽》诗注。据宋玉《高唐赋》谓楚王曾梦与神女相会于
云梦之高唐。诗中以指幽欢之梦。义山《少年》诗"别馆觉来云雨
梦"，与本诗同意。　两句谓鹦鹉不禁宵寒而啼唤，惊醒自己的
绮梦。

　　⑨"双珰"二句：双珰：珰，古时女子的耳饰。参见《春雨》诗
注。　丁丁（zhēng 争）：象声词。形容玉互相碰击的声音。　尺素：
书信。古以绢帛书写，通长一尺，故称。　两句写准备寄信给情人。

　　⑩"歌唇"二句：是想象女子接信之词。　一世：表示相思的
长久。　馨香：指芬芳的信笺。诗中用以暗示爱情。　故：表示爱
情的逝去。《李义山诗辨正》："此二句暗逗下篇，四首章法相生，学
者细阅之，可以悟作诗之法。"

　　全篇写秋夜不寐相思之情。

　　天东日出天西下，雌凤孤飞女龙寡。①
　　青溪白石不相望，堂中远甚苍梧野。②
　　冻壁霜华交隐起，芳根中断香心死。③
　　浪乘画舸忆蟾蜍，月娥未必婵娟子。④

楚管蛮弦愁一概,空城舞罢腰支在。⑤
当时欢向掌中销,桃叶桃根双姊妹。⑥
破鬟委堕凌朝寒,白玉燕钗黄金蝉。⑦
风车雨马不持去,蜡烛啼红怨天曙。⑧

冬

【今译】

太阳从天东出来,又在天西沉下去了,
雌凤孤独地飞翔,女龙也失去了配偶。
如同青溪小姑和白石郎那样两不相见,
她的堂中比苍梧之野更为辽远。
冰冻的墙壁上凝结着霜晶,交错着隐隐现出,
花树的芳根折断,香心已死。
枉自乘坐着画船去寻访月宫,
但常娥也不一定像她那样美丽。
楚地的笙箫、南方的琴瑟,都一例生愁,
她空城舞罢,为我消瘦得只剩一捻腰肢犹在。
回想当时的欢乐,已随掌中舞歇而消逝,
再也没有桃根桃叶两姊妹那样的美人了。
她的发鬟,梳成了倭堕髻式,颤抖在清晨的

寒气中，

上面有白玉的燕钗和黄金的蝉饰。

在风雨中，车马没能够把她带走，

独对着蜡烛，空啼红泪，哀怨地待到天明。

【注释】

①"天东"二句：雌凤：疑为"雄凤"之误。凤凰，古代传说中的神鸟，雄者曰凤，雌者曰凰，诗中以雄凤与女龙（雌龙）相对，犹《柳枝》诗的"花房与蜜脾，蜂雄蛱蝶雌。同时不同类，那复更相思？"之意。 两句写冬日短景无多，双方依然乖隔。

②"青溪"二句：青溪白石：古乐府《神弦歌》中有《青溪小姑》和《白石郎》曲。《青溪小姑》云："开门白水，侧近桥梁，小姑所居，独处无郎。"《白石郎》二首云："白石郎，临江居。前导江伯后从鱼。""积石如玉，列松如翠。郎艳独绝，世无其二。"小姑无郎犹"女龙寡"之意。 两句写无法见面，室迩人远。

③"冻壁"二句：两句写冬日严寒之景，以喻爱情幻灭，相思无益。《古诗为焦仲卿妻作》："今日大风寒，寒风摧树木，严霜结庭兰。"与此同意。

④"浪乘"二句：浪：随便，空自。 画舸（gě葛）：有彩绘的大船。 婵娟子：美女。婵娟，美好貌。 两句写对月怀人，以月娥反衬情人的美。

⑤"楚管"二句：楚：指湖北、湖南一带。或谓义山时在湖南。蛮：泛指我国南方。疑为女子所在之地。 腰支：即腰肢。 两句写别后彼此相思，无心作乐。

⑥"当时"二句：掌中：相传赵飞燕体态轻盈，能舞于掌上。《南史·羊侃传》："舞人张净琬，腰围一尺六寸，时人咸推能掌中

舞。"疑诗人所恋者是舞女,故有"舞罢腰支在"之语。　桃根桃叶:桃叶,晋王献之的侍妾名。其妹名桃根。古乐府有《桃叶歌》云:"桃叶复桃叶,桃树连桃根。相怜两乐事,独使我殷勤。"相传为献之所作。

⑦"破鬟"二句:破鬟:未详。疑即"双鬟",分作两边,故称曰"破鬟"。　委堕:即"倭堕""鬌髻",发髻名。古乐府《陌上桑》:"头上倭堕髻,耳中明月珠。"崔豹《古今注·杂注》:"倭堕髻,一云堕马之余形也。"　蝉:女子头上的饰物,如蝉形。　两句写女子在冬晨中孤独自怜之状。

⑧"风车"二句:写无法与所恋者双飞,只余得终生的幽怨。风车雨马:傅玄《吴楚歌》(一作《燕美人歌》):"云为车兮风为马。"

本篇写恋爱的绝望。

组诗四章,分咏春、夏、秋、冬四时情事,以概盈年累岁的相思。钱氏云:"语艳意深,人所晓也。以句求之,十得八九;以篇求之,终难了了。"以选注者的浅学,恐亦未能会作者的深意,定贻大方之讥。兹录冯浩注解于下,以供读者参考。冯浩曰:"解者各有所见,未能合一,愚则安定之若是:首篇细状其春情怨思;次篇追叙旧时夜会;三篇彼又远去之叹;四篇我尚羁留之恨。每章各有线索,否则时序虽殊,机杼则一,岂名笔哉! 总因不肯吐一平直之语,幽咽迷离,或彼或此,忽断忽续,所谓善于埋没意绪者。"又云:"其为学仙玉阳东时有所恋于女冠欤?"

无题二首（选一）

　　这是义山早年的诗作。它写了一个聪明美丽的姑娘成长的过程。她的姿容和才能很早就显露出来，她也认识到自己具有这些美好的质素。独处在深闺之中，年纪渐大，免不了要考虑将来的出路和前途。谁掌握自己的命运？这位姑娘不能不担心下泪了。诗中所写的少女，可以说是作者的影子。义山自小有凌云之志，他在《上崔华州书》中说"五年读经书，七年弄笔砚"，九岁后由从叔"亲授经典，教为文章"，十六岁著《才论》《圣论》，以古文出诸公间，为士大夫所知。年轻的诗人，热情奔放，自负才华，希望能实现自己的政治理想，干一番回天转地的大事业。但自己又出身微寒，父亲只是个小小的县令，兼以早逝，"家徒索然"。"四海无可归之地，九族无可倚之亲"。唐代重视门第，不是名门望族出身的读书人，是很难顺利地踏上仕途的。本篇吸取了古代民歌的创作手法，如《古诗为焦仲卿妻作》："十三能织素，十四学裁衣，十五弹箜篌，十六诵诗书，十七为君妇……"直起直收，独成一格。结尾也含蓄有味。《玉溪生年谱会笺》定为唐文宗大和元年（827）、义山十六岁时作。

　　八岁偷照镜，长眉已能画。^①
　　十岁去踏青，芙蓉作裙衩。^②
　　十二学弹筝，银甲不曾卸。^③
　　十四藏六亲，悬知犹未嫁。^④

十五泣春风，背面秋千下。⑤

【今译】

小姑娘八岁时，就爱偷偷地照镜子，

弯长的眉毛，已堪描画了。

十岁时，春日踏青郊游，

采摘芙蓉花来装饰她的裙裳。

十二岁时，学习弹筝，非常用功，

套在指上的银甲也顾不得解下来。

十四岁时，就要藏在闺中回避六亲，

但猜想到父母还不打算许嫁。

十五岁时，经常对着春风低泣，

背着女伴们，独自站在秋千架下。

【注释】

①"八岁"二句：这里写女孩很早就懂事，顾影自怜。"偷"字生动地表现出她自知美丽时羞怯的心情。　画：古代女子以黛饰眉，称为"画眉"。

②"十岁"二句：踏青：春天到郊野游览。各地有以正月初八，或二月二日、或三月初三为踏青节。旧俗以清明节为踏青节。裙衩(chà 岔)：指下裳。古人常以芳草象征人的品格情操。屈原

《离骚》:"制芰荷以为衣兮,集芙蓉以为裳。不吾知其亦已兮,苟余情其信芳。"

③"十二"二句:两句写少女学习音乐艺术的勤勉。 银甲:用骨或金属制的爪子,套上指上拨弦。 卸:除下。

④"十四"二句:六亲:六种亲属,古来说法不一。《汉书·贾谊传》:"以奉六亲。"王先谦补注谓:诸父、诸舅、兄弟、姑姊(父亲的姊妹)、婚媾(妻的家属)及姻娅(夫的家属)。古代礼教要求女子居于深闺,连关系最亲的男性戚属都要回避。 诗中"悬知"两字把少女待嫁的心情刻画得很细腻。作者《别令狐拾遗书》云:"生女子,贮之幽房密寝,四邻不得识,兄弟以时见。"即此意。

⑤"十五"二句:写少女年纪渐长,日更懂事,精神苦闷。对自己的前途惴惴不安,无法掌握个人的命运,更不知将来出嫁后的遭遇。收处见出作者的本意,有不尽之妙。

房　中　曲

　　认真地把这首诗读完,再读两遍、三遍……一缕幽思,不知从何而生,肤寸而合,展怀而出,俄而,弥漫四方,充塞天地,这是人类的至性至情啊! 朱彝尊评此诗"言情至此,奇辟千古所无",亦未为过誉。大中五年(851)春,义山时自徐州卢弘正幕归,罢职还京,补太常学士,未久,妻王氏卒。此诗当为悼亡之作。在艺术风格上专意效法李贺,峭涩哀艳,寓意深隐。是"长吉体"中的佳作。

　　　　蔷薇泣幽素,翠带花钱小。①
　　　　娇郎痴若云,抱日西帘晓。②
　　　　枕是龙宫石,割得秋波色。③
　　　　玉簟失柔肤,但见蒙罗碧。④
　　　　忆得前年春,未语含悲辛。
　　　　归来已不见,锦瑟长于人。⑤
　　　　今日涧底松,明日山头檗。⑥
　　　　愁到天地翻,相看不相识!⑦

【今译】

　　　那美丽的蔷薇花上,清露如泣,幽意无限,

长长的绿杨枝在飘拂着,花儿像铜钱般细小。

这位俊美的男子在站着,痴痴地——像天上

　凝聚不动的云朵,

在堂西帘下,等待到清晨日出。

他的枕头是龙宫的神石,

能分得那秋波的碧色。

洁净的床席上,已没有了她柔润的体肤,

只见到铺着碧绿的罗被。

回想起前年春天,与妻子分别,

未曾相语,已含悲辛。

如今归来,再也见不到她了,

只见到横躺着的锦瑟,像人体那样修长。

今日像涧底的青松,郁郁难以自拔;

明日像山头的黄蘖,心中滋味更苦。

啊,真怕到那天翻地覆的时候,

我们彼此相看,却再也不认识了。

【注释】

　①"蔷薇"二句:幽素:幽意素心。意指深刻而素洁的精神。
翠带:杨柳的条枝,细长如带。李贺《春怀引》:"柳结浓烟花带
重。" 两句写清晨所见幽艳之景。

②"娇郎"二句：娇郎：诗人自指。古人将爱婿称为娇客,可意会之。 两句写悲极如痴的神情。"痴若云"三字,比喻奇特。抱日,承"云"字,犹言"迎日"。"晓"字透露出一夜无眠之意。

③"枕是"二句：龙宫石：朱注引《玉堂闲话·息壤记》云："禹堙洪水至荆州,见有海眼,泛溢无垠,禹乃镌石造龙之宫室,置于穴中,以塞其水脉。" 秋波：比喻女子的眼睛。谓其如秋水般清澈明亮。 两句意谓不眠时,觉得玉枕分外坚硬,联想到水中的龙宫石,再想到亡妻的容貌。

④"玉簟"二句：写物在人亡,诗意与"欲拂尘时簟竟床"相近。以上四句倒叙不眠之夜的所见所感。或谓写晓卧所见,未合。

⑤"忆得"四句：锦瑟：参见《锦瑟》诗注。 四句语浅而情深。"锦瑟"句尤为感人。

⑥"今日"二句：涧底松：左思《咏史》诗："郁郁涧底松。" 檗(bò 柏)：亦称"黄柏",落叶乔木。树皮可入药,味苦。在古乐府诗中常以之喻人的心苦。如"黄檗向春生,苦心随日长","高山种芙蓉,复经黄檗坞"。

⑦"愁到"二句：天地：诸本作"天池"。张采田云："'天池'当作'天地',空说方佳。"今从张说。 两句设想非常奇特,想象到旷劫重生,天地翻覆之日,怕的是前因已昧,难证今生。相爱的人,已不复相识。这真是千古所无的彻骨情语。古乐府《上邪》诗："上邪,我欲与君相知,长命无绝衰。山无陵,江水为竭,冬雷震震,夏雨雪,天地合,乃敢与君绝。"从正面立言,语气坚决。而本诗从反面立言,语气沉痛。同样深情,各具特色。

海　上　谣

李贺的古体诗，是唐诗艺术的一个高峰。这位天才卓绝的青年诗人，在诗歌的语言艺术上大胆创新，苦思冥想，戛戛独造，他直接承祧屈原《楚辞》的浪漫精神，益以汉魏诗歌的风骨及六朝乐府艳体绮丽的词藻，镕铸成独具面目的新诗。那幽渺神秘的意境、新奇瑰异的语言，都令千百年来的读者心醉神迷。即使在当时也有不少诗人很佩服他。义山的创作也深受其影响，这首《海上谣》和《射鱼曲》《无愁果有愁北齐歌》《宫中曲》等都是典型的"长吉体"诗。张采田云："玉溪古体虽多学长吉，然长吉语意峭艳，至于命篇尚不脱乐府本色；义山宗其体而变其意，托寓隐约，恍惚迷幻，尤驾昌谷（即李贺）而上之，真骚（指《楚辞》）之苗裔也。视锦囊中语（指李贺诗）青出于蓝，后人不得相提并论也。"学习前人，而又不被前人所束缚，吾于义山亦无讥焉。

桂水寒于江，玉兔秋冷咽。①

海底觅仙人，香桃如瘦骨。②

紫鸾不肯舞，满翅蓬山雪。③

借得龙堂宽，晓出揲云发。④

刘郎旧香炷，立见茂陵树。⑤

云孙帖帖卧秋烟，上元细字如蚕眠。⑥

【今译】

桂海的水,比江水还更寒冷,

月亮中的玉兔儿,也在深秋的清寒中幽咽
　　无声。

我来到海中寻觅仙人,

只见到桃树枝叶凋零,像一簇簇枯瘦的骨头。

紫鸾也被冻僵而不能舞了,

它的翅膀上积满了蓬山的冰雪。

在海中借得宽阔的龙宫居住,

清早起来就梳弄自己浓密的头发。

汉武帝刘彻敬礼拜神仙的香炷还在,

但不多久,就见到茂陵的墓树已长成了。

汉武帝的子子孙孙,现在都服服帖帖地长眠
　　在秋烟弥漫的原野中,

那些上元真经的细字,像黑压压的蚕子般眠
　　缩着。

【注释】

① "桂水"二句:桂水:即"桂海"。江淹《袁太尉淑从驾诗》

云:"文轸薄桂海。"李善注:"南海有桂,故曰桂海。"诗人这时在桂
管观察使郑亚幕中。桂州亦近海。首句点题。 冷咽(yè谒):寒
颤噤声。如北朝乐府《陇头流水》"寒不能语,舌卷入喉"意。

②"海底"二句:上句出《汉书·郊祀志》:"燕昭使人入海求蓬
莱、方丈、瀛洲。……诸仙人及不死之药,皆在焉。……未至,望之
如云;及到,三神山反居水下。"此指求仙可望而不可即。 香桃:蟠
桃。指不死之药。《拾遗记》谓西王母曾将万岁冰桃送给周穆王。

诗意似讽皇帝的求仙。集中《昭肃皇帝挽歌辞》有"海迷求药使,
雪隔献桃人"之句。说明费尽心机寻求仙药而终无所得。

③"紫鸾"二句:紫鸾:传说中的凤凰一类的神鸟,善舞。 蓬
山:蓬莱仙山。

④"借得"二句:龙堂:指海龙王的殿堂。 挕(shé舌):用手
抽点成批或成束物的数目。 云发:指年轻时如云般浓密的头发。
古人常以发的疏密来表示人的年纪。李白《将进酒》:"君不见高堂
明镜悲白发,朝如青丝暮成雪。"挕发意是唯恐老去。

⑤"刘郎"二句:刘郎:指刘彻。李贺《金铜仙人辞汉歌》有句
云:"茂陵刘郎秋风客,夜闻马嘶晓无迹。" 香炷(zhù柱):指线
香。《汉武内传》:"七月七日燔百和之香以待王母。" 茂陵:汉武
帝的陵墓,在长安市郊。 两句谓求仙无用,到头来不过是一抔黄
土。朱鹤龄注:"言其死之速。""立见"二字,讽刺深刻有力。

⑥"云孙"二句:云孙:指远代的子孙。《尔雅·释亲》:"曾孙
之子为玄孙,玄孙之子为来孙,来孙之子为昆孙,昆孙之子为仍孙,
仍孙之子为云孙。" 帖帖:安静帖服之状。 上元:上元夫人,女
仙。据说是老子的弟子,曾陪同西王母到汉宫中,与汉武帝相会宴
饮。《汉武内传》载:上元夫人曾授武帝以金书秘字六甲、灵飞十二
事,武帝"奉以黄金之箱,封以白玉之函。以珊瑚为轴,紫锦为囊,
安著柏梁台上"。蚕眠:《书断》:"鲁秋湖玩蚕,作蚕书。"此指道家
经典以蚕书写成。朱鹤龄云:"言武帝云孙皆尽,此上元蚕书亦安
在哉。"《通鉴·会昌六年》载:宣宗即位后,即受三洞法箓于衡山道

士刘玄静。本诗可能有感于此而作。近人亦有谓讽唐宪宗命方士柳泌采药台州之事，并说以"桂海"隐喻台州（今浙江临海一带），可备一说。

骄 儿 诗

义山是个慈祥的好父亲。半生坎坷失意的诗人,自然会把全副希望寄托在下一代的身上。诗意"恳恳勤勤,读之蔼然可想"。我们自然会联想到左思的《娇女诗》和陶潜的《责子诗》。诗中生动地描绘了一个天真烂漫、活泼聪明的小孩子的形象,他会讲故事、扮鬼脸、骑竹马、扑柳絮,还会做戏、拜佛,还学会撒泼耍赖。做父亲的在一旁含着微笑去观察他的爱子,忽然一阵心酸——这孩子将来会不会像自己那样:"憔悴欲四十,无肉畏蚤虱?"他恳切地告诫儿子:不要死读书以求功名,要有真实本领,为国立功。

衮师我骄儿,①美秀乃无匹。
文葆未周晬,固已知六七。②
四岁知姓名,眼不视梨栗。③
交朋颇窥观,谓是丹穴物。④
前朝尚气貌,流品方第一。⑤
不然神仙姿,不尔燕鹤骨。⑥
安得此相谓,欲慰衰朽质。⑦

【今译】

衮师是我最疼爱的儿子,

又漂亮又秀气,没有别的孩子能比得上。

当他还裹在绣花包被中未满周岁,

就已经知道"六""七"了。

四岁时就知道自己的名姓,

不再眼睁睁地望着梨子栗子等果品了。

我的朋友们很注意观察衮师,

认为他将来定是人中之凤凰。

在六朝重视仪容风度的时代,

衮师定是第一流的人物。

他要不就是神仙的姿容,

要不就是贵人的骨相。

但怎么能这样夸奖呢?

无非是想安慰我这衰朽无用的人罢了。

【注释】

① 衮(gǔn 滚)师:义山之子。《唐书》本传不载。元辛文房《唐才子传》载:白居易极喜商隐文章,谓曰:"我死后,得为尔儿足矣。"衮师或即白之后身也。此委巷琐谈,不足深考。

② "文葆"二句:文葆:即"文褓",绣花的褓衣。 周晬(zuì 醉):周岁,婴孩第一个生日。 知六七:白居易《与元九书》说自己在两岁时已识"之""无"二字,即"知六七"之意,夸赞小孩子的聪明。

③"四岁"二句:意谓衮师从小懂事,不贪吃。

上四句反用陶潜《责子诗》"雍端年十三,不识六与七;通子垂九龄,但觅梨与栗"诗意。

④丹穴物:《山海经》载:丹穴之山出凤凰。诗中以比人才出众的人物。

⑤"前朝"二句:前朝,指魏晋南北朝。时士大夫很注重人的仪表谈吐,并常品评等第。

⑥燕鹤骨:古代骨相学以"燕颔鹤步"为贵相。

⑦"安得"二句:时义山才三十七岁,即自谓"衰朽质",可能饱经忧患,精神衰弱,体质很差。故年未五十而逝。 田兰芳评曰:"不自信,正是自矜。"甚会作者之意。

以上一段写衮师的聪慧和亲友对他的夸奖。

青春妍和月,^①朋戏浑甥侄。

绕堂复穿林,沸若金鼎溢。^②

门有长者来,造次请先出。^③

客前问所须,含意不吐实。

归来学客面,闛败秉爷笏。^④

或谑张飞胡,或笑邓艾吃。^⑤

豪鹰毛崱屴,猛马气佶傈。

截得青筼筜,^⑥骑走恣唐突。

忽复学参军,按声唤苍鹘。^⑦

又复纱灯旁,稽首礼夜佛。^⑧

仰鞭罥蛛网,俯首饮花蜜。

欲争蛱蝶轻,未谢柳絮疾。⑨

阶前逢阿姊,六甲颇输失。⑩

凝走弄香奁,拔脱金屈戌。⑪

抱持多反侧,威怒不可律。⑫

曲躬牵窗网,衉唾拭琴漆。⑬

有时看临书,⑭挺立不动膝。

古锦请裁衣,玉轴亦欲乞。⑮

请爷书春胜,⑯春胜宜春日。

芭蕉斜卷笺,辛夷低过笔。⑰

【今译】

在美丽温暖的春月,

孩子们结伴玩耍,不分舅甥叔侄的辈分。

往来乱跑,绕过厅堂,又穿过林子,

闹声像铜鼎中的开水翻溢似的。

门外有大人来访时,

衮师急忙要先去迎接。

客人上前问他喜欢什么,

他却隐藏心意,不把实话说出。

送客归来,衮师便学着客人的样子,

冲开门跑进来，捧着阿爸的手板。

他有时嘲笑客人像张飞那样大胡子，

有时嘲笑客人像邓艾那样结结巴巴。

他像雄鹰羽毛耸峙，

又像骏马般气概不凡——

砍下了青竹子，

骑上竹马任意冲撞。

他有时学做参军戏，

模仿演员叫唤苍鹘。

又在纱灯的旁边，

学大人叩头夜间拜佛。

举起鞭子来牵取蜘蛛网，

低下头来吸尝花蜜。

他要跟蝴蝶儿比轻盈，

要和柳絮赛快捷。

他在台阶前遇到阿姊，

跟她赌赛"六甲"输了。

硬是要走去翻弄阿姊的妆奁，

把匣子的铰链都拗断了。

阿姊抱开他时，他挣扎反覆，

发怒威吓他，也无法制止。

弯着身子去拉窗子的网格，

把口水吐在琴上来拭亮表漆。

有时候，他看大人临写碑帖，

挺直腰杆，两膝不动。

他拿着古锦，要裁做书衣，

见到玉轴，也想要索取。

请求父亲书写春胜，

他知道春胜上要写"宜春"的字样。

斜卷着的笺纸如未展的芭蕉叶，

低低地递过来的笔像含苞待放的辛夷花。

【注释】

① 青春：春天草木生长，一片青葱，故称春季为"青春"。

② 金鼎：铜鼎，古代的炊具，三足或四足。

③ 造次：匆忙，轻率。

④ 閩（wěi委）：开门。 败：破坏。閩败，破门而入。 笏：古代大臣上朝拿着的手板。

⑤ "或谑"二句：谑（xuè血）：戏谑，开玩笑。 胡：或谓用作"煳"，面色黝黑。这是传说中的张飞形象，与史传所载不同，故近人以此作唐代已有三国故事演唱的佐证。 邓艾：三国时魏大将。《世说新语·言语》："邓艾口吃，语称艾艾。"

⑥ "豪鹰"三句：崱屴（zélì则力）：山峰耸立之状。 佶傈（jílì

吉栗）：雄壮。 篔筜（yún dāng 云当）：大竹名。 前两句写骄儿骑竹马的姿态。

⑦"忽复"二句：参军：官名。唐制,诸卫及王府官俱有录事参军事等,简称参军。本诗中指唐代滑稽剧参军戏的角色。参军戏常由"参军"和"苍鹘"两个角色扮演。

⑧ 稽（qǐ 启）首：古时的一种跪拜礼,叩头到地,是九拜中最恭敬者。

⑨"仰鞭"四句：胃（juàn 倦）：挂。 争：较量。 谢：让。 四句写骄儿在户外嬉戏。

⑩"阶前"二句：六甲：古代术数的一种。纪昀谓指"双陆",白黑两方各用六子赌胜负。或谓即干支六十甲子。

⑪"凝走"二句：凝（nìng 去声）：坚持,硬要。 奁：镜匣,用以梳妆。 屈戌：又作"屈膝",用于屏风、门窗、柜匣等物的一种金属零件,由两片组成,可转折。今称为铰链或合页。

⑫ 律：约束。 上六句写衮师与阿姊赌赛输后撒赖的情状。

⑬"曲躬"二句：躬：身体。 窗网：笼在窗上网状纹的格子。 略（kè 克）：吐唾沫的声音。 两句写衮师爱琴,故拉窗纱、吐口水来擦亮它,并非如前人谓是撒娇。

⑭"有时"句：据元王恽《玉堂嘉话》："商隐字体绝类《黄庭经》。"《黄庭经》,相传是王羲之所书小楷。

⑮"古锦"二句：衣：指包书卷的布帛。 玉轴：唐人的写本装成卷帙,每卷有根木轴,两端嵌玉头。 两句写衮师爱书。

⑯ 春胜：即"春幡"。唐时风俗,立春日剪彩为小幡,上写"宜春"二字,戴在家人头上,用以表示迎新。

⑰ 辛夷：亦作"辛荑",又名木笔花。未放时花形似饱蘸水的毛笔头。 过笔：冯注引《旧唐书·柳公权传》云："宣宗召升殿御前书,宦官捧砚过笔。"过笔,盖古语也。犹今之言递笔。

以上十句写衮师的秀慧,对音乐、文字、书籍的爱好。引出下文关于读书的议论。

至此为第二段。从各方面写骄儿聪明伶俐、天真可爱的情态。

爷昔好读书，恳苦自著述。
憔悴欲四十，无肉畏蚤虱。①
儿慎勿学爷，读书求甲乙。②
穰苴司马法，张良黄石术。③
便为帝王师，不假更纤悉。④
况今西与北，羌戎正狂悖。⑤
诛赦两未成，将养如痼疾。⑥
儿当速成大，探雏入虎窟。⑦
当为万户侯，勿守一经帙。⑧

【今译】

你的父亲从前喜欢读书，
勤苦地著述。
如今快四十岁了，
只落得独自憔悴消瘦，害怕蚤虱嚼咬。
孩子你千万不要学父亲那样，
去读书应举，求甲乙科名。
你应该去学学司马穰苴的兵法，

张良得黄石公真传的战术。

只要这样,就能做帝王之师,

不须依靠别的更细微详尽的学识了。

何况现在国家的西方和北方,

羌戎正在猖狂地叛乱。

无论是用征讨或是安抚的办法都未有成效,

好比养痈为患,将成痼疾。

孩子啊,你要快快长大,

为国家深入虎穴,探得虎子,彻底削平叛乱。

你应当以武功博取万户侯,

不要死抱着一部经书。

【注释】

① "爷昔"四句:是年作者三十七岁,依旧沉屈下僚。"蚤虱",当是比喻那些谗害自己的小人。据《南史·卞彬传》载:"彬仕既不遂,乃著《蚤虱》《蜗虫》《虾蟆》等赋,皆大有指斥。"

② 甲乙:唐代科举制度,明经有甲乙丙丁四科,进士有甲乙二科。经策全通者为甲第,策通四、帖过四以上为乙第。

③ "穰苴"二句:穰苴(ráng jū 攘疽):春秋时齐景公的大将,姓田。曾任大司马之职,故世称司马穰苴。齐威王命人总结古代司马兵法,附穰苴于其中,因号曰司马穰苴法。 张良:汉高祖的主要谋臣之一。据《史记·留侯世家》载:张良在年轻时曾游下邳,遇一老人黄石公授与《太公兵法》,说:"读此,则为王者师矣!"

④ "便为"二句：假：凭借，借助。 纤悉：琐碎。 此处鼓励儿子去读兵书，以学得辅助帝王的真实本领。

⑤ "况今"二句：羌戎：指当时西北边境的少数民族，如党项及回鹘等。据《资治通鉴》记载：在大中年间，吐蕃曾诱党项羌及回鹘余众攻河西等地区。 悖（bèi 倍）：违背，忤逆。

⑥ 将养：将息调养。 痼（gù 固）：积久难治的病。

⑦ 虎窟：《后汉书·班超传》："不入虎穴，焉得虎子。"虎窟，比喻危险的境地。

⑧ "当为"二句：据《汉书·韦贤传》载："邹、鲁谚曰：'遗子黄金满籝，不如一经。'"籝，竹箱子。 诗中说"勿守一经"，正针对此谚而言。封建时代许多读书人，白首一经，耻言功利，误国害民，祸莫甚焉！ 帙：包裹书卷的套子。

至此为第三段。写自己的感慨和对骄儿的期望。

行次西郊作一百韵

　　这是义山诗的长篇巨制。唐文宗开成二年(837)冬,作者从兴元(今陕西省汉中市)返回长安,途经长安西郊地区,亲眼看到当时国计民生衰败的情况,引起了有正义感的诗人对国事强烈的忧愤,写下这首有深广的现实意义的诗歌。诗中追述了百年来唐代社会盛衰的历史,揭露了唐王朝内部各种腐败的情况,指出国家致乱的根本原因就是当权者的倒行逆施。作者大胆地谴责朝中尸位素餐的"谋臣",把批判的矛头指向了最高统治者,这在当时是难能可贵的。

　　诗歌夹叙夹议,结构严谨,直接继承了汉魏诗歌的优良传统。我们试读读王粲的《七哀诗》、曹操的《苦寒行》、蔡琰的《悲愤诗》,即可知义山此作的"风骨"所自。本诗在构思布局上亦受杜甫《北征》诗的影响,气势磅礴,波澜壮阔,在晚唐诗中是独一无二的名作。

　　本诗语言质朴,以"赋"体为主,有散文化的倾向。何焯云:"不事雕饰,是乐府旧法。唐人可比唯老杜《石壕》诸篇,《南山》(韩愈诗)恐不及也。"次:停留。指在旅行或行军途中。　西郊:长安西的郊畿地区。　一百韵:两句一韵,一百韵即二百句,一千字。本诗"真"、"文"、"元"、"寒"、"删"、"先"合韵。

　　蛇年建丑月,我自梁还秦。①
　　南下大散关,北济渭之滨。②

草木半舒坼,不类冰雪晨。

又若夏苦热,燋卷无芳津。③

高田长槲枥,下田长荆榛。④

农具弃道傍,饥牛死空墩。⑤

依依过村落,⑥十室无一存。

存者皆面啼,⑦无衣可迎宾。

始若畏人问,及门还具陈。⑧

【今译】

在丁巳年十二月,

我从梁地回到秦地。

自南向北,下大散关,

再渡过渭水。

草木多因天旱而表皮开裂,

不像冰封雪覆的冬景;

却似在夏日酷热的季节里,

被晒枯卷缩,缺少水分的滋润。

地势高的田上长的是槲树和枥树,

地势低的田上长满了荆棘和榛木。

农具抛弃在路边,

饥饿的耕牛死在荒废的土堆畔。

我怀着惆怅难舍的心情经过村落，

十家人中没有一家存在；

幸存的人都背面而哭，

没有衣裳穿来迎接宾客。

开始时好像怕别人问他什么，

等到客人入门后，还是详细地诉说出来。

【注释】

①"蛇年"二句：蛇年：开成二年丁巳，巳在十二生肖中属蛇，故称。　建丑：北斗星的斗柄所指为建，夏历正月曰建寅，推至腊月为建丑。　梁：梁州，唐时治兴元府。　秦：秦州，诗中指长安。

②"南下"二句：大散关：今陕西宝鸡市西南。　济：渡。　渭：渭河。发源甘肃渭源县，东南流入陕西，经宝鸡、眉县至长安南，在潼关附近流入黄河。　以上四句叙述旅行的时间和途程。

③"草木"四句：舒坼(chè 撤)：开裂。　燋(jiāo 焦)：通"焦"。韩琦《苦热》诗："阳乌自燋铄。"　津：水液。

④"高田"二句：槲(hú 斛)：野生树木，叶和果实可入药。枥：即栎树、柞树。　榛(zhēn 臻)：落叶灌木。　荆榛：泛指丛生的荆棘。　两句互文见义。

以上六句写久旱后土地荒芜，杂木丛生。

⑤墩(dūn 敦)：土堆。

⑥依依：依恋貌。诗中指思绪万千，不忍即时离去。

⑦面啼：犹言"背啼"。面，通"偭"，以背相向。《史记·项羽本纪》："顾见汉骑司马童，曰：'若非吾故人乎？'马童面之。"

⑧ 具陈：一一陈述。

以上八句写农村破产、人民困苦的情况。

上文为第一段。描述作者在京城外所见农村荒凉破败的景象，从村民的话引入第二段。

　　右辅田畴薄，①斯民常苦贫。

　　伊昔称乐土，所赖牧伯仁。②

　　官清若冰玉，吏善如六亲。③

　　生儿不远征，生女事四邻。④

　　浊酒盈瓦缶，烂谷堆荆囷。⑤

　　健儿庇旁妇，衰翁舐童孙。⑥

　　况自贞观后，命官多儒臣。⑦

　　例以贤牧伯，征入司陶钧。⑧

【今译】

　　在右辅地区的田地本来贫瘠，

　　那里的人民经常苦于穷困。

　　从前这地方之所以被称为乐土，

　　全靠牧伯的仁德。

　　地方官清寒素洁得像冰玉，

　　做吏的和善慈爱得像六亲。

中华聚珍文学丛书——李商隐诗今译

生了儿子，长大后不用去远征，

生了女儿，长成了嫁给近邻。

家酿的浊酒盛满了瓦缶，

陈年朽烂了的谷物堆满了粮仓。

壮健的男子还养活着妾妇，

衰迈的老翁在抚爱着小孙孙。

况且在贞观之后，

朝廷任用官吏多是文臣。

照例把贤能的封疆大吏，

调入中央执政。

【注释】

① 右辅：京城附近的地区称为"辅"。汉代长安有三辅，曰京兆尹、左冯翊、右扶风。长安以西一带属右扶风，故称"右辅"。

② "伊昔"二句：伊：发语词，无具体意义。 乐土：安乐的地方。《诗·魏风·硕鼠》："逝将去女(汝)，适彼乐土。" 牧伯：古时州牧与方伯的合称。指封疆大吏，泛指地方上最高行政长官，如府尹、观察使等。

③ 六亲：六种亲属。参见《无题》"十四藏六亲"句注。

以上六句起追叙盛唐之政，官吏清廉。

④ "生儿"二句：杜甫《兵车行》诗："生女犹得嫁比邻，生男埋没随百草。" 事：服侍。女子嫁后侍奉翁姑、丈夫。

⑤ "浊酒"二句：浊酒：未漉过的酒。 缶：瓦制的盛酒器。

荆囷：用荆条编成的圆柱形储粮物。 杜甫《忆昔》诗："公私仓廪俱
丰实。"

⑥"健儿"二句：旁妇：即外妇，侧室。 在正妻之外还能养外
妇，说明生活富裕。 舐（shì 氏）：伸出舌头来舐。 诗以"老牛舐
犊"形容抚爱之状。

以上六句写当时人民生活丰饶快乐。

⑦"况自"二句：贞观：唐太宗年号（627—649）。 儒臣：古称
博士官为"儒臣"，后泛指读书人或有学问的大臣。

⑧ 征：召。 司：掌管。 陶钧：制陶器所用的转轮。古人以
制陶者转动陶钧以喻治理国家。 杜甫《瞿唐怀古》诗："疏凿功虽
美，陶钧力大哉！" 司陶钧：指做宰相。 此四句为过渡句，承上启
下，赞美盛唐时文人当政的措施。

至此为第二段第一节。追叙盛唐时期国家安定、人民休养生
息的情况，点出其根源是宰相和地方官吏的贤明廉洁。何焯云：
"宰相不选牧伯，是此篇发愤大旨。"

降及开元中，奸邪挠经纶。①
晋公忌此事，多录边将勋。②
因令猛毅辈，杂牧升平民。③
中原遂多故，除授非至尊：
或出幸臣辈，或由帝戚恩。④
中原困屠解，奴隶厌肥豚。⑤

【今译】

接着到了开元年间，

奸邪的臣下扰乱了国家的纲纪。

晋公憎畏这样的事，

便尽量地录用有军功的边将。

因此就使到那些凶横刚暴的家伙们，

杂在文臣中去治理太平时期的人民。

中原地区从此多事，

任命官吏都不由皇帝决定。

或者出自得宠的近臣，

或者由皇帝的亲戚恩命。

中原百姓苦于被当成牛马屠杀宰割，

而那些奴才走狗却吃腻了肥肉乳猪。

【注释】

①"降及"二句：降及：落到了。 开元：唐玄宗的年号（713—741 年）。 挠（náo 铙）：扰乱，阻挠。 经纶：整理丝缕。《易·屯·象传》："君子以经纶。"《周易正义》解曰："经，谓经纬；纶，谓纲纶。"引申为处理国家大事。

②"晋公"二句：晋公：指李林甫。开元二十五年封为晋国公。 此事：指上文的儒臣执政和牧伯征入的措施。据《新唐书·李林甫传》载："林甫疾儒臣以方略积边劳，且大任，欲杜其本，以久己权，即说帝曰：'……不如用蕃将。'帝然之，因以安思顺代林甫领节度，而擢安禄山、高仙芝、哥舒翰等专为大将。"

③"因令"二句：猛毅辈：指边将。 牧：治理，统治。

以上六句写开元年间武将被提拔作牧伯的情况,指出国家发生祸乱的根由。

④ "中原"四句:除授:拜官授职。 至尊:指皇帝。 幸臣:为君主所宠爱的臣子。时宦官高力士得宠。 帝戚:指杨贵妃的亲属杨国忠等。 四句谓皇帝大权旁落。

⑤ 奴隶:指官僚的爪牙。 厌:饱,满足。通"餍"。杜甫《醉时歌》:"甲第纷纷厌粱肉。"

至此为第二段第二节。说自开元中以来朝廷内外任人非贤,使人民困于苦境。

皇子弃不乳,椒房抱羌浑。①

重赐竭中国,②张兵临北边。

控弦二十万,长臂皆如猿。③

皇都三千里,来往同雕鸢。④

五里一换马,十里一开筵。⑤

指顾动白日,暖热回苍旻。⑥

公卿辱嘲叱,唾弃如粪丸。⑦

大朝会万方,天子正临轩。⑧

彩旗转初旭,玉座当祥烟。⑨

金障既特设,珠帘亦高褰。⑩

捋须蹇不顾,⑪坐在御榻前。

忤者死跟屦,⑫附之升顶颠。

华侈矜递炫,豪俊相并吞。⑬

因失生惠养,渐见征求频。⑭

【今译】

皇太子被玄宗赐死,
而皇后却收胡人做养子。
玄宗给安禄山丰厚的赏赐,竭尽了国中的
　财富;
使他握有强大的兵力,控制北方边境。
他有武装二十万人,
长臂善射者都矫健如猿。
安禄山的驻地离京都有三千里之遥,
而他往来其间就像鹫、鹰那么迅捷。
途中每五里路就要换一次马,
每十里路就设一次筵席。
他手指目顾都足以动摇白日,
他面色冷暖也足以回转苍天。
朝中的大臣都遭到他的侮辱嘲骂,
被弃置一旁如同粪丸。
在盛大的朝会时集合各地的长官,
皇帝坐在殿前接见臣属。

设朝时彩旗在朝阳照耀下拂动着，

御座前正对着缭绕的祥烟。

已为安禄山特别设置了金鸡障，

又把坐榻前的珠帘高高卷起。

而安禄山却抚摩着胡子，傲慢地无所顾忌，

坐在玄宗的御榻前。

触犯了他的人立即死在他的脚下，

巴结他的人就被提拔到极高之位。

权贵们互相夸耀自己的豪奢淫侈，

那些"豪俊"们又在互相倾轧并吞。

故此执政者不理人民的生活，不爱民养民，

反而更加频繁地剥削勒索。

【注释】

①"皇子"二句：上句指开元二十五年玄宗杀太子事。据史载玄宗宠武惠妃，想废太子李瑛，张九龄不同意，后李林甫"自以始谋不佐皇太子，虑为后患，故屡起大狱以危之"（《旧唐书·李林甫传》），玄宗终于把太子和鄂王李瑶、光王李琚同时赐死。 不乳：不养育，是被杀的曲笔。 下句指杨贵妃洗儿事。据《安禄山事迹》载：安禄山自请为杨贵妃养子，生日后三天，应召入宫，贵妃用锦绣绷缠禄山，命宫人以彩轿抬之，谓给禄儿"洗三"。 椒房：汉未央宫的后妃住处。以椒泥涂壁，故称。 羌浑：指安禄山。安本营州混血种胡人。父为胡，母为突厥。称"羌浑"乃借用，泛称外族。

中华聚珍文学丛书——李商隐诗今译

② 中国：同"国中"。

③ "控弦"二句：控弦：拉弓的人，指士兵。 二十万：指安禄山所统辖三镇兵的总数。包括驻军十八万三千及养同罗、奚、契丹降卒八千。 长臂：史传称汉朝的飞将军李广"猿臂"、"善射"。

　六句写玄宗宠信安禄山，使他掌兵为患。

④ "皇都"二句：三千里：指从安禄山的驻地（今北京市大兴区）到长安的距离（约二千五百余里）。 雕鸢（yuān 渊）：鸷和鸱鹰，猛鸷的禽鸟。

⑤ "五里"二句：据《安禄山事迹》载：禄山体肥重，从范阳到长安途中，换马次数比别人加倍。驿站中筑台换马，称做"大夫换马台"。 开筵，安禄山歇息之地，皇帝都赐给"御膳"，水陆具备，极其豪奢。

⑥ 暖热：指态度的温和或严厉。 苍旻（mín 民）：苍天。 白日、苍旻，皆以喻皇帝。

⑦ 粪丸：蜣螂抟粪成丸。诗中以喻公卿丧权失位。

⑧ "大朝"二句：万方：全国各地。 临轩：皇帝不坐正殿而在殿堂前檐下的平台接见臣下。《汉书·史丹传》："天子自临轩槛上。"

⑨ 祥烟：朝会时在铜炉中燃烧名贵的香料，轻烟袅袅，以为"呈祥"。

⑩ "金障"二句：障：屏风。 褰（qiān 牵）：撩起，揭起。 据《旧唐书·安禄山传》："上御勤政楼，于御座东为（禄山）设一大金鸡障，前置一榻坐之，卷去其帘。"以示对安禄山的尊宠。

⑪ 捋：用手指顺着抹过去。捋须，表示骄横得意。 蹇（jiǎn 剪）：骄傲。

⑫ 忤（wǔ 午）：逆，不顺从。 跟：脚后跟。 屦（jù 据）：麻葛等制成的单底鞋。跟屦，表践踏。

　以上十八句写安禄山横行无忌、气焰熏天。

⑬ "华侈"二句：矜：夸耀。 递：接连不断。 豪俊：指掌握

大权的人。如杨国忠、安禄山等。

⑭ 征求：指横征暴敛。

至此为第二段第三节。叙述开元末年唐玄宗宠爱安禄山，造成藩镇势力的膨胀，人民遭到残酷的剥削。

奚寇东北来，挥霍如天翻。①

是时正忘战，重兵多在边。②

列城绕长河，平明插旗幡。③

但闻虏骑入，不见汉兵屯。④

大妇抱儿哭，小妇攀车轓。⑤

生小太平年，不识夜闭门。⑥

少壮尽点行，⑦疲老守空村。

生分作死誓，挥泪连秋云。⑧

廷臣例獐怯，诸将如羸奔。⑨

为贼扫上阳，捉人送潼关。⑩

玉辇望南斗，⑪未知何日旋。

诚知开辟久，遘此云雷屯。⑫

逆者问鼎大，存者要高官。⑬

抢攘互间谍，孰辨枭与鸾？⑭

千马无返辔，万车无还辕。⑮

城空雀鼠死，人去豺狼喧。⑯

中华聚珍文学丛书—李商隐诗今译

【今译】

奚族的叛军从东北侵入，

行动迅猛，如同天翻地覆。

这时朝中已没有人想到打仗这回事，

重兵大多数都守在边境。

敌军连夜攻打黄河一带的城镇，

清晨时陷落，都换过了旗帜。

只是听到敌人骑兵侵入的消息，

却看不见官军在驻守。

百姓家中的大妇抱着小孩在哭，

小妇攀附着车辖逃难。

从小生长在太平的年头，

甚至不知道晚上要闭门防盗。

少壮的男人全被征发当兵，

老病的人呆在空村里。

虽是活着分离，但却作死别的盟誓，

洒下的泪水连结着秋空的阴云。

朝中大臣都是像獐子般胆怯，

各路军队都像瘦羊那样奔逃。

降臣们替叛军扫除上阳宫，

并捉人协助叛军防守潼关。

人们遥依南斗而想望着皇帝，

不知什么时候才能回来？

我诚然知道距离开天辟地之时已久，

又该要遇上这个云雷交生的时代了。

叛逆的藩镇想篡夺政权，

未叛的藩镇要挟朝廷给予高官。

他们之间，乱哄哄地互相侦伺、倾轧，

怎能分辨出奸人和忠臣呢？

出征的军队中，千匹战马没有一匹生还，

万辆战车没有一辆回来。

城邑被屠劫一空，连鼠雀都无可幸免；

居人去后，只剩下豺狼般凶恶的占领者在
　号叫。

【注释】

①"奚寇"二句：奚寇：指安禄山的叛军。《安禄山事迹》载：
"禄山养同罗、奚、契丹降者八千余人。" 东北，各本均作"西北"，
朱鹤龄谓"西"字当作"东"。 挥霍：迅疾貌。据史载：禄山以诸蕃
马步十五万，夜半行，平明食，日行六十里。

② "是时"二句：据《旧唐书·安禄山传》载："天下承平日久，人不知战，闻其兵起，朝廷震惊。"时重兵集中西北以对付吐蕃，中原没有战备。

③ 幡（fān 翻）：一种窄长的旗子。

④ "但闻"二句：骑（jì 冀）：骑兵。 屯：驻扎，防守。 上四句写叛军长驱直入。

⑤ 輤（fān 翻）：车箱两边遮蔽尘土的挡板。

⑥ "生小"二句：指开元、天宝初年而言，史称开元天宝盛世。

⑦ 点行：按照户口册点名服兵役。

⑧ "生分"二句：上句用《古诗为焦仲卿妻作》诗意："生人作死别，恨恨那可论。"估计出征后不能生还。 挥泪如雨，故前人常将泪与云联在一起，如杜甫《别房太尉墓》诗："近泪无干土，低空有断云。"

⑨ "廷臣"二句：例：比照。 獐怯：獐子性多疑善惊。 羸（léi 雷）：瘦羊。

⑩ "为贼"二句：为贼：助贼为虐。 一说"为贼"句指安禄山于天宝十五年正月在洛阳称帝。 上阳：洛阳的宫殿名。 捉人：指天宝十五年六月安禄山部下攻陷长安，搜捕官员经潼关解送洛阳。

⑪ "玉辇"句：用杜甫《秋兴》诗意："每依南斗望京华。" 玉辇：指皇帝乘坐的车子，诗中用以代玄宗。时玄宗已逃到西蜀。

⑫ 遭：遭遇。 云雷屯（zhūn 谆）：《易·屯卦》的象辞云："屯，刚柔始交而难生。" 古人认为盘古开天辟地前世界是一片混沌，天地分时，云雷交会，故"屯"表示灾难和变乱，诗中以喻安史之乱。

⑬ "逆者"二句：问鼎：《左传·宣公三年》："楚子伐陆浑之戎，遂至于雒，观兵于周疆。……定王使王孙满劳（慰问）楚子，楚子问鼎之大小轻重焉。"三代以九鼎为传国之宝，问鼎有觊觎王室之意。 要（yāo 腰）：要挟。提出无理的要求。

⑭ "抢攘"二句：抢攘（chéng rǎng 成壤）：纷乱貌。 枭（xiāo

器）：一种凶猛的鸟，常以喻坏人。　鸾：喻忠臣。

⑮“千马”二句：意谓全军覆灭。　辔：驾驭牲口的嚼子和缰绳。诗中以代马。　辕：车辕，驾车用的木。诗中以代车。

⑯“空城”二句：形容空城荒凉恐怖的景象。

至此为第二段第三节。写安禄山叛军长驱直入，百姓逃亡，满朝上下一片极度的混乱。握兵者乘机谋取私利。

南资竭吴越，西费失河源。①
因令右藏库，②摧毁惟空垣。
如人当一身，有左无右边。
筋体半痿痹，肘腋生臊膻。③
列圣蒙此耻，④含怀不能宣。
谋臣拱手立，⑤相戒无敢先。
万国困杼轴，⑥内库无金钱。
健儿立霜雪，腹欶衣裳单。
馈饷多过时，高估铜与铅。⑦
山东望河北，爨烟犹相联。⑧
朝廷不暇给，⑨辛苦无半年。
行人榷行资，居者税屋椽。⑩
中间遂作梗，狼藉用戈铤。⑪
临门送节制，以锡通天班。⑫
破者以族灭，存者尚迁延。⑬

礼数异君父,羁縻如羌零。⑭
直求输赤诚,所望大体全。⑮
巍巍政事堂,宰相厌八珍。⑯
敢问下执事,今谁掌其权?⑰
疮疽几十载,不敢抉其根。⑱
国蹙赋更重,人稀役弥繁。⑲

【今译】

在南方,吴越地区的资财已被搜刮净尽;
在西方,能供给费用的河源地区又已丢失了。
因此便使到右藏库中,
财物耗尽,只剩下几堵空墙。
正好比人的身体,
有左边没有右边。
筋骨躯体半边萎缩麻痹,
肘部和腋下生了臊膻臭味。
列代皇帝蒙受到这样的耻辱,
藏在心里不敢宣露出来。
谋划国事的大臣们都拱手而立,
彼此告戒,没有人敢首先提出收复失地。

全国各地衣物匮乏，

内库钱财已经竭尽。

士兵们戍守在严霜积雪中，

腹里饥饿，衣裳单薄。

军粮多是过时才发，

物价高涨，钱财不足。

华山以东至黄河以北一带，

炊烟仍相接不断。

但朝廷却无暇顾及他们，

百姓在藩镇统治下终年辛苦而无半年口粮。

对道路的行商要征收所带的货物税，

对居民要征收房屋税。

藩镇从中捣乱，

乱纷纷地大动刀兵。

朝廷派使臣把节制送上门去，

赐给极高的职衔。

被中央消灭的藩镇，已全族处死，

而未被讨平的藩镇还在观望拖延。

各藩镇对朝廷的礼数已异于君父，

而中央对他们也像对外族那样稍加笼络维系

中华聚珍文学丛书——李商隐诗今译

而已。

就算要求藩镇表示服从，

也不过希望能保全君臣的体统罢了。

高大的政事堂中，

宰相们饱食了山珍海味。

我斗胆地问一下您：

现在究竟是谁掌握宰相之权呢？

国家几十年来的祸患，

没有人敢去挖它的根底。

朝廷直接控制的区域越是缩小，赋税就越是
　　加重；

人口减少，差役也就更繁苛了。

【注释】

①"南资"二句：吴越：泛指东南地区。　河源：黄河上游的
河西、陇右一带粮食产区。据史载：禄山反，胡虏蚕食，凤翔以西、
邠州以北皆为左衽。至广德间，吐蕃尽取河西、陇右之地。

②右藏库：朝廷中有左、右藏库，存放各地赋税、贡物。自安
史乱后，各藩镇把持利权，不向中央贡赋。

③肘腋：比喻切近之地。　臊膻(sāo shān 骚山)：食肉兽和
食草兽的骚臭气，诗中以喻外族侵扰者。《晋书·江统传》："寇发
心腹，害起肘腋。"

④列圣：指肃、代、德、顺、宪、穆、敬、文等八代皇帝。　此耻：

指藩镇割据、外族侵扰。

⑤ 拱手：两手合抱致敬。此以形容无所作为之状。

⑥ 杼轴（zhù zhóu 柱妯）：织布机中的梭子和筘。《诗·小雅·大东》："杼轴其空。"指织布机中空无一物。

⑦ "馈饷"二句：馈饷（kuì xiǎng 匮响）：指军粮。 估：估计物品的价值。高估，指估价升高。 铜与铅：指钱。德宗时江淮间多用铅锡钱，表面烫铜，斤两不足，故钱轻物重。

以上六句写国库空虚，军饷不足。

⑧ "山东"二句：望：相望；由此至彼。 爨（cuàn 窜）：烧火煮食。 两句谓山东、河北一带尚未遭严重破坏，人口不少。

⑨ 不暇给：即"日不暇给"。谓事情多，时间不够。诗中指朝廷无法控制藩镇剥削人民。

⑩ "行人"二句：榷（què 确）：专利，专卖。诗中作征收解。德宗建中三年（782）起在各通道置吏征收来往货物税，每贯税二十文。四年，征收房屋税，称为"间架税"。每间屋五百至二千文不等。

⑪ "中间"二句：作梗：捣乱，从中阻挠。这里指诸镇抗命，使朝廷号令不能到达地方。《北史·魏收传》："群氏作梗，遂为边患。" 戈铤（yán 延）：长戈和铁柄短矛。 朱鹤龄曰："谓河北诸镇朱滔、田悦、王武俊以及朱泚、李怀光、李纳、李希烈等相继叛乱。"

⑫ "临门"二句：节制：旌节和制书，即任命官职的凭证和文书。 通天班：宰相一级的官阶，即"擎天班"。《佩文韵府》引《解醒语》："国初序朝，执政大臣谓之擎天班。" 锡：赐给。 两句写藩镇跋扈，朝廷只好忍气吞声，以高官要职羁縻之。

⑬ "破者"二句：以：同"已"。 上句指西蜀刘辟、淮西吴元济、淄青李师道等。下句指河北诸镇，曾一度表态服从中央，到穆宗时又恢复割据。

⑭ "礼数"二句：礼数：礼仪的等级。 君父：就是君。封建礼法，视君如父。 羁縻（jī mí 基糜）：谓笼络使不生异心。 羌零

(lián 连)：即"先零羌"。汉时我国古代民族西羌的一支。

⑮"直求"二句：直：即使。 输赤诚：表示至诚之心，效忠。大体：重要的义理。诗中指君臣的关系。

以上十句写藩镇割据、朝廷无能为力的情况。

⑯"巍巍"二句：政事堂：唐代宰相商议政事之处。 厌：饱足。 八珍：八种珍贵的食物。《周礼·膳夫》："珍用八物。"郑玄注："珍，谓淳熬、淳母、炮豚、炮牂、捣珍、渍、熬、肝膋也。"后世以龙肝、凤髓、豹胎、鲤尾、鸮炙、猩唇、熊掌、酥酪蝉为八珍。 两句谓宰相尸位素餐，毫无建树。时宰相议事例会食。

⑰"敢问"二句：敢：表示冒昧之意。 下执事：下属听候使唤的人。 上句是古代的谦语，表示不敢直接动问对方，只是向对方的"下执事"问一下。后世即以"执事"作对方的尊称。诗中是村民称作者。 下句掌权者指郑覃、李石等。

⑱抉（jué 决）：挖出。

⑲"国蹙"二句：时中央只能控制关中、浙江东西、宣歙、淮南、江西、鄂岳、福建、湖南等八道四十九州，一百四十四万户，比天宝年间税户减四分之三。故曰"赋更重"。据天宝十三年（754）户部统计，全国人口约五千二百余万，至代宗广德二年（764）户部统计，只剩下一千六百余万。故曰"役弥繁"。

至此为第二段第四节。叙述安史乱后国计民生的情况。藩镇猖獗，民穷财尽，而当权者姑息养奸，无法解决国家的危机。

近年牛医儿，城社更攀缘。①

盲目把大旆，处此京西藩。②

乐祸忘怨敌，树党多狂狷。③

生为人所惮，死非人所怜。④

快刀断其头，列若猪牛悬。⑤
凤翔三百里，兵马如黄巾。⑥
夜半军牒来，屯兵万五千。
乡里骇供亿，老少相扳牵。⑦
儿孙生未孩，弃之无惨颜。⑧
不复议所适，但欲死山间。⑨

【今译】

近年来那个"牛医儿"，

和君侧的小人互相勾结攀附，成了一群城狐
　　社鼠。

这糊涂的瞎子掌持着大旗出镇一方，

处在京西要地。

他以祸患为可乐，忘记了敌人的势力；

所树植的党羽又多是轻率褊狭的人。

他生时被人畏惧，

死后也没人同情。

终于不免一死，快刀砍断了他的头，

像猪羊一样悬挂在市上。

凤翔距长安三百里间，

禁军的兵马如同盗贼般横暴。

夜半时下达了调动禁军的公文，

要在凤翔驻扎一万五千军队。

乡里中的百姓被禁军勒索供给，

无法应付，惊惶地扶老携幼、四处逃奔。

初生的小孙儿还未会笑，

抛弃了他，父母也没有表现出凄惨的样子。

人们不再计较到什么地方，

只求能好死在深山里。

【注释】

①"近年"二句：牛医儿：东汉黄宪的父亲为牛医。人称黄宪为"牛医儿"。诗中以指郑注，表示轻蔑之意。郑注行医江湖，由宦官王守澄推荐给文宗治风痹症，得到重任。 城社：是"城狐社鼠"的简称。古人以比为君主宠信的小人，如城墙里的狐和神社中的鼠，不易驱除，因怕损坏城社。

②"盲目"二句：盲目：郑注病眼，故称。亦有讽其无能之意。旆(pèi 沛)：军中大旗。节度使出镇时，皇帝赐以双旌。把大旆，指郑注出任凤翔节度使。 京西藩：指凤翔。唐肃宗后凤翔称为西京，辖长安以西地。

③"乐祸"二句：乐祸：谓郑注等把国家大事视同儿戏，随便酿成灾祸。指李训、郑注企图诛灭宦官之事。参看《有感二首》注。 怨敌：指宦官。 狂狷：狂妄而急躁。诗中指李、郑及其党羽。旧史于李、郑多贬词。《旧唐书·李训传》谓："趋附之士，率皆

狂怪险异之流。"《郑注传》谓:"轻浮躁进者,盈于注门。"并合称之为"二奸"。

　　④"生为"二句:化用汉成帝时童谣:"桂蠹花不实,黄雀巢其颠。昔为人所爱,今为人所怜。"《旧唐书·郑注传》谓:"是时训、注之权,赫于天下。……朝士相继斥逐,班列为之一空。人人惴栗,若崩厥角。"

　　⑤"快刀"二句:《通鉴·唐纪》载:"张仲清遣李叔和等以(郑)注首入献,枭于兴安门。"上十句对郑注的批判。

　　⑥"凤翔"二句:写仇士良遣神策大将军陈君奕出镇凤翔,沿途祸害百姓。　黄巾:东汉末年张角所率领的义军,头着黄巾。诗中借作盗贼的代称。

　　⑦"乡里"二句:骇(hài害):惊惧。诗中指对供亿之多而惊骇。　供亿:供给安顿,以供给求得相安。　扳(pān潘):通"攀"。援引,挽引。

　　⑧"儿孙"二句:孩:小儿笑。"无惨颜"三字,意极深刻,写出乱离时人们因受苦过多而麻木的精神状态。较阮籍《咏怀》之"一身不自保,何况恋妻子"更为感人。

　　⑨"不复"二句:所适:所往。　两句写百姓漫无目的地逃亡,即使在山中饿死冻死,也比被禁军屠杀好些。

　　至此为第二段第五节。写两任凤翔节度使郑注和陈君奕对人民的残害。

尔来又三岁,甘泽不及春。①
盗贼亭午起,问谁多穷民。②
节使杀亭吏,捕之恐无因。③
咫尺不相见,旱久多黄尘。④

官健腰佩弓,⑤自言为官巡。

常恐值荒迥,此辈还射人。⑥

愧客问本末,愿客无因循。⑦

郿坞抵陈仓,此地忌黄昏。⑧

【今译】

在这以后,又过了三年,

适时的甘雨,却没有降临这个春天。

强盗们在大白天就出来行事,

若问他们是什么人,也多半是穷苦的老百姓。

节度使用严刑滥杀亭吏,

但捕捉盗贼恐怕也是不容易的。

人在咫尺之间,对面不能相见,

是由于久旱不雨,黄尘弥漫。

官健们腰间佩着弓箭等武器,

自称是替公家巡逻。

常怕跟他们在荒僻的地方碰见,

这些家伙还会害人呢!

很惭愧未能把客人您问的事情本末详尽地回
　答出来,

希望您不要耽搁太多时间。

郿坞到陈仓一带不很安宁，

这地方最忌在黄昏时赶路。

【注释】

①"尔来"二句：尔来：指甘露事变以来。从大和九年(835)到作者写此诗时约三年。 甘泽：同"甘雨"。指适时而又有益农事的好雨。 两句写天灾春旱。

②"盗贼"二句：亭午：正午。白昼行劫，写出盗贼之多和活动之剧。 纪昀谓下句"乃上问下答句法"。

③"节使"二句：亭吏：相当于秦汉时的亭长，一乡分为十亭，亭长负责捕盗之事。 杀亭吏，谓亭吏捕盗不力而坐杀之。 无因：意谓民穷做贼，非捕捉所能解决。 何焯云："召旱致乱皆节使之为也，归罪于亭吏而杀之，其能弭乎？"

④"咫尺"二句：据史载："开成二年四月乙卯，以旱避正殿。""七月乙亥，以久旱徙市，闭坊门。"

⑤官健：各州郡召募的地方兵。

⑥"常恐"二句：写官健名为捕盗，实则害民。 荒迥：荒远之地。

⑦"愧客"二句：本末：指事情的本原和结果。 因循：照旧不改。引申为拖沓、耽搁意。

⑧"郿坞"二句：郿坞(méi wù 眉物)：故址在今陕西眉县东渭水北岸。 陈仓：在今陕西宝鸡市南。

至此为第二段第六节。叙述甘露之变后，人祸天灾，穷民被迫为盗的情况。

上文"右辅田畴薄"句至此为第二段。借一位农民之口记述近百年间唐社会历史，对唐王朝由盛至衰的过程中出现的社会危机作了深刻的揭露。

　　我听此言罢，冤愤如相焚。①

　　昔闻举一会，②群盗为之奔，

　　又闻理与乱，系人不系天。

　　我愿为此事，③君前剖心肝。

　　叩头出鲜血，滂沱污紫宸。④

　　九重黯已隔，涕泗空沾唇。⑤

　　使典作尚书，厮养为将军。⑥

　　慎勿道此言，⑦此言未忍闻。

【今译】

　　我听完村民的诉说后，

　　心中怨恨愤激，如同火烧。

　　闻说古时晋国任用了一个士会，

　　盗贼们都为此而逃到别处。

　　又闻说国家的治与乱，

　　取决于人而不取决于天。

　　我愿意为这些事，

在皇帝面前剖心沥肝,把所有的话都倾吐
　　出来。
叩头流出鲜血,
倾泻横溢,把紫宸殿都要染红。
但帝居的九重门昏昏沉沉,把内外隔绝了,
我徒然地悲泪沾唇。
胥吏一下子变作尚书,
奴仆居然成了将军。
千万不要再说那些话了,
那些话我实在不忍再听了。

【注释】

　　① "我听"二句:纪昀说:"'我听'以下,淋漓郁勃,非此一束不
能结此长篇。"
　　② 举一会:《左传·宣公十六年》:"(晋侯)命士会将中军,且
为太傅。于是晋国之盗,逃奔于秦。" 举:荐举,任用。 会:指
士会。
　　③ 此事:指第二段中所述说之事。
　　④ 紫宸:唐朝皇帝听政的便殿。
　　⑤ "九重"二句:九重:《楚辞·九辩》:"君之门以九重。"因以
指帝王所居之处。 两句指皇帝被奸邪壅隔,下情不能上达,深责
朝廷的昏庸黑暗。
　　⑥ "使典"二句:使典:在官府中掌管文书案牍的下级僚

吏。　尚书：中央政府尚书省中管理行政事务的高级官员。唐代有吏、户、礼、兵、刑、工六部尚书。　上句写用人非贤，官职冗滥。如《旧唐书·李林甫传》载：朔方节度使牛仙客为尚书，张九龄说："仙客本河湟一使典耳，目不识文字，大任之恐非宜。"　厮养：仆役。此指宦官。唐中叶以来，禁军皆由宦官率领。如高力士加累骠骑大将军，仇士良加特进、右骁卫大将军，迁骠骑大将军。　两句谓朝中文武大官的才能资历都是远不够格的，更谈不上要治理好国家了。

　⑦ 此言：亦即第二段村民之言。

　上文为第三段。抒发了作者对国事极度忧愤之情，收结全篇。

井泥四十韵

这是义山晚年的作品,张采田编于大中十二年(858),谓"柳仲郢罢使在二月,义山因是废归。其时当由京先至东都,有《井泥》篇可证"。诗中以井泥起兴,用生动的笔触描述了井泥地位的升沉变化,联想到变幻莫测的世事,有感于今古以来世间许多圣贤豪杰的遭际命运,对自己一生的坎坷失意表示困惑和苦恼。古乐府《筝篌谣》:"岂甘井中泥,时至出作尘。"本诗即取此意。张采田云:"此篇感念一生得丧而作。赞皇辈无端遭废,令狐辈无端秉钧,武宗无端而殂落,宣宗无端而得位,皆天时人事难以理推者。意有所触,不觉累累满纸,怨愤深矣。"诗歌的情调低沉,意境颓唐,亦足可说明这是一位饱经忧患的诗人之作。

> 皇都依仁里,西北有高斋。
> 昨日主人氏,治井堂西陲。^①
> 工人三五辈,辇出土与泥,^②
> 到水不数尺,积共庭树齐。
> 他日井甃毕,用土益作堤。^③
> 曲随林掩映,缭以池周回。
> 下去冥寞穴,^④上承雨露滋。
> 寄辞别地脉,因言谢泉扉:
> "升腾不自意,畴昔忽已乖"。^⑤

【今译】

　　在东都洛阳依仁里,西北有间高大的房舍,

　　昨天,主人在屋子西边修治水井。

　　三五名淘井的工人,

　　运载出井底的泥土。

　　泥土到水不过几尺,

　　但淘出来却堆积得跟庭树一样高。

　　几天后,井壁砌好了,

　　就把那些泥土堆成堤。

　　土堤曲折地沿着掩映的树林子伸展,

　　围绕在水池的四周。

　　离开了下面幽深的地穴,

　　承受天上雨露的滋润。

　　井泥寄语辞别地下的流水和泉眼说:

　　"从地底升到地面来,是意想不到的,

　　跟旧时的情势转眼就已经不同了。"

【注释】

　　① "皇都"四句:皇都:指洛阳。　斋:屋舍。一般指书房、学舍。　陲(chuí 垂):边。

　　② 辇:车子。诗中作动词用。如《后汉书·张衡传》:"或辇赂

而违车兮。" 朱注曰："干曰土,湿曰泥。"

③ "他日"二句:井甃(zhòu 宙):井壁。诗中作动词用,指用砖砌井壁。 益:增,堆积。

④ 冥窦:幽暗而深远。 去:离去。

⑤ "寄辞"四句:上两句句式意思相同。地脉:地中之水脉;泉扉:犹言"泉眼"。 乖:相背,差异。

至此为第一段。写井泥从井底升到地面的变化过程。朱鹤龄谓以井泥"深刺世之沉沦下才而幸居高位者"。细审诗意,恐未必是。

　　　　伊余掉行鞅,①行行来自西。
　　　　一日下马到,此时芳草萋。
　　　　四面多好树,旦暮云霞姿。
　　　　晚落花满地,幽鸟鸣何枝。②
　　　　萝幄既已荐,山樽亦可开。
　　　　待得孤月上,如与佳人来。③
　　　　因兹感物理,恻怆平生怀。④

【今译】

　　　　我正从容不迫地赶马上路,
　　　　慢慢地从西边行来。
　　　　走了一整天,到堤边下马,

这时正是芳草萋萋的时节。

这儿四面有许多美丽的树木，

早晚都见到千姿万态的云霞。

黄昏后春花落满一地，

处处是幽鸟的鸣声，分辨不清在哪条树枝上。

藤萝挂在树间，像已经张好的帐幕，

那么，酒樽就可以摆上了吧！

且等到孤洁的明月升起，

恰似携同着佳人到来。

由于这事，使自己有感于事物变化的道理，

暗想平生，不禁满怀凄怆。

【注释】

　　① 伊：语气助词，在句首无具体意义。　掉行鞅：谓驾驭从容。掉，整理；鞅，套在马颈上用以驾轱的皮带。《左传·宣公十二年》："乐伯曰：'吾闻致师者，左射以菆，代御执辔，御下两马，掉鞅而还。'"杜预注："掉，正也；示闲暇。"

　　②"四面"四句：写景极美。何焯云："'何'字精妙，使'幽'字精神转出。"

　　③"萝幄"四句：萝幄：杜甫《万丈潭》诗："高萝成帷幄。"荐：借，垫。《楚辞·九叹》："薜荔饰而陆离荐兮。"诗中谓张设。山樽：山状的盛酒器。王勃《山亭兴序》："山樽野酌。"　何焯云："'天际碧云合，佳人殊未来。'翻用妙。又暗写骚人求友之意。"

④ “因兹”二句：兹：此。指井泥升腾变化之事。 物理：事物
的道理。《淮南子·览冥训》：“耳目之察，不足以分物理。”

　　至此为第二段。写井泥今日得意的处境，与昔日之沉埋相对
照，引起诗人对事物变化之理的议论。

茫茫此群品，不定轮与蹄。①

喜得舜可禅，不以瞽瞍疑。

禹竟代舜立，其父吁咈哉。②

嬴氏并六合，所来因不韦。③

汉祖把左契，自言一布衣。④

当涂佩国玺，本乃黄门携。⑤

长戟乱中原，何妨起戎氏。⑥

不独帝王尔，⑦臣下亦如斯。

伊尹佐兴王，不借汉父资。⑧

磻溪老钓叟，坐为周之师。⑨

屠狗与贩缯，⑩突起定倾危。

长沙启封土，岂是出程姬？⑪

帝问主人翁，有自卖珠儿。⑫

武昌昔男子，老苦为人妻。⑬

蜀王有遗魄，今在林中啼。⑭

淮南鸡舐药，翻向云中飞。⑮

【今译】

茫茫世上,这万千品物,

好似车轮与马蹄在不停地运动。

帝尧得到舜后,高兴地把帝位禅让给他,

并不因瞽瞍而疑及舜。

禹终于代舜而立,

而他的父亲却是帝尧不满的人。

秦始皇嬴政统一天下,

他却是吕不韦的私生子。

汉高祖刘邦得天下能稳操胜券,

但却出身平民。

曹魏代汉而立,得佩传国之玺,

而其祖上却出身于宦者。

那些以武力侵扰中原而成为君主的人,

却无妨起自异族。

不光帝王是这样,

连臣子也是这样。

伊尹辅佐商王,建兴王业,

并没有依赖他老子的功劳。

磻溪上的老钓鱼翁姜子牙，

无缘无故就当上了周文王之师。

屠狗的樊哙和卖布的灌婴，

自平民中崛起而平定国家的危乱。

在长沙开疆列土的君王，

何须定是程姬的亲生儿子？

武帝所询问到的"主人翁"，

原是卖珠的少年。

武昌古时有个男子，化为女子，

既老且苦，嫁为人妻。

蜀王杜宇死后，其魂魄化为杜鹃，

如今还在林中啼叫。

淮南王的鸡犬舔吃了仙药，

也都飞上了云天。

【注释】

①"茫茫"二句：品：物。不定：没有停歇。

②"喜得"四句：瞽瞍（gǔ sǒu 古叟）：瞽，瞎眼。瞍，没有眸子。瞽瞍，比喻人没有观察能力。《荀子·劝学》："不观气色而言，谓之瞽。"传说舜的父亲愚蠢无知，被称为"瞽瞍"。 禅（shàn 善）：以帝位让人。 吁咈（fú 拂）哉：据《书经·尧典》载：帝尧对禹的父亲鲧（gǔn 滚）不大满意，谈论鲧时说："吁，咈哉！"吁，叹声。注："凡

中华聚珍文学丛书——李商隐诗今译

言吁者,皆非帝意。"咈:乖戾,违逆。

③"嬴氏"二句:嬴氏:秦王嬴姓。诗中指秦始皇。 不韦:吕不韦。据《史记·吕不韦传》载:商人吕不韦把己妾献给子楚,隐瞒其已有孕。至期生子政,后为秦始皇。

④"汉祖"二句:左契:犹"左券"。古代契约分为左右两联,双方各持其一。左契,即左联,常用为索偿的凭证。持左契,是说有把握。《老子》:"是以圣人执左契而不责于人。" 布衣:平民。《盐铁论·散不足》:"古者庶人耄老而后衣丝,其余则麻枲而已,故命曰布衣。"《史记·高祖本纪》载刘邦语:"吾以布衣,持三尺剑取天下。"

⑤"当涂"二句:当涂:据《三国志·魏文帝纪》注:太史丞许芝条魏代汉见谶纬于魏王曰:"……《春秋佐助期》曰:'汉以许昌失天下。'故白马令李云上事曰:'许昌气见于当涂高,当涂高者当昌于许。'当涂高者,魏也;象魏者,两观阙是也;当道而高大者魏。魏当代汉。"谶纬,一种预言,即用隐语来预决吉凶。 国玺:皇帝传国的玉印。佩国玺,指掌握国家最高权力。 黄门:指宦官。汉代给事内廷有黄门令、中黄门诸官,皆以宦者充任,故称。曹操父曹嵩曾由汉桓帝时宦官曹腾携养。

⑥戎氏(dī 低):氐,古族名。两晋年间先后建立前秦、后凉等政权。诗中"戎氏"泛指五胡:匈奴、鲜卑、羯、氐、羌。曾在中原建国。

以上十二句列举古代帝王为例,说明人事的变化无常。

⑦尔:如此,如斯。

⑧"伊尹"二句:伊尹:商初政治家。曾佐商汤灭夏立国,后又辅汤之子太甲。 借:依靠。 汉父:犹"父亲"。据《列子》载:伊尹是个私生子,其母假托他生于空桑之中,故不知其父。 资:帮助。

⑨"磻溪"二句:磻溪:在渭水边。 两句写姜太公吕望。传说他在磻溪上钓鱼,八十岁才遇到周文王,成为王者师,佐周灭商。

坐：犹"自"。鲍照《芜城赋》："孤蓬自振，惊砂坐飞。"李善注："无故而飞"。

⑩ "屠狗"句：据《史记·樊郦滕灌列传》载："舞阳侯樊哙者，沛人也。以屠狗为事。""颍阴侯灌婴者，睢阳贩缯者也。" 缯（zēng 增）：古代丝织品的总称。

⑪ "长沙"二句：据《汉书·长沙定王传》载：长沙定王刘发的母亲唐姬，原是程姬的侍女。汉景帝在醉中与假扮成程姬的唐姬发生关系，生了刘发。

⑫ "帝问"二句：据《汉书·东方朔传》载：董偃与母以卖珠为事，因得以出入汉武帝姑母馆陶公主家，后得公主宠幸，"出则执辔，入则侍内。……上（武帝）临山林，主自执宰蔽膝，道入登阶就坐。坐未定，上曰：愿谒主人翁。"不呼其名，以示优礼。

⑬ "武昌"二句：朱鹤龄引道源注曰："《搜神记》：'（汉）哀帝时，豫章有男子化为女子，嫁为人妇。'武昌则未详。"诗中说武昌，疑是作者误记。豫章郡治所在南昌。

⑭ "蜀王"二句：参见《锦瑟》诗注。

⑮ "淮南"二句：据《神仙传》载：淮南王刘安好道，修炼成仙，临去时余药器置于中庭，鸡犬啄舐之，尽得升天。

以上十八句列举王侯将相及其他人事变化为例，说明"物理"的难测。

至此为第三段。举出大量事例说明世事的变化升沉是无法解释的，流露出作者的迷惘和苦闷之情。颇有屈原《天问》的遗意。

大钧运群有，^①难以一理推。

顾于冥冥内，为问秉者谁？^②

我恐更万世，此事愈云为。^③

猛虎与双翅，更以角副之；
凤凰不五色，联翼上鸡栖。④
我欲秉钧者，竭来与我偕。⑤
浮云不相顾，寥泬谁为梯？⑥
悒怏夜参半，⑦但歌井中泥。

【今译】

无穷无尽的宇宙中，万物在运动着，
难以用一个简单的"理"去解释。
回视冥冥的苍天，
想问一下：究竟是谁主宰着造化？
我恐怕经历千秋万世之后，
这类的事情将会越演越烈。
猛虎，已生出两翼，
更要添上角去助长它的威风；
凤凰，却失了五彩的羽毛，
还得敛起翅膀栖息在鸡窝里。
我希望主宰造化者，
能与我同游。
但天上的浮云，彼此漠不相顾，

寥廓的天空中谁能建梯而上呢？

我忧愁郁闷，夜已将半了，

我无计可施，唯有作《井泥》之歌罢了。

【注释】

① 大钧：指天或自然。贾谊《鹏鸟赋》："大钧播物兮。"李善注引应劭曰："阴阳造化，如钧之造器也。"钧，本为造陶器所用的转轮，比喻造化。 群有：即上文之"群品"，万物。

② "顾于"二句：冥冥：幽渺深远的天空。 秉者：即下文"秉钧者"。掌握着造化者。

③ "我恐"二句：更（gēng 庚）：经历。 此事：指下文所言之事。 云为：作为，言论和行事。《易经·系辞》："是故变化云为。"张栻《南轩易说》卷二："云者言也，为者行也，谓之云为。"

④ "猛虎"四句：朱注引《扬子》："或问酷吏。扬子曰：'虎哉！虎哉！角而翼者也。'" 何焯云："此四句方是本位。伤时不尚文，而己沉沦使府，反不如井泥尚有升腾也。""不五色者，人见为非五色，而与家鸡同贱也。"四句写小人得势，君子失位。

⑤ 朅（jié 揭）来：去来。

⑥ "浮云"二句：寥沉（xuè 血）：空虚寂寞之貌。此指天宇辽阔空旷。 两句意谓小人闭塞贤路，自己无法到达君前。颇有屈原《离骚》的深意："世溷浊而嫉贤兮，好蔽美而称恶。闺中既以邃远兮，哲王又不寤。"

⑦ 悒怏（yì yàng 益样）：愁闷，不满意。

至此为第四段。抒发诗人无法了解宇宙发展变化的道理时的苦闷，并对时势的现在和将来表现了深刻的忧虑和怨愤。 程梦星《李义山诗笺注》云："惟是己怀隐忧而欲为秉钧告者，则群小肆虐，如虎而翅角;主上孤危,如凤止鸡栖,诚存亡安危之所系。而秉钧者高自位置,不肯下交,如浮云不可梯而近也。虽有嘉谟,其道无由,而得不悒怏终夜,而自叹为井泥不能成及物之功乎?"

附录：李商隐年谱简编

李商隐，字义山，自号玉溪生、樊南生。原籍怀州河内，先世寓居郑州荥阳，至商隐已阅三世。 高祖涉，美原县令；曾祖叔恒，安阳县尉；祖俌，邢州录事参军；父嗣，殿申侍御史，曾任获嘉县令。

唐宪宗元和八年癸巳（813） 一岁

商隐生年无明文，今据冯浩《玉溪生年谱》所断。

元和九年甲午（814） 二岁

父罢获嘉令，赴浙西幕，商隐随父在浙数年。

唐穆宗长庆元年辛丑（821） 九岁

父去世。奉父丧侍母归郑州。此后数年与弟羲叟受经叔父。

长庆三年癸卯（823） 十一岁

父丧除后，卜居洛阳。

唐文宗大和二年戊申（828） 十六岁

春，刘蕡应贤良方正科，对策中抨击宦官。商隐著《才论》《圣论》，以古文为士大夫所知。作《无题》（八岁偷照镜）。

大和三年己酉（829） 十七岁

冬，天平军节度使令狐楚辟商隐，署巡官。令与诸子游。作《随师东》等。

大和六年壬子（832） 二十岁

从令狐楚至太原幕中。

大和七年癸丑（833） 二十一岁

始应举，为知举贾𫗧所斥。习业京师。

大和八年甲寅（834） 二十二岁

春，随兖海观察使崔戎自华州至兖州，掌章奏。 六月，崔戎卒。返郑州。 作《牡丹》(锦帏初卷)《初食笋呈座中》等。

大和九年乙卯（835） 二十三岁

春，应举，知举崔郸不取。学道于河南之玉阳山。十一月，李训、郑注谋诛宦官，不果。中尉仇士良率兵杀宰相李训、王涯、贾𫗧、舒元舆及王璠、郭行余、韩约等。郑注为监军张仲清所杀，皆族灭。史称"甘露之变"。作《碧城》等。

开成元年丙辰（836） 二十四岁

与弟羲叟奉母居于济源县。学道玉阳山。 二月，昭义节度使刘从谏表请王涯等罪名。 三月，复上表暴扬仇士良等罪恶。 作《有感二首》《重有感》《曲江》

《燕台》等。

开成二年丁巳(837)　二十五岁

　　春,应举。经令狐绹引荐,登进士第。 十一月,兴元节度使令狐楚卒。商隐赴兴元,代草遗表,旋随楚丧还长安。 作《西南行却寄相送者》《行次西郊作一百韵》等。

开成三年戊午(838)　二十六岁

　　赴泾原节度使王茂元幕,娶其女。 应博学宏词科,先为考官周墀、李回所取,后遭谗落选。 作《漫成三首》《安定城楼》等。

开成四年己未(839)　二十七岁

　　为秘书省校书郎,调补弘农尉。以活狱忤观察使孙简,将罢去,适遇姚合代简,使复还本官。 作《任弘农尉献州刺史乞假归京》等。

开成五年庚申(840)　二十八岁

　　移家长安,辞弘农尉求调。 正月,文宗崩,仇士良等立颖王瀍,是为武宗。 四月,李德裕同平章事。 作《遇伊仆射旧宅》等。

唐武宗会昌元年辛酉(841)　二十九岁

　　暂居于华州周墀幕下。 作《赠刘司户蕡》《七月二十九日崇让宅宴作》等。

会昌二年壬戌（842） 三十岁

居忠武节度使王茂元幕。辟掌书记。又以书判拔萃，授秘书省正字。后居母丧在家。 九月，蔚州刺力契苾通领沙陀、吐浑六千骑赴天德，抗击乌介可汗入侵。 作《即日》（小苑试春衣）《赠别前蔚州契苾使君》《淮阳路》《哭刘蕡》《哭刘司户二首》《哭刘司户蕡》等。

会昌三年癸亥（843） 三十一岁

守母丧。 二月，麟州刺史石雄大破回鹘于黑山。四月，昭义节度使刘从谏死，其侄刘稹据镇自立。九月，令石雄等讨刘稹。

会昌四年甲子（844） 三十二岁

返故乡营葬，移家永乐县居，自谓"渴然有农夫望岁之志"。 八月，石雄率兵入潞州，泽潞悉平。 作《行次昭应县道上送户部李郎中充昭义攻讨》等。

会昌五年乙丑（845） 三十三岁

春，赴郑州从叔李褒之招。后在洛阳家居。 十月，守丧期满入京，重官秘书省正字。武宗下令灭佛。作《落花》《寄令狐郎中》《汉宫词》（青雀西飞）等。

会昌六年丙寅（846） 三十四岁

在秘书省，子衮师生。 三月，武宗服长生药崩。宦官扶立光王怡即位,是为宣宗。开始贬逐李德裕党人。 作《无题》(昨夜星辰)《茂陵》《瑶池》《柳枝五首》等。

唐宣宗大中元年丁卯(847) 三十五岁

桂管观察使郑亚辟商隐入幕。为掌书记。 五月抵桂。九月,代郑亚撰《太尉卫公会昌一品集序》。冬,奉使至南郡。编定《樊南甲集》。 是年大贬斥李党,恢复佛教。 作《荆门西下》《晚晴》《海上谣》等。

大中二年戊辰(848) 三十六岁

正月,自南郡归桂州。暂摄守昭平郡事。 二月,郑亚贬。商隐于春末离桂北归,五月至潭州,逗留湖南观察使李回幕中。 秋,归洛阳。冬初还京,选为盩厔尉。 是年七月,续画功臣图像于凌烟阁。 九月,李德裕贬为崖州司户。 作《北楼》《即日》(一岁林花)《贾生》《潭州》《楚宫》《天涯》《乱石》《旧将军》《梦泽》等。

大中三年己巳(849) 三十七岁

京兆尹留商隐代参军事,奏署掾曹,专掌章奏。 十月,武宁军节度使卢弘正辟商隐入幕掌判官。 十二月,赴徐州,途经大梁。 是年,收复秦、原、安三州及石门等七关。 作《骄儿诗》《杜司勋》《赠司勋杜十三员外》《李卫公》《九日》《野菊》《白云夫旧居》《漫成五章》等。

大中四年庚午(850)　三十八岁

　　在卢弘正幕中。　是年正月,李德裕卒于崖州贬所。十一月,令狐绹同中书门下平章事。作《浑河中》等。

大中五年辛未(851)　三十九岁

　　春,自徐州入朝补太常博士。　夏末,妻王氏卒。　七月,东川节度使柳仲郢辟商隐为节度书记。　十一月,改判官,旋检校工部郎中。　冬,差赴西川成都推狱。　是年收复河湟。　作《房中曲》《王十二与畏之员外相访,见招小饮。时予以悼亡日近,不去,因寄》《井络》《北禽》《武侯庙古柏》等。

大中六年壬申(852)　四十岁

　　在梓州柳仲郢幕,代掌书记。　春初,由西川返梓。四月,曾奉命至渝州迎送杜悰。　作《杜工部蜀中离席》等。

大中七年癸酉(853)　四十一岁

　　在梓幕。克意事佛。　十一月,编定《樊南乙集》。作《初起》《夜饮》《二月二日》等。

大中八年甲戌(854)　四十二岁

　　在梓幕。　作《夜雨寄北》等。

大中九年乙亥（855）　四十三岁

　　在梓幕。十一月，随柳仲郢返长安。作《无题》(万
　　里风波)等。

大中十年丙子（856）　四十四岁

　　在长安。经柳仲郢荐为盐铁推官。作《筹笔驿》《重
　　过圣女祠》《寄酬兼呈畏之员外》等。

大中十一年丁丑（857）　四十五岁

　　任盐铁推官，游江东。作《正月崇让宅》《风雨》《隋
　　宫》《咏史》(北湖南埭)《南朝》《齐宫词》等。

大中十二年戊寅（858）　四十六岁

　　罢盐铁推官。还郑州闲居，未几病逝。作《井泥》
　　《幽居冬暮》《锦瑟》等。

中华聚珍文学丛书—李商隐诗今译